# 我和你一样

[美] 萨拉·帕坎南（Sarah Pekkanen）◎著　胡绯◎译

These Girls

CNS PUBLISHING & MEDIA 中南出版传媒

湖南文艺出版社
HUNAN LITERATURE AND ART PUBLISHING HOUSE

**图书在版编目（CIP）数据**

我和你一样/（美）帕坎南（Pekkanen，S.）著；胡绯译.
—长沙：湖南文艺出版社，2013.10
书名原文：These girls
ISBN 978-7-5404-6387-8

Ⅰ. ①我… Ⅱ. ①帕… ②胡… Ⅲ. ①长篇小说－美国－现代 Ⅳ. ①I712.45

中国版本图书馆CIP数据核字（2013）第202979号



**著作权合同登记号：18-2013-338**



**我和你一样**

**作　　者：**［美］萨拉·帕坎南
**译　　者：**胡　绯
**出 版 人：**刘清华
**责任编辑：**薛　健　刘诗哲
**监　　制：**蔡明菲　潘　良
**策划编辑：**马冬冬
**版权支持：**文赛峰
**营销支持：**刘　虎
**封面设计：**尚世视觉
**版式设计：**张丽娜
**出版发行：**湖南文艺出版社
（长沙市雨花区东二环一段 508 号　邮编：410014）
**网　　址：**www.hnwy.net
**印　　刷：**北京盛兰兄弟印刷装订有限公司
**经　　销：**新华书店
**开　　本：**880mm × 1230mm　1/32
**字　　数：**246 千字
**印　　张：**10
**版　　次：**2013 年 10 月第 1 版
**印　　次：**2013 年 10 月第 1 次印刷
**书　　号：**978-7-5404-6387-8
**定　　价：**32.00 元
（若有质量问题，请致电质量监督电话：010-84409925）

# 目 录

These Girls


第一章　机会降临 _ 001

第二章　来访的陌生人 _ 013

第三章　我该去哪儿 _ 033

第四章　谁的心底没有秘密 _ 038

第五章　无法忘记的过往 _ 060

第六章　光鲜背后的明争暗战 _ 069

第七章　一个能倾诉心声的人 _ 087

第八章　我看见了孤独 _ 104

第九章　改变正在发生 _ 109

第十章　心结难解 _ 125

第十一章　闺中密友 _ 134

第十二章　无法言说的伤痛 _ 144

第十三章　我的努力 _ 151

第十四章　怦然心动 _ 163

第十五章　至少还有回忆 _ 171

第十六章　隐秘地下情 _ 187

第十七章　一切都会好的 _ 191

第十八章　总还有希望 _ 205

第十九章　汹涌而来的压力 _ 213

第二十章　焦虑的出口 _ 231

第二十一章　转折的时刻 _ 246

第二十二章　情感的泥沼 _ 257

第二十三章　我也说过谎 _ 270

第二十四章　只是想要一个家 _ 275

第二十五章　谜底终会揭开 _ 286

第二十六章　坦诚相待 _ 299

第二十七章　有你在身旁 _ 304

第二十八章　全新的篇章 _ 313

# 第一章
# 机会降临

“请稍等！”有人朗声说。

可惜电梯已经爆满。再过几分钟就是早上十点，搭电梯上楼的人多得要命。在曼哈顿这幢摩天大楼的高层，可有好几家精品杂志的办公室呢。不过凯特·索莫斯还是本能地伸出一只手，拦住了正要合上的电梯门。

“多谢。”

特里·沃特金斯嘴里说着，迈步进了电梯，四周的空气似乎顿时变得灼热逼人。凯特看见一位妙龄女郎伸出手肘，偷偷地捅了捅女伴。特里身穿绿色半开襟短袖衬衣，搭配着一条褪色牛仔裤，一双登山靴，面孔看上去略染了几分风霜，仿佛刚刚踏过了崇山峻岭。人家说不定真的刚登了一座山，还在山上大显神通，使出棍子钻木取火呢。凯特一边想，一边忍着不翻白眼儿，也许还会哧溜溜地爬上树，救下一只受困的小熊。

“请别介意。”特里边说边站到了凯特身旁，伸出一只手臂圈着她，差点儿就要将她搂个满怀。凯特吃了一惊，冲他眨眨眼睛。

“到十九楼。”他咧嘴笑了笑，摁下了按钮。凯特闪身躲开他，暗自跟自己生起了气：*真是个没出息的家伙，居然一时鬼迷心窍，跟其他女人一样被特里迷得神魂颠倒*。在纽约这个鬼地方，但凡一个单身直男①身高达到六英尺三英寸（约1.90米），再有个正经工作，那就比租金便宜的一居室还要抢手。不过话说回来，特里·沃特金斯的魅力绝非常人可比，不然的话，他怎么成得了本楼的传奇人物呢。

不消说，特里当然帅得迷死人；更何况此刻他就在身旁，差一点儿就要跟凯特挤在一处。不过，眼下凯特可一点儿也不能分心。本月她才刚升任《格罗斯》杂志的特稿编辑，该杂志正跟《造型》杂志抢读者：两本杂志锁定的消费者都在二十岁到五十岁之间，都爱读五花八门的名人、家居和时尚话题。凯特要给标题润色，挑选合适的照片，还要一步步整理出一篇人物简介。那堆照片拍摄的是威尔·史密斯和杰达·史密斯夫妇家的新游泳池，人物简介的主角则是个妙龄女郎，她刚剪了一款新的短发发型，配着超短服饰，看上去惹火得要命。她不仅从一宗一夫多妻的婚姻中脱了身，还刚刚被昆汀·塔伦蒂诺②的一部电影相中，将在片中出演一个好歹能念上几句对白的小角色。要不然的话，《格罗斯》杂志才不会搭理她这种无名小卒呢。对了，凯特还得从一堆选题中挑出一个放在封底的自述专栏里——以上事项，都必须在正午十二点之前完工。

电梯门开了，特里伸手拦着门，礼貌地示意另外两名男子先走。他们

---

① 非同性恋。

② 昆汀·塔伦蒂诺（1963- ）：美国后现代主义电影导演，同时还是一位演员和编剧。作品包括《低俗小说》《杀死比尔》《被解放的姜戈》。

三人一起走向了一扇双层玻璃门，那门上刻着四个字——茫茫彼岸。凯特原本就猜出他们是要去《茫茫彼岸》杂志社：他们三个都穿着运动鞋，其中一个居然没有拎公文包，却公然背了个双肩包。

想知道电梯里谁要去哪层楼，根本用不着等到电梯开门，只要瞧一瞧此人是男是女，身穿什么服饰，就能猜个八九不离十。有几个妙龄女子身穿迷你裙和亮色裤袜，秀发还挑染着一缕缕时髦的粉色或蓝色，必定是去往二十五楼的《甜心宝贝》杂志。几名女士身穿实用的灰黑色西服，拎着同样实用的公文包，必定是去往二十二楼的《家居与园艺》杂志。男士们则一窝蜂地去往十九楼，那里的杂志盛产男人味十足的选题，每期封面上却偏偏都是一位艳光四射的辣妹；要不然，换个更精确的说法，每期封面上都大肆招摇着某位辣妹的乳沟。

“嗯。”电梯门缓缓合上，刚才伸手捅女伴的姑娘意味深长地哼出了一个字，电梯间里其他四名女孩一齐放声大笑，只有凯特缩了缩肩。

那声“嗯”简直像出自《格罗斯》杂志的总编之口。总编是个英国人，名叫奈杰尔·坎贝尔。明眼人一下子就能看出来，总编显然沿袭了《茫茫彼岸》杂志那些封面女郎的穿衣风格，身上的衬衫也总是少系了几个纽扣。说到总编大人，有件事挺烦心：就在凯特升职之前两天，奈杰尔·坎贝尔居然亲热地冲着凯特“嗯”了一声，让人倒尽了胃口。凯特当场没有反应过来，后来却因此对自己恨得咬牙。那天晚上，她躺在床上，总算琢磨出了该怎么接奈杰尔的招。她应该挑高一条眉毛，毫不客气地问：“请问，你刚才说什么？”

可当时她偏偏呆若木鸡，于是奈杰尔·坎贝尔迈步走开了，仿佛那一幕从未发生过。凯特一直在想办法说服自己：当她俯身越过办公桌去取那份文件夹时，奈杰尔·坎贝尔并没有暧昧地冲她嗯一声。一定是她听岔了，那声音跟一颗萌动的春心无关，他只是清了清嗓子。

可惜的是，每次遇到总编，凯特的耳边都会回响起那暧昧的语调，因此她一直悬着一颗心，准备随时给他个下马威，但他从此却再也没有犯过。

电梯一步步地向上攀升。凯特扫了一眼自己的黑莓手机，给山姆发了一条短信——山姆负责为那位摆脱了一夫多妻制的太太撰写报道。

凯特的短信写道：

**十点半到我办公室见面，没问题吧？**

昨天晚上，凯特一直在那篇报道上做笔记，一口气忙到临近午夜，报道却死活都不合她的心意。今天她得好声好气地哄山姆重写一篇，还不能得罪这位在《格罗斯》待了十年的资深员工。凯特希望自己上任后的第一期杂志能做得别开生面，不仅要通体闪耀着灵气和深度，还要十分有料。上任后的第一把火必须烧旺，要让背后说闲话的同事乖乖闭上嘴，那些同事以前就想跟凯特抢这个编辑职位，凯特升职更好似在他们心头扎了一根刺：她不过才三十岁，《格罗斯》杂志里人人垂涎的职位凭什么落到一个羽翼未丰的小妞头上？

但最重要的是，凯特必须让自己心里的质疑声也闭上嘴。她的内心也在打鼓，质问着自己够不够格。

话说回来，至少她的衣着还算得体。凯特身穿一件铺满黑红色块的连衣裙，配着一双黑色露跟鞋，还有一头笔直的赤褐色长发，睫毛膏衬托出一双灰绿色的大眼睛——那是她身上最迷人的亮点。有时候，凯特觉得服饰和妆容活像自己的作战装备，她得时不时披挂上阵，用这具熠熠生辉的盔甲藏起真实的自我。自从逃离俄亥俄到纽约打拼的那一天起，凯特就已经改头换面了。没有人知道发生在俄亥俄的往事，就连凯特的室友蕾妮和娜奥米也蒙在鼓里。

凯特跟娜奥米的交情不算深。娜奥米是个摄影模特儿，要么在天南海北地出差，要么就待在男友家，不过凯特倒是挺希望能和蕾妮结成死党。她和蕾妮已经在一个屋檐下共住了足足六个月了，总不能一直当泛泛之交吧。当然，她们两个人至今还没有打成一片，那显然不是蕾妮的错。蕾妮个性开朗，心地和善，时不时会躺到沙发上，非要把她买来的中式外卖分一份给凯特吃，嘴里还嚷嚷着："拜托了！你忍心看我大腿变粗吗？"

凯特跟蕾妮一起租过几次影碟，还曾经在晚上跟着她一起出去找乐子。蕾妮那小妞在纽约很吃得开，就算在路上遇见一个门童，人家也能一口叫出她的名字。凯特恨不得交上一个密友，但迄今为止，她还不敢向蕾妮敞开心扉。其他女孩动不动就能说出掏心窝的体己话，简直跟共用唇彩一样轻松，凯特却一直没有办法张嘴跟人分享心事，她就是开不了口。

电梯停在了二十七楼，凯特迈步走进了豪华通风的楼层。楼层四周分布着一间间办公室，缕缕阳光透过办公室的超大型窗户照进来。楼层中央则是数十个格子间，通通配备着办公桌，供编辑助理和版面文字编辑使用。五光十色的往期杂志封面与墙壁交相辉映，金黄色的木地板流溢着光泽。

"早上好！"前台接待员说。

两个女孩正跟前台接待员挤作一团，凯特停住了脚步，琢磨着该不该去凑个热闹。但其中一个女孩正手舞足蹈地比画着，两名听众则笑得乐不可支。凯特挥了挥手，又迈步走向自己的新办公室，脚下的一双鞋轻快地叩着地板。

她刚刚打开办公室的门，山姆回复的短信便到了：来不了，一早上都要出席新闻发布会。

“也不另外约个时间，真是个贴心人哪。”凯特嗫嚅着，砰一声将公文包扔到办公桌上。

她叹了口气，逼着自己安下心打理今天的一堆事务：有无数会议、电话等杂事要去办呢。可惜，她死活无法抹去那声暧昧的低吟，那声音听上去有几分像是呻吟，又有几分像是闷哼，它毫不留情地一直钻进她的心底。

居然只有半个香蕉，实在太寒碜人了。

除了不足月的小猴，天下谁还有本事把区区几口香蕉当顿早餐吃呢？蕾妮·鲁宾逊没有理睬那半只香蕉（凯特用保鲜膜把那半只香蕉裹了起来，看上去活像个包装精美的包裹），伸手拿出糖罐，掂量着往装咖啡的旅行杯里加了一匙糖。她冲了冲用过的咖啡壶，弯腰捡起昨晚蹬掉的一双鞋，从敞开的卧室门缝扔进了自己的房间。蕾妮本来不是个爱收拾的人，可她们这间位于曼哈顿上西区的公寓小得不得了，只要有人敢把自己的东西朝公用空间堆，整间公寓就会在眨眼间变成个狗窝，有资格参选《囤物狂人》选秀节目。

该公寓有三间丁点儿大的卧室（原本只有两间卧室，但大房间里装了一面薄薄的隔板，将它一分为二）、一间配花洒的浴室（蕾妮的工作搭档中有一帮时尚达人，可她家那个花洒的脾气居然比那帮时尚达人还要时冷时热，简直让人措手不及），还有一间小厅，它大剌剌地顶着厨房兼起居室的名头，可惜塞下两张凳子和一张双人沙发就挤得够呛，仿佛冷不丁就会炸开——眼下蕾妮正身穿一条黑色靴裤，一件淡紫色的丝绸衬衣，恰好也有这种饱满欲裂的感觉。她叹了口气，暗自希望时尚界突然刮起一阵用松紧带束腰身的风潮。要不然的话，刮起一阵宽松连衣裙风也行。依蕾妮的浅见，时装界可大大低估了宽松连衣裙的价值。

蕾妮拿起挎包，出门踏进了清爽的秋日早晨。她一边小口喝着咖啡，一边忍着不让自己犯红眼病：一眼看去，身边每经过三个人，就有一个端着星巴克的咖啡杯。倘若此刻有一杯香醇味浓的焦糖拿铁咖啡，还泛着些许泡沫，那蕾妮……可惜，焦糖拿铁咖啡里的脂肪含量吓倒了蕾妮，蕾妮的年薪也容不得她如此放肆。作为《格罗斯》杂志的助理编辑，蕾妮一年能赚三万八千美金，要是在家乡堪萨斯城，靠这个数目还能过过日子，可是在纽约……嗯，蕾妮手上正拿着厚厚一沓儿账单呢，她的窘境还用说吗？

走到拐角的邮筒旁，蕾妮停下了脚步，从挎包里取出待寄的信。看着自己的家底儿一股脑儿进了邮筒的大嘴，她忍不住缩了缩。算下来，本月欠的信用卡债居然比预想的还要多：蕾妮原本不打算让信用卡债突破四位数，如果能做到这一点的话，有朝一日也许还能还清债务。可供职于《格罗斯》这样的精品杂志，就意味着要打扮得像模像样。蕾妮已经使出了浑身解数，要么买打折的样品，要么跟朋友换衣服穿，要么到连锁杂货药妆店买化妆品，但在纽约这块宝地，区区一罐花生酱也贵得让人咋舌。

蕾妮把信件全都塞进邮筒后，又伸手进了挎包，在一大堆收据、化妆品和零钱中东翻西找，免得不小心漏掉了一封信。她的手摸到了一张纸，于是取了出来。

蓝绿色信笺上的字迹颇为优雅，稍稍向右斜。她直勾勾地盯着那张纸上的词句，千方百计想要从字迹中辨认出写信人的底细——算起来，她读这封信已经不下十次了。自从一周前收到这封信，蕾妮就一直随身带着它，所以信封的边缘已经有点儿毛了。

……知道我的存在，你一定十分震惊，其实我也还没有回过神来。也许我们可以效仿笔友书信联络？我希望能去纽约一趟，跟你见一面……

谨此热忱致意！

贝卡

热忱致意——正是这个该死的词，害苦了蕾妮。她拖到现在还没有回信，因为她根本不知道该怎么回。蕾妮一心希望自己对贝卡也有一腔“热忱”，可惜死活找不到这种感觉。凭空冒出一个同父异母的姐姐就已经很诡异了（还只比蕾妮年长一岁），更何况那还是爸爸一夜风流招来的后果。她那位穿着袜子配凉鞋、钟爱历史频道的爸爸，那位怕老婆的爸爸，居然令人不齿地偷了腥，而且还是在刚娶妈妈的时候犯的事？蕾妮想象不出那一幕——当然，这倒是件好事，她可不愿意自己的思绪中浮现出那样的景象。

她的父母堪称一对佳偶，两人十分登对，因此这场风波就显得更加诡异。蕾妮的妈妈叫马利亚，爸爸叫马文，所有人都称呼他们“马家那一对”。他们俩都长着一头深色的卷发，未及高龄就已开始发白；要是蕾妮的母亲穿上她那一英寸高的娜然鞋，两人便会变得一般高；他们几乎总在拌嘴，还会替对方圆话。事实上，他们说的话一般都是蕾妮的妈妈来收尾，爸爸动不动就会被电视或体育版分了心，把说了一半的话忘到九霄云外，这就像布下了一道诱饵，专等着蕾妮的妈妈咬钩。

蕾妮原本以为，对于像爸爸那样的居家型男人来说，在家居建材店里买上一副新扳手就足以让他乐翻天了，谁知他居然在几十年前欠下了一笔风流债。当父亲跟蕾妮摊牌时，他嘴里的话听上去死活都不顺耳。父亲也是最近才发现自己还有个亲生女儿，蕾妮还知道，从发现真相的那一天起，父亲就频频跟贝卡一起共进午餐。爸爸正琢磨着如何应付这个天上掉下来的女儿呢，同时还要设法修复现有的婚姻。

母亲告诉蕾妮，她的父亲已经搬到客房去睡了。蕾妮给母亲打了电话。

“你是不是准备……”蕾妮并没有把那个词大声说出口。要是真的说出了口，她怎么受得了？可是几十年来，蕾妮的妈妈已经习惯了帮人圆话，她熟练地接了口。

“离开他？当然不是，”蕾妮母亲说，“可是我真的很气不过。”

“你要我回家一趟吗？”蕾妮问道。

“噢，宝贝儿，那倒不必了。谢谢你，但你回来又能帮上什么忙呢？你难道要看着你爸爸蹑手蹑脚地到处转悠着找家务活儿做，不用人提醒就出门倒垃圾吗？眼睁睁地看着你爸爸设法赢回我的心？不必了，确实会难过一阵子，不过我们会挺过去的，比这更糟糕的坎儿我们也迈过来了。”

是吗，你们还遇到过“比这更糟糕的坎儿”？蕾妮的心中响起一声惊雷，紧接着回过了神：千万别打听那道“更糟糕的坎儿”，自己听了恐怕吃不消。

“好吧。”蕾妮终于还是开了口，“如果你改主意了，那就告诉我一声，我立刻坐下一班飞机赶过去。”

蕾妮慢吞吞地把贝卡的信重新叠好，塞回挎包，又迈开步子沿着街道向前走。突然，她冒出了一个念头：“贝卡的模样长得像我吗？要是她有一双蓝色的圆眼睛，配着浓密的睫毛，看上去跟我的眼睛一模一样，那会是一种什么感觉？要是眼前出现了一张别人的脸，却长着跟我酷似的鼻子和嘴唇（蕾妮一直嫌自己的嘴唇略显丰满），披着一头熟悉的金棕色头发，那会是一种什么感觉？”

“必须定定神，今天晚上给贝卡回一封电邮。”蕾妮刚刚下定决心，手机便响起了铃声。

“怎么着，你不来上班了？”来电的是《格罗斯》杂志的美容美妆编辑邦妮，也是蕾妮职场上的死党之一。

“迟了一小会儿嘛，我发誓，我得换一只吵一点儿的闹钟，”蕾妮说，“要不然就得配备把人从床上赶起来的功能。”

“我这儿可有新报料哦。”邦妮说。

“什么料？”

“还是非常劲爆的消息呢。”

“真的？哎哟，你等一下，我这边来了一群排成一队的小家伙。”蕾妮说着向左边闪了闪，免得撞上那群蹒跚学步的小孩。小家伙们正攥着一根长绳，两个幼儿教师走在孩子们身旁，大声地给他们打气。蕾妮弯腰捡起其中一个孩子掉下的泰迪熊，小家伙腼腆地冲她笑了笑。

“我觉得，也许算得上一条猛料，”电话那头的邦妮说，“说不定还算得上一条惊天动地的猛料。”

“你要不要先想好到底有多猛，然后再打电话给我？”蕾妮问，“要不然的话，你也可以再拖上半个小时，你也知道，我最喜欢你吊我胃口了。”

邦妮放声哈哈大笑，随后压低声音说：“我要离开啦。”

蕾妮闻言停下了脚步：“离开纽约？”

“我要离开《格罗斯》啦，”邦妮说，“Vogue杂志刚刚给了我一个职位。”

蕾妮顿觉百感交集，在这当中，一股浓浓的醋意盖过了余下千般滋味。先是凯特当上了特稿编辑，现在又轮到了邦妮。*为什么好运偏偏找上了她们，却没有落到我的头上？*

可是蕾妮立刻赶走了那见不得光的小心思，为密友开心起来。“恭喜呀！今晚一起去喝一杯吧？我请客。”

“那好，可是我要离开《格罗斯》。”邦妮又重复了一遍，“我的职位会空出来，你得来申请。”

“噢，”蕾妮吸了一口气，“天哪，邦妮，你觉得……”

“你有哪点儿不配？”邦妮问。

“我爱死你了。”蕾妮脱口而出，不由感觉脸上发烧。

“嘴上说得倒好听，可亲热劲儿一过，你眨眼就拍拍屁股走人啦。”邦妮调侃道。

“嘿，拍屁股走人之前，我可在床头柜上留下了一大笔分手费呢。”蕾妮回了嘴，那边的邦妮一边哈哈大笑，一边挂上了电话。蕾妮又重新端详了自己的着装：今天一定要艳光四射。要是能获得美容美妆编辑的职位，那不仅意味着薪水涨上一大截儿，还意味着随之而来的额外福利！她将享受公费水疗，拿到一大堆最新的化妆品和护肤品，收到数不清的邀请——也就是说，只要她乐意，随时可以去某个鸡尾酒会美餐一顿。她会省下许多钱。

她转身一溜烟儿跑回公寓，气喘吁吁地爬上四段楼梯，冲进自己的卧室，站在衣橱前飞快地打量了一阵。*要找几件又时髦又有品位的衣服；最重要的是，看上去一定要身材苗条。*蕾妮心想。清晨在咖啡里加的那勺糖已经让她懊恼不已，如果她能有娜奥米那种本事就好了——那小妞似乎只靠蛋白棒和空气过活。要不然的话，向凯特学学也行——至少凯特身材纤瘦，轻轻松松就可以穿四号衣服。凯特对待美食的手段跟某些男人对待女人的手段有异曲同工之妙：缺多少就取多少，绝不多拿半分，事后便远远地抛诸脑后。她那种女人吃下一片薯片，居然忍得住不再吃一片（那种女人？哪里还找得到这样的女人？世上明明只数得出凯特这么一个绝品）。

光是想想那种煎熬就让人心里发毛，凯特却从未仗着自己的本事露出丝毫得意。

二十分钟后，蕾妮的衣橱已经变得比平时还要乱，完美的衣服却仍连影子也没有。她的午餐都挺廉价，通常是来自雷氏餐厅的一两块比萨饼、半价饮料，再加上几块儿实在不该吃的巧克力。换句话说，她那些十二号尺码的衣服正在变得越来越紧。经过刚才那番折腾，眼下蕾妮不仅上班会迟到，还出了一身大汗。

她不情不愿地穿上原来那套衣服，嫌弃地端详着腰带周围一圈一圈的赘肉。但凡在《格罗斯》任职，就得有一副俊俏模样，而美容美妆编辑必是其中翘楚。要是在堪萨斯州（鬼扯，应该说在世界上大多数地方），蕾妮的体型都算得上健康，可是在纽约杂志业的核心地带，她就是一个胖妞。

不过，从今天开始，局面将有所变化。每咽下一口美食，她都会思虑再三，她会比常春藤名校的招生负责人还要精挑细选。在两个月内（可不是嘛！），她就会减下整整十五磅。

要选定邦妮的继任，《格罗斯》杂志的编辑们将花上几个星期。等到一切就绪的时候，编辑们会一眼望见蕾妮的倩影，她正站在他们的面前，显得身材苗条，打扮入时。他们会意识到多年来她在本杂志是如何辛勤工作的，而她会一举拿下那个职位。她必须拿下那个职位。不过话说回来，眼下必须先去办公室一趟，申请那个职位。

# 第二章
# 来访的陌生人

在一周中，此刻是凯特最爱的时刻。正值九月末，阵阵微风拂过面颊，脚下的运动鞋有节奏地踏在中央公园的小径上，让她感觉神清气爽，仿佛展翅欲飞。她呼哧呼哧地喘着气，肺里有些火辣辣地痛。**再跑五十码吧**……她边想边用尽力气奔跑起来，冲过了想象中的终点线，紧接着差点儿软成了一摊泥。她迈步慢吞吞地绕着圈儿，双手叉在腰上，大口喘着气。过去一周积攒的压力与不快，都在刚才那段三英里的路程中烟消云散。

一对白发苍苍、笑容可掬的夫妇从旁经过，用一根鲜红色的狗绳牵着一条金毛寻回犬。凯特往左挪了挪，呼了口气，向着太阳抬起了脸庞。四周的朴树和玉兰树长着片片葱茏的绿叶，清晨的阵雨把小径冲刷得干干净净。一个光头佬骑着独轮脚踏车飞驰而过，嘴里还乐滋滋地打了声招呼："喂！"凯特忍不住笑了起来。正因为有着这样的时刻，她才一心爱上了纽约。

对凯特来说，周六上午的日程从来都是一个模样：跑完步后，她会去一家韩国熟食店，买些切好的水果和一盘什锦沙拉（以备周末所需），买上一罐维生素功能饮料，再买个百吉饼，放上煎蛋和几片奶酪，好在回家路上细细品尝。她会穿着黏糊糊的衣服逛来逛去，要么读读报，要么喝喝咖啡，享受周末懒散的生活。

一小时后，凯特刚刚泡上一壶哥伦比亚烘焙咖啡（一壶足以冲两杯），翻开《纽约时报》，手机就响了起来。她低下头瞥了瞥，把一声叹息憋回肚子里，这才接起了电话。眼下是上午九点过一分。

“嘿，妈妈。”

“凯瑟琳，你还好吗？你听上去不太精神呀。”

凯特赶紧打起了精神：“刚才只是有点儿分心，你怎么样？”

“哦，我挺好，你在干什么？”

现在是上午九点过一分，你问我在干什么？“我正忙着把两个情人赶下床呢。”凯特恨不得这样回答。她已经窝了一肚子火，倒不是因为妈妈刚才问了那个问题，而是因为凯特已经跟妈妈约好，让她周末上午九点前别打电话过来，免得吵醒室友。可妈妈显然正眼睁睁地盯着时钟，一到时间就拨打电话，凯特心中又是怜惜，又是无奈。

“不过在休息罢了。”凯特说，“你怎么样呢？”

“噢，我想今天去买些生活用品，说不定去书店一趟。”

“听起来很不赖。”凯特尽量让自己显得兴致勃勃。

“应该是吧。”妈妈说。

这下可好，一阵内疚感劈头盖脸地席卷了凯特。为了养育凯特和她哥哥克里斯托弗，妈妈操碎了心：曾经有多少个下午，妈妈坐在餐桌旁重温乘法表，炖菜在一旁的炉灶上咕嘟嘟直响；妈妈曾经亲手缝制了一套套万圣节服饰，亲手在篮子里装满花生酱三明治和柠檬水，以便夏日午后带到沙滩享用。眼下父母已经分手，克里斯托弗跟太太一起在香港过日子，妈妈独自一人住在费城那栋殖民地建筑风格的砖房里——曾几何时，那栋砖房里不仅有着芭蕾舞鞋、足球和背包，还洋溢着数不清的欢声笑语。

在电话另一头，妈妈顿了顿，又开口说道："我正在琢磨，要不下周末我去纽约看你吧？我们可以好好聚一聚。"

凯特费力地咽了咽唾沫。妈妈上次来纽约时，她们一起逛了纽约现代艺术博物馆，做了美甲，饱餐了一顿鸡肉恺撒沙拉，喝掉了一瓶霞多丽葡萄酒。凯特好意让妈妈睡卧室，妈妈却三番五次拒绝了她，非要在双人沙发上过夜，还口口声声说那地方十分舒服。结果到第二天吃早午餐的时候，她却一个劲儿地揉着自己的脖子。母女团圆确实挺好的，不过那一幕才刚刚过了一个月。不对，还不到一个月，那是三个星期前的事情。

凯特站起身，搭在腿上的报纸跟着飘到了地板上。她在屋里踱着步，忍不住焦躁起来。"我还不知道到时候有什么安排呢，"她撒了个谎，"说不定要离开纽约去做采访。"

凯特感觉得到妈妈的满心失望，它好似一片厚重的阴霾顺着电话线涌了过来。过去妈妈总是眼巴巴地等着她放学，或者是兴冲冲地驱车送她去参加活动。凯特深知并非每个妈妈都如此尽心尽力，她也知道自己是个幸运的孩子。可惜她没有料到，妈妈把自己的生命献给了家庭，因此根本没有自己的生活。眼下家里人已各奔东西，仿佛活生生在妈妈的生活里砸出了一个黑洞，妈妈正千方百计地抓住凯特不放，免得自己掉进那个吃人的深渊里。

"要不然再过几个星期？"凯特出了个主意，"我会去办公室查查日程表，然后再给你打电话。”

“没问题。”她的母亲说。

“你最近准备买些什么书？”凯特边问边向厨房料理台走去。烤面包机上搁着一张纸，她拿起字条读了起来。

“读书俱乐部挑的是《杀死一只知更鸟》。我们准备重读经典，要读上好几个月。”电话里传来母亲的话，凯特的耳边却只听见了一片嗡嗡声。

字条是娜奥米留的。上面说，她即将搬出这个公寓，赴欧洲当一年模特儿，在两周之内就会走人。

“见鬼！”凯特忍不住爆了粗口。

“怎么啦？宝贝儿，你受伤了？”

她还真是时时刻刻都扮演着母亲这个角色，既有几分暖人心窝，又有几分让人恼火。凯特暗自想道。

“不，没事，只不过娜奥米留下了一张字条，她说……”说到这儿，凯特一口把下半句咽进了肚里，仿佛从砧板上操起了一把刀，干净利落地把自己的话斩成了两段。一时间，她的脑海中闪过一个可怕的念头：如果妈妈开口要住娜奥米的房间，那该怎么办呢？凯特简直想得出妈妈会说些什么：她从一纸离婚协议中分了不少钱，房款也已经全部付清，公寓的租金对她来说是小菜一碟。她大可以常来纽约走动，在费城住一阵子，再在纽约住一阵子。她不会招惹凯特的室友，还能多去博物馆逛一逛，在繁忙的大街小巷四处溜达。她会很乐意亲手做好晚饭，等着凯特回家。

想到那一幕，凯特觉得比跑步的最后冲刺还要煎熬。在跑步冲刺时，她不过得拼命喘气，可眼下她却死活喘不过气，几乎有种窒息感。妈妈不会真的开口提这么个主意，对吧？

别小瞧她，她还真干得出来。

“娜奥米只不过埋怨我们把厨房弄得一团糟，没什么大不了的，”凯特撒了个谎，伸手将字条揉成了一团，“室友嘛，总有这种牢骚。”

“我明白。”

听听妈妈这话——是凯特自己在发神经，还是妈妈心里明白她刚撒了个谎？

“妈妈，我待会儿再打电话给你好吗？我现在得去冲个澡。”

“当然没问题，宝贝儿。”妈妈那动听的声音传入凯特耳中，顿时唤起了无数回忆：只要她一发烧，妈妈就会在她的前额搁上一块儿凉爽的毛巾；为了参加凯特学校举行的会议，妈妈换下了牛仔裤，穿上了漂亮的服装；每到凯特过生日时，妈妈会亲手烘焙出蛋糕，浇上巧克力糖霜，让她当早餐吃。

“噢，我差点儿忘了，你有没有听说，约翰逊夫妇卖掉了自家的房子，要搬到老年公寓去住？”妈妈说道，“他们分到的公寓很不赖，居然有两间卧室。”

*老人家才谈这种话题呢，拜托，你还不算老！*凯特忍不住想要大喊出口，*你才六十一岁，不该去学学如何跳萨尔萨舞吗？要不然跟女伴一起到葡萄牙旅游呀！学学打扑克也好！*

内疚、无奈，还有心疼——这就是凯特与母亲之间一再奏响的主题曲。

凯特把刚才的一番对话抛到了脑后，脱掉T恤衫向淋浴间走去。突然间，她对冲凉和读报纸都丧失了兴趣。她得去办公室一趟，多多少少干点儿活。

凯特强迫自己不再去想妈妈孤孤单单的日子，好让自己专注在工作上。比如那篇关于一夫多妻的报道。在凯特的设想中，那篇报道原应是从一个女人的角度出发，讲述如此离经叛道的情缘是怎样一种滋味，但执笔的山姆却在报道里塞满了统计数据和资料。如此一来，稿件确实显得内容翔实，这一点倒是没得挑剔，但整篇报道实在没有什么吸引眼球之处，这一点却又足以给它判个死刑。

棘手的是：山姆是《格罗斯》杂志的资深员工，杂志的许多封面故事都出自他的手笔。要对他撰写的报道挑刺儿，凯特可得万分小心。也许该保留部分统计数字？毕竟山姆的经验远比她丰富得多。

其他编辑也会有像她这样不自信的时候吗？

凯特打开了水龙头，浑身颤抖着强忍住冰凉的水花，暗自希望它能将心中汹涌的情感通通卷走。

谁知道苹果马提尼的卡路里含量会那么高？蕾妮边想边在床上打了个滚儿，深深地钻进了被窝。

昨天晚上，在酒吧为邦妮庆祝时，蕾妮原本打算点一杯自己最爱的饮品，却发现菜单上多了些花样。酒吧居然在菜单上列出了卡路里含量，这一手也实在狠过头了吧。每逢周五晚上，蕾妮常会喝上几杯苹果马提尼酒，吃些薯片配鳄梨酱，说不定再加上一份炸云吞或一小碟开胃菜。现在倒好，她总算知道自己一顿吃下了整整一千三百卡路里。蒙在鼓里是把双刃剑，它不仅会带来好口福，也会带来许多赘肉。

按照蕾妮平常的食谱，还别说细品美食，单凭傍晚七点到午夜十二点吃下的一堆东西，就已经达到了整整一天的热量预算。蕾妮叹口气起了床，套上莱卡裤和T恤衫，系上了那双旧耐克鞋的鞋带。她打心眼儿里讨厌锻炼，眼下却要出门散步——每天必须走上两英里，到了下个月，每天的运动量则要达到三英里。

正在这时，有人轻轻敲了敲她的卧室门，蕾妮抬起了头。

“进来吧。”她大声说。

“嘿。”来人是凯特。她看上去眼神明亮、神采奕奕，根本不像刚起床的模样。仔细想想，凯特说不定真的已经起床几小时了。她那一头光泽的直发垂在肩上，两颊泛着玫瑰色的红晕，更衬托出高高的颧骨；她身穿一件薄荷绿上衣，搭配着一条深色Seven（七）牛仔裤。

“我正打算去公司。”凯特说。

“周六还去公司？”蕾妮暗想。据天气预报称，今天将是个阳光灿烂的日子，暖和得有些不合时宜，说不定今天一过，冷飕飕的秋季马上就会把魔爪伸向曼哈顿。不过话说回来，也许正因为工作如此拼命，凯特才升了职。蕾妮花在工作上的时间也不短（《格罗斯》杂志的哪个员工不是拼命三郎呢），不过要想把美容美妆编辑的职位抢到手，蕾妮恐怕还得加把劲儿。

“如果你想喝咖啡的话，我正好新煮了一壶。”凯特又开口说道。

“哦，我确实想喝，”蕾妮说，“多谢。”

凯特在门口徘徊。“还有个坏消息要告诉你，娜奥米要搬走了。”

蕾妮伸手抹了抹额头，扑通一声坐回了床上。“噢，大事不好了。我的意思是，她确实不讨人喜欢，但至少我们从来不用跟她碰面。”

凯特点了点头：“我明白，我们俩会想出个办法来的，好吗？对不起，一大早就给你带来这个坏消息。”

“怎么也怪不到你身上。”

凯特刚转身准备离开，蕾妮大声喊道：“凯特，别忘了今晚特里要开派对，你想跟我一块儿去吗？”

凯特犹豫了一会儿说：“我应该会跟你一起去，八点在家里碰头，行不行？我们可以同乘一辆出租车。”

“那当然。”蕾妮说。

蕾妮起身进了浴室，在脸上浇了些冷水，又把头发扎成一束马尾。她偷眼瞟了下体重秤，寻思着要不要冒险站上去称一称。说不定，好端端的早晨就会砸在这件糟心事上。在二十出头的时候，蕾妮可不是这副德行，那时她可以放开肚子大吃比萨饼，咕嘟嘟狂饮啤酒，到了第二天早上，小腹却依然不鼓，肌肤依然清透，双眼依然明亮。蕾妮倒一直没有瘦成过纸片人，可也绝对没有人会嫌她胖。在高中时代，她曾经练过一阵子曲棍球和垒球，身形也瘦到了前所未有的地步，一度保持着八号身材。可惜自从翻过二十五岁大关，蕾妮的新陈代谢就在顷刻间变得跟蜗牛一样慢，仿佛突然从高速公路上栽了下来，一头陷进了交通堵塞。她的饮食习惯并没有改变多少，体重却在短短几年间涨了十六磅，身上的赘肉一丁点儿一丁点儿地积攒了起来。要是按这个势头长下去，那后果真是不堪设想……

昨晚她就一点儿也不敢大意，只喝了一杯伏特加汤力鸡尾酒，还把那碗黏糊糊的蟹酱递给了身边的女子，压根儿没敢用手里的面包片蘸上一点儿。

蕾妮还是踏上了体重秤。从秤上的数字看来，虽然牺牲了不少口福，她却并未得到相应的回报。不过，至少她的体重没有攀升——这一点特别重要，因为今晚她将见到特里。

这件事已经整整纠缠她一个星期了。当信箱里冷不丁冒出一封电子邮件，堂而皇之地写着*周六晚上过来喝几杯吧*，蕾妮顿时觉得自己的一颗心要从嗓子眼儿里蹦出来了。正在这时，她看见那封信还发送给了好几十个人。不过，她居然在自己的电脑屏幕上见到了特里的名字，为了当时刹那间的激动，蕾妮把那封电邮存了下来。又等了两天，她才发信回复道：*好主意，我会尽量到场！*

放轻松，这一次一定得放轻松。

她很好奇：特里发来这么一封电邮，难道有什么言外之意吗？不管怎么说，她结识特里才短短几个月。当然，她早就得知了他的大名，但在几个月前的一个派对上，他们两个人才第一次搭上话。此时蕾妮边刷牙边靠在洗手池上回想派对那一天的事，当时在整整一屋子佳人中，特里却偏偏留意到了她。

那天从蕾妮醒来的那一刻起一直都充满着奇迹。她洗了个暖和的热水澡，时间还挺长，平常时冷时热的水温那天却并未发作。紧接着，她出门办了些杂事，却偶然在一家旧货店的橱窗中发现了一只美丽的皮包，标价竟然低至三十美金。皮包的衬里有一大块紫色墨水印，不过谁在乎？又不会有人看到衬里。

她挎上新买的皮包走过一个街区，经过一家农贸市场时，突发奇想决定从摊位之间逛过去。阳光暖暖地洒在她那光溜溜的双臂上，她尽情地呼吸着野花的气息、新鲜出炉的迷迭香面包的香味，还有手工奶酪散发出的阵阵芬芳。一位摊主给了她一片免费试吃的西瓜，蕾妮闭上眼睛，从那片脆生生的三角形西瓜上咬了一口。一时间心血来潮，她掏出手机，拨通了珍妮弗的电话——在《茫茫彼岸》杂志的撰稿人班底中，珍妮弗是少有的女职员，当晚的聚餐会也正是珍妮弗主办。

“今晚需要我带什么东西过去吗？”蕾妮问道。

“哦，带一瓶酒就行。”珍妮弗说。

“别客气，我还是带些好吃的过去吧，”蕾妮说，“反正我喜欢下厨。”

“带份洋葱蘸酱如何？”珍妮弗出了个主意。

蕾妮不禁笑出了声。“还是我来搞定吧。”她说。

她在农贸市场里东逛西逛，买下了一小把欧芹、一份有机鸡胸肉、一份刚搅出来的黄油，再加一些沾着新鲜泥土的蔬菜，随后匆匆赶回了家。整整一下午，她都乐滋滋地忙着擀馅饼皮、在鸡肉上撒好面粉、把胡萝卜切成小圆片：别人借瑜伽和冥想遁世，蕾妮却借着厨艺体会脱俗之道。

到目前为止，蕾妮已经换下了两个馅饼皮（恰似“金发姑娘和三只熊”的故事，她嫌弃其中一个馅饼皮太硬，另一个又太软，都让她看不上），然后才做出了一个十全十美的馅饼皮，压上花边后将肉馅饼放进了烤箱。还没等她穿戴整齐，一股香味已经偷偷地钻进了卧室，引得人直流口水。就连正在抬腿锻炼的娜奥米也招架不住，走到了烤箱旁，偷瞟着里面的美食。

蕾妮赶到晚餐会，把还冒着热气的肉馅饼摆在厨房台面上，就逛到了别处。还不到十分钟，她就听见有个穿透了整间屋的中气十足的声音说道：“究竟是哪位烤了这个肉馅饼，一定要赏脸让我见见尊容。”

当时蕾妮还没有转过身，还没有来得及瞧见珍妮弗伸手将她指给特里，但她心下已经明了那低沉的声音究竟是谁发出的，也心知他提到的肉馅饼正是自己的大作。

“我是特里·沃特金斯，”他边说边迈出了四大步，径直走到蕾妮身旁。特里手中的碟子空空如也，连一点儿渣子也没有剩下。“我一心只想求您下嫁鄙人。”

蕾妮扭过头，放声大笑。为了来赴宴，她已经喝过一杯葡萄酒了，她深知自己的双颊正泛着红晕，一头乱发也被直发器收拾得服服帖帖（她的头发经常添乱，简直跟精力过剩的两岁小儿一样难对付）。

“要是嫁给你，是不是得乖乖下厨烤馅饼？”她开口问特里。

“每天晚上都得烤好呈上。”他盯着她的眼睛说。

蕾妮心中小鹿乱撞，却仍然放声大笑起来。接下来的情节大大出人意料：特里并没有走开，而是站在蕾妮身旁，整整闲聊了二十分钟。当他离开时，蕾妮的电话号码已经塞在了他的衣兜里。

“噢，亲爱的，”蕾妮身旁突然冒出了珍妮弗，她边说边摇头，“你要当心哪。”

“怎么啦？”蕾妮的目光仍然牢牢地盯在特里身上。刚才她没有猜错，特里的背影跟正面一样英俊动人，挑不出一根刺儿来。

“因为这男人确实不赖，可惜是个遍游花丛的浪荡子。再说了，你这么痴痴地望着特里，活像特里痴痴地望着你做的肉馅饼。”

“他是个浪荡子？”蕾妮问道。

“他刚跟一个模特儿分手。上帝呀，那妞才叫娇贵难养呢。”珍妮弗说。

“一个娇贵难养的女模特儿？还真是让人大跌眼镜啊。”蕾妮又抿了一口饮品，目光再次落到特里身上，“也许这就说得通了。”

“什么说得通了？”珍妮弗问。

“他开口邀我约会，我猜他是想要换换口味。”

于是，蕾妮与特里约会了三次，前两次确实妙不可言，可到了第三次……嗯，事情已经过去好几个月了，但只要一想到那天晚上，蕾妮就忍不住紧紧地闭上眼睛，一张脸烫得发烧。不过话说回来，也许随着时光流逝，特里已经把那一幕抛到九霄云外了呢，尽管在蕾妮的记忆中，那一幕变得一天更比一天清晰。自那以后，蕾妮曾经多次在办公大楼里遇见特里，她表面上倒是装得一派轻松，和气得不得了，实际上全是为了掩盖自己那颗七上八下的心——每到那种时候，她便活像坐上了一辆呼啸而下的过山车，感觉心中阵阵翻江倒海。有一次，在大楼的餐厅里，特里正跟一群熟人同坐一桌，蕾妮甚至过去凑了个热闹，端着咖啡一屁股坐下来，天南海北地聊了会儿，还特意在他离席前翩然走开。

我能办到，我也潇洒得起来，再给我一次机会吧。——当时蕾妮的一举一动，都是为了让特里明白这一点。

自从受邀赴宴的那一刻起，她就开始花心思对付今天的派对了。昨天下午，蕾妮已经到《格罗斯》杂志的时尚衣橱逛了逛，从中借来了一套行头（职员们把那儿叫作衣橱，实际上那是连成一片的好几间屋子。就算是时尚潮人莎拉·杰西卡·帕克，恐怕也要在最放肆的白日梦里才能梦到这样的宝地）。但凡《格罗斯》杂志的员工，要是从家里找不出合适的穿戴，就可以从时尚衣橱里借服装、鞋子和皮带，但蕾妮还从未尝过这种甜头。在堂堂《格罗斯》杂志，她不过是一只无足轻重的小虾米，如果总占公司便宜的话，只怕会被人戳脊梁骨吧。蕾妮已经挑好了借衣服的时机：趁周五下午把行头借出来，那就可以在周末穿；也就是说，她可以穿上这一套服饰出席特里的派对。

绕过一排排二号尺码装和四号尺码装（在那些衣架前，她的手恋恋不舍地抚过一件米色丝质挂脖裙，又抚过一件莓红色皮裙——那条裙子真是剪裁苗条、质地精美），蕾妮来到了十二号尺码服装区，总算从乏善可陈的藏品中挑出了一件深红宝石色喇叭袖V领上衣。这件单品曾经蒙受女星蕾妮·齐薇格的恩宠，蕾妮·齐薇格在为上一部电影增肥后，就曾经穿着它拍了一张杂志封面照。这件上衣的材质能够修饰身形，样式又能烘托乳沟，与之配套的黑色短裙简洁优美，还搭配着些许鱼尾形花边。

眼下蕾妮已经刷完了牙，正凝视着镜中的身影，一桩桩列出在派对上需要注意的事项：别放开肚子胡吃海塞；要让特里再次萌生约会自己的念头；别弄脏蕾妮·齐薇格的衣服。

除此以外，今天她还必须理清另一团乱麻，谁让她把那件事拖了那么久呢。蕾妮转身走回卧室，把手伸进挎包，摸到了那封蓝色信笺，信上写着贝卡的电子邮箱。她打开笔记本电脑，直勾勾地盯着空白的屏幕。**我很高兴与你见面！**她在新邮件里打出这么一行字，随后低头瞪着那句话，又一个字一个字地慢慢删掉了它。

蕾妮曾经是个独生女。既然贝卡在另一个家庭长大，父亲此前又一直不知道自己还有另一个女儿，那眼下的蕾妮还算是个独生女吗？她和贝卡都一直蒙在鼓里，一想到两人从此要生生地纠缠在一块儿，只怕余生都断不了瓜葛，蕾妮不禁觉得很有点儿匪夷所思。要是见了面，她和贝卡也许会发现彼此根本没有共同点，或者更糟糕，她们有可能根本不喜欢对方。

只要贝卡在，蕾妮就会不断想起父母的婚姻。它并不完美，有着蕾妮一无所知的一面。“当然，这不是贝卡的错，”蕾妮想，“贝卡有继父吗？”她想象着贝卡琢磨生父的情景，想象着贝卡在节假日和生日思念生父的一幕幕，顷刻间，一句句话从她的指尖流到了电脑屏幕上：**非常感谢你的来信，你这样主动联系我，真的让我很开心，我也期望与你见面。那就辛苦你到纽约来一趟，不过请一定让我支付一半旅费！**

她暗自对自己那个四面楚歌的银行账户道了个歉，又在电邮里多写了几行字，在信末附上手机号码，趁着自己还没有打退堂鼓，赶紧点击了“发送”。她走进厨房准备吃个苹果就动身出门，正当她靠在厨房台面上舒展小腿时，却发现果盘上搁着一张纸。那张纸看上去像是被人揉过，又再次抚平了。留字条的人是娜奥米，这位姑娘已经二十三岁，可只要写到i这个字母，还是会在四周涂上一圈小小的心形。

读完字条上的两句话，蕾妮不禁对凯特心生感激：刚才她还亲自把这个消息带过来呢。想想又要添一个室友，而且人家会整天待在公寓里，蕾妮不禁觉得面前这个屋子拥挤了许多。不过话说回来，她和凯特必须再找一位新室友，不然的话，蕾妮本就吃紧的财力恐怕会彻底撑不住。凯特刚升上了一个显赫的职位，也就是说，财务问题再也难不住她了。因此对凯特来说，娜奥米搬出去只是稍稍有些不便，但对蕾妮来说，这个变故恐怕是一场大祸。

“真该死。”在狭窄的屋里，蕾妮的声音显得过于响亮。她边说边把手伸进橱柜，想要找些——找些什么吃呢？曲奇也好，全麦饼干也好，总之是软乎乎的碳水化合物，顺着喉咙咕嘟嘟下了肚，舒舒服服地填饱肚子。

可她还是逼着自己关上了橱柜，耷拉着头出了门。看来，每当蕾妮设法将自己的命运握在手中时，它却总是滴溜溜地脱离了她的掌控。

在特里的公寓里，凯特正倚在墙上，一边细品一瓶三姆啤酒[1]，一边端详着眼前的景象。男男女女聚到一起又分开，分开了又聚到一起，还有些人悠闲地穿过拥挤的人群，手里高举着葡萄酒或啤酒，免得跟人撞上。扬声器中飘出瑟隆尼斯·蒙克的音乐，可惜被人们的阵阵欢声笑语盖了过去。屋里灯光昏暗，但拿捏得恰到好处。凯特原以为特里的住所照搬了单身汉公寓的老一套，翻不出什么花样，眼前的景象却大大出乎她的预料。

特里显然钟爱超大型椅子、柔软无比的地毯（说到他家的地毯，凯特简直忍不住要踢掉脚上的鞋，把脚趾伸进那软绵绵的地毯里），以及一幅幅大胆不羁、带有纹理的艺术品，它们也许通通来自他曾经游历过的国家。紧靠窗户的座位上铺着红色的垫子，公寓还配备着阳台和一个开放式

① Sam Adams，波士顿啤酒公司生产的一种啤酒。

两用间，兼有厨房及饭厅的功能，厅里的水泥台面板上只摆了一台极为高档的浓缩咖啡机。房间里遍布着敦实的蜡烛，团团琥珀色的烛光让凯特想起了萤火虫。在纽约这块儿宝地，没有几个吃笔杆子饭的撰稿人能过得起如此滋润的日子，不过，特里最近发表的几篇文章不仅售出了电影版权，其中还有一部请到了瑞恩·高斯林参与。目前特里正在写一本已经签约的书，主角是极限运动的狂热拥趸，那些家伙玩极限运动上了瘾，能一口气跑个整整三天的超长距离马拉松，要不然就是孤身一人驾着丁点儿大的船环游世界。

特里才三十二岁，职业生涯却已奏响了一路凯歌。《塞巴斯蒂安·荣格尔[①]的接班人》——《体育画报》上有篇文章的标题就这么夸他。请擦亮眼睛：要是杂志登出文章专门报道某个新闻人，那此人必定大红大紫。

正在这时，凯特感觉到有人在打量自己，转身恰好撞上了简的目光——简是《格罗斯》杂志的艺术总监。凯特举起手中的啤酒，算是跟简打了个招呼，简对着她匆匆一笑，又俯身跟旁边的女伴耳语起来。

“难道她们在说我的闲话？”凯特有些好奇，不禁握紧了手中的三姆啤酒。

她的脑海中浮现出刚才在办公室发生的一幕：当时她正经过奈杰尔的办公室，他示意她进了屋。凯特千方百计想挑个位置站好，离他的办公桌远一些，可他偏偏摆了摆手，让她坐到一张椅子上，又把自己的椅子拉到了附近。

想到自己正跟奈杰尔单独在静悄悄的屋里相处，凯特感觉心头一阵烦乱。奈杰尔身穿一件灰色运动衫和一条旧牛仔裤，搭配着花白的头发、标

① 塞巴斯蒂安·荣格尔（1962-　）：美国著名新闻记者、作家，同时也是纪录片制作人。

准的鹰钩鼻、神采奕奕的蓝眼睛，看上去有些不修边幅，却又有几分怡然自得。凯特向来对他这种类型不感冒（就算时光倒流二十年，奈杰尔也讨不了凯特的欢心），可是从奈杰尔眉梢眼角的神色看来，他显然觉得自己是个万人迷。当然，不少女人对此倒是投了赞成票：奈杰尔已经结过两次婚，两任太太都年轻得足以做他的女儿，再说他还经常约会各色女郎。

“我想让你看看这个版面编排，”奈杰尔说，“你觉得怎么样？有没有不合意的地方？”

听上去，这像是挖了个坑等她跳：奈杰尔究竟是想征询她的意见呢，还是版面有什么不妥之处，她应该把错挑出来呢？

为了多争取一些时间，凯特从自己的拿铁咖啡里抿了一口，那是来时从路上的星巴克店里买来的。

“难道我们这里所有人都对这玩意儿上了瘾？”奈杰尔一边问，一边从办公桌上端起一个一模一样的咖啡杯，也抿了一口。

凯特扑哧笑出了声，正在这时，简却把头伸进了奈杰尔的办公室。

“对不起，我不知道您在忙。”她说。

凯特看得出简的眼前是怎样的一幕：现在是周六上午十点钟，办公室里再没有其他人，她和奈杰尔又都是刚刚才到。难道他们两个人是一起来的，还顺道买了咖啡？

这个场面看上去可不太妙。

“没关系。”当时凯特对着简的背影喊了一声，可是简似乎没有听到。

人们会不会怀疑凯特和总编之间有一腿？他那声低沉的赞扬倒是没有落到其他人耳朵里，但话说回来，总编钟爱妙龄佳人却是众所周知的事。

“我究竟凭什么升了职？”凯特不禁再次想要知道。

凯特匆匆回答了奈杰尔的问题（她对总编说了实话，该版面编排很讨她的欢心），随后来到自己的办公室，一口气忙到夜幕降临。正当她招呼出租车回公寓，想找蕾妮会合时，一道灵光突然从脑海中闪过。升任特稿编辑后，她还没有将自己经手的第一期封面故事交给撰稿人。跟平常一样，本期封面故事也聚焦在名人身上，要报道一位猛然蹿红的年轻歌手。她的芳名叫作瑞丝·莫斯，有着天籁一般的嗓音，封面女郎一般的面孔，钢管舞娘一般的曼妙身姿。瑞丝·莫斯会为本期杂志招揽一些人气，如果让特里来写这篇文章，那会怎么样？特里倒不常写这类文章，不过凯特虽然跟他不熟，却还可以设法让他答应下来。凭着自己的直觉，凯特揣摩着：要是有位魅力十足的男士细细咀嚼那位歌手的每一个字，瑞丝·莫斯说不定会多说几句心里话，特里也就能在这场毫不出奇的采访中挖出些真材实料。

把封面故事交到外部人员手中，恐怕会在杂志内部惹来些风言风语，但凯特已经顾不了那么多了。本期杂志必须让所有质疑她的家伙心服口服，扫清大家心中的疑云（尤其要让凯特自己安下心来）。

自从来到宴会，凯特就一直紧盯着特里不放，一心想找机会把他拉到一旁。可惜很显然，打这个主意的女人远不止凯特一个，特里自始至终都没有落单的时候。他一会儿添饮料，一会儿放声大笑，一个醉醺醺的女郎还挽上了他的胳膊，嘴里抱怨着派对播放的歌曲——放完爵士乐后，换上的是“Death Cab for Cutie”乐队[①]的歌。

“我们得换些更劲爆的曲子。”那女郎娇喘吁吁地说，光艳的红唇眼看着就要挨上特里的脸颊。凯特差点儿忍不住哼出声来，随后她匆匆瞥了眼手表，捂住嘴打了个哈欠：已经快到十一点了，必须把特里身边的

---

① 来自华盛顿的四人乐团。

人支开。

一到宴会现场，蕾妮就被朋友们带到了一旁，此刻却又朝凯特走了回来。蕾妮今晚看上去格外美丽，凯特心道，跟二十世纪四十年代美女像上的女郎一样，有丰腴的身材，闪闪发亮的金发，神采飞扬的眼睛。

“这屋子棒极了，对吧？”蕾妮开口说，“只要瞧一瞧住处，就可以知道主人的底细。要是我们一脚踏进屋子，结果发现他收集了一大堆水滴娃娃，只怕我从此再也没法子正眼看他了。”

凯特忍不住笑出了声，心中无比盼望自己能从蕾妮身上沾几分那种轻松却又暖人心窝的劲头——她已经这么盼过不下一百次了吧。蕾妮的脸上似乎总挂着微笑，就拿她跟凯特聊天的这会儿来说，房间另一头居然有人大喊蕾妮的名字，隔着整间屋跟她打招呼；《格罗斯》杂志里一个名叫大卫的同性恋摄影师还俯过身，在蕾妮的屁股上捏了一把。要是被捏屁股的是凯特，她一定会暴怒，但蕾妮在他的屁股上回敬了一把，嘴上也没有饶过他：“你这小骚货。”

“刚才你把我当成特里了吧？”大卫问道。

“我倒是巴不得呢，”蕾妮回答，“要是刚才真的是他，我早就用强力胶把他的手牢牢粘在我的屁股上了。”

“你说的真是我的心里话，亲爱的。”他说，“再来一杯？你在喝什么？”

“加冰的伏特加，这阵子我正在节食。”蕾妮叹了口气。

“我已经一再跟你说过了，丫头，”大卫说，“你的曲线挺不错。你从骨子里就是玛丽莲·梦露，你应该欣然接受自己的本质。”

“眼下我操心的是看上去像不像玛丽莲·梦露。”蕾妮说，“凯特，你还要加点儿酒吗？”

凯特举起了手中半满的啤酒："不用了。"

"我看到娜奥米留下的字条了，"大卫抽身离开后蕾妮开口对凯特说道，"真不敢相信她两周之内就会搬走。"

凯特点了点头："不过，她已经交了本月的房租，租金算到本月底呢，这笔钱她是拿不回去了。"

冰块在蕾妮的玻璃杯中叮当作响，她端起自己的酒一饮而尽。正在这时，从她身后经过的人撞了她一下，蕾妮的最后一口伏特加洒在了衬衣上。

"该死。"蕾妮一边说，一边用餐巾纸擦着酒渍。

"不过是伏特加而已，对不对？不会留印儿的。"凯特说。

蕾妮点了点头："这是上帝在给我敲警钟，让我离害人发胖的桑格利亚汽酒远一点儿呢。对了，你有没有想好叫谁来跟我们一起住？我真不希望招来个陌生人。如果她是个对室友下手的'双面女郎'①，想用细高跟鞋结果我们俩的小命，那该怎么办？"

凯特笑了起来："我们可以拟一条租房广告群发给职场上认识的人，上次这一招不是挺有用吗？"

凯特没说错，就是靠着群发邮件里的租房广告，凯特和蕾妮才结缘变成了室友。

"要不然，今晚就把风声传出去吧。"蕾妮说，"也许这个聚会上就有人在找合租，或者认识哪个找合租的人呢……"

凯特点点头，本能地回头瞥了瞥特里，一眼望见他正快步穿过屋子。蕾妮也扭头望着那个方向，没有来得及说完嘴里的话。

门口站着一位身材纤瘦的女孩，有着一头长长的黑发，看上去年近

---

① 典出1992年的影片《双面女郎》。

三十岁，穿着牛仔裤，背着双肩包，一双眼睛大得出奇。她并没有顺手关上门，也没有迈进屋子，只是愣愣地一动不动，仿佛误闯了一扇不该闯的门，可又已经没了退路，被生生困在了这儿，无法前进，也无法后退。

“艾比？”

就在这时，凯特听见特里的声音穿过了人群。顷刻间，整间屋子似乎静了下来，欢声笑语一下子飞到了九霄云外，人们纷纷咽下了嘴里没说完的话，转头望着眼前的一幕。

“艾比？”特里又叫了一声，仿佛难以相信她就在眼前。他迈开步子匆匆向她奔去。

黑发女子轻声说了一句话，可惜凯特听不分明。特里伸出双臂将那女孩拥进怀里，抱着她举到空中。凯特隐隐感觉到，身边的蕾妮突然间僵住了。

“门口的黑发女郎有些不对劲儿。”凯特意识到。黑发女郎的面容是如此苍白，再说她脸上的神色——多年之前，凯特曾经帮过一个撞车的女人，对方的汽车滑出了道路，狠狠地撞在了一棵树上，当时那女人脸上的表情就跟眼下的黑发女子一模一样。

“没关系。”特里说。他温柔地解下艾比的背包，把它放在门边的地板上，又用一只胳膊搂着她的肩膀。名叫艾比的女子偎进他的怀中，特里半搂半抱地将她带进门厅，关上了身后的门。

“这位是什么来头？”摄影师大卫又在她们的身边冒了头，还给蕾妮端来了一杯饮品。

凯特看见蕾妮的双肩垮了下来，眨了好几下眼睛，久久地抿着饮品。过了一会儿，她总算答了话：“不管是谁，总之她对特里来说很重要，重要到他可以丢下自己的宴会不管。”

## 第三章
## 我该去哪儿

她不得不落荒而逃。

艾比·沃特金斯把手机、几件衬衫和一条牛仔裤扔进自己的双肩包，又用颤抖的手指摸索着打开了地下室的门。楼上的屋子里洋溢着番茄酱浓浓的甜香味，艾比还能听见有人在压低声音轻声细语。这所房子坐落在马里兰州的银泉市，而这个舒适的套间位于地下室，艾比已经在这里住了整整两年了。在她的一生中，这两年算是最快乐的一段时光。

一声抽泣涌上了艾比的喉头，她从钥匙圈上拧下房门钥匙，搁在床头柜上。这里容不下她，这里再也容不下她了，哪里也容不下她。如果人们知道她造的孽，还有谁能容得下她？

她奔过雨后湿滑的草地，跑到屋前的路缘上，给自己那辆蓝色的本田思域车解了锁，把钱包和背包扔上副驾驶座，随后坐到驾驶座上，伸手握紧方向盘，把一阵涌上喉头的恶心咽回了肚里。

艾比狠狠地踩下了油门踏板，汽车飞驰着往前，只有经过收费站时才稍作停留，还有一次在巴尔的摩以北几英里的某地停下来加了加油。她心中那唯一的念头毫不留情地驱使着她往前奔：一定要远远离开自己的故乡，能走多远走多远。

汽车刚刚驶上新泽西州收费高速公路，她的手机就响了起来。那是《毛毛的世界》主题曲。想当初，艾比将该主题曲开头的旋律设作铃声，只是为了逗安娜贝尔开心；此时又听见这曲调，艾比忍不住发出了一声沙哑的抽泣。

“艾比？”鲍勃听上去很担心，“你没事吧？你在哪儿？”

艾比费力地咽了咽唾沫，声音却仍有几分沙哑。“我正在离开的路上。”她说。

“什么？天啊，艾比，我……听我说……”他顿时压低了声音，她几乎能看见他偷偷地瞟了瞟周围，以防他们的对话传到别人耳朵里，“你明白我对你的感情，你要去哪儿？究竟出了什么事？”

“我不得不走。”她压根儿没有回答他的话。一个星期前，她还憧憬着与他共赴未来，此刻她却不想让他找到自己的下落。一滴滴眼泪顺着脸颊流了下来，模糊了她的视线：“我不会再回来了。”

这时骤然传来一阵喇叭的轰鸣声，艾比本能地向右猛打方向盘——她差点儿驶上了相邻车道。

“艾比？”鲍勃的声音掺杂了几分恼火，也掺杂了几分担心，“你让我怎么跟安娜贝尔交代？”

艾比瞥了瞥后视镜，一眼看到了装在后座上的儿童座椅。当初为了把座椅装得妥妥当当，她还去了一趟消防站呢[①]。杯托里还搁着一个皱巴巴的果汁盒，车座上扔着一块孤零零的金鱼饼干。就在上周，艾比和安娜贝尔还玩了一场游戏，安娜贝尔将一块饼干扔进艾比嘴里，艾比则学着鱼儿的模样动嘴唇。每当安娜贝尔爆发出一阵大笑，她那圆滚滚、软乎乎的小身子就跟着摇晃起来。

艾比感觉心中一阵刺痛，她开口对鲍勃说道："告诉她，我爱她。"

*我爱你们两个人*。她一边暗自说道，一边关掉了手机，鲍勃的恳求声也跟着断了线。

艾比不忍想象安娜贝尔明早醒来的情形：她会不会敲着地下室的门，大声喊着"比-比"？一想到安娜贝尔，艾比感觉仿佛有只魔爪伸进了自己的胸膛，一把将那颗心捏得粉碎。可是，如果没有艾比，那个小女孩的日子会更加幸福。

鲍勃没法儿去上班了，他得留在家里熬过这一周——艾比本该告诉他。他的太太乔安娜一定不知道该怎么带孩子（艾比不乐意称她为安娜贝尔的母亲，因为乔安娜不配做一个母亲）。当然，乔安娜会给安娜贝尔倒果汁，洗头发，但她不会在夜里伸出双臂搂着安娜贝尔，给她读《假如你给小猪一块儿煎饼》，足足读上三遍。她不会把艾比做过的事情一一做到。她会记得开壁橱灯吗？如果醒来时周围一片漆黑，安娜贝尔会吓一大跳的。

不能再想安娜贝尔了。不然的话，她准会掉转车头开回去，一把抱起安娜贝尔……然后怎么办呢？艾比跟安娜贝尔待在一起的时间比其他任何人都长，可她无权抚养安娜贝尔：她不过是个保姆，并非孩子的母亲。而

---

① 在美国，有些消防部门提供服务帮助市民正确安装儿童座椅。

此时此刻，她连孩子的保姆也当不上了。艾比千方百计想要定下神来，她把车速稳在六十五迈，尽管这种速度在雨天打滑的道路上显得有点儿快，但她实在没办法慢下来。

十一点整，她越过边界驶入了纽约，只拐错了两个弯，就找到了特里住的那条街。仿佛有如神助，就在离特里那栋公寓大楼五十码的地方，居然有个空着的停车位，艾比也懒得去读车位旁边的标牌。谁还管这地方能不能停车？真要违规的话，把车拖走好了。她一溜烟儿奔过街道，脸上的泪水和雨水掺在了一起，让她顿时想起了诱惑乐队的那支老歌——*颗颗雨滴会盖住我的泪水，没有人知道我在哭泣，哭泣……*

摩城音乐是鲍勃的挚爱。曾经有一次，他在客厅里放起了《My Girl》（《我的女孩》），安娜贝尔和艾比跟他一起随着歌声起舞，他们把安娜贝尔拥在怀里，搂着她转圈圈，安娜贝尔则咯咯大笑。当然，当时乔安娜不在，要是当着乔安娜的面，鲍勃就不会跟艾比一起跳舞了。

艾比猛地推开了厚重的玻璃门，公寓门卫应声抬起了头。

“我找特里。”她脱口而出。她原本以为门卫会照例打个电话，但他只是挥了挥手，就打发了她。她快步走进电梯，按下了十二，望着楼层数字不停地上涨。过道里传来嘈杂的人声和乐声，艾比伸手敲响特里家的门，门摇摆着打开了。

她定定地凝望着眼前一张张陌生的面孔，寻找着那张无比熟悉的脸庞。她的呼吸越来越快，感觉头晕眼花：难道找错了人家吗？路上给汽车加油的时候，她试着打电话给特里，可他没有接，也许宴会上的噪声盖过了手机铃响。

艾比飞快地扫视着整间屋子。每个人都满面笑容，谈笑风生；那些面孔看上去有点儿扭曲，显得颇为荒唐，仿佛哈哈镜里的倒影。她的视线模糊起来，她感觉双腿发软，赶紧靠在了门框上。

艾比心里很清楚：她必须投奔哥哥，不能投奔父母。父母本该无条件地挚爱自己的孩子，可惜她的父母并非如此。只有哥哥特里才会如此关心她，可是此时此刻，他又在哪儿？

突然间，他就向她奔了过来，人们纷纷给他让开道。

“特里。”艾比再次喃喃道。

他压根儿没有开口打听原委，只说了一句：“没事了。”再没有比这更舒心的话了，艾比早就知道他会如此善解人意，他也总是如此善解人意。他伸出双臂搂着她：这倒是件好事，因为她的两条腿再也支撑不住了。

# 第四章
# 谁的心底没有秘密

那是他妹妹？走廊里那个一脸悲伤、风尘仆仆的女子居然是特里的妹妹——也就是说，蕾妮在心里为他们暗自编排的前尘往事根本不沾边儿。真是谢天谢地（在蕾妮的白日梦中，走廊里的那个女郎身负着传教的使命，在几个月前含泪挥别了特里，启程前去拯救社会的弃儿。后来却意识到身边不能没有他，于是跳上了一辆人力车，又乘上公共汽车，再转乘火车和飞机，一路赶回了他身旁）。

宴会过后，星期三的早晨，蕾妮在办公室里接到了一个电话。来电的正是特里，要请蕾妮帮个忙。

“事情有点儿奇怪。”他劈头就说，然后支吾起来。蕾妮突然意识到，一向精明自信的特里此时正心烦意乱得不得了。”“她出了点儿事，但又不肯说，只告诉我，没有人……伤害她。”说到“伤害”一词，特里的声音压得很低，听上去几乎像是一声怒吼，“还说她不能回马里兰，可说来说去就只肯说这些。”

“她在哪里工作？”蕾妮一边问一边思绪飞奔，并伸手拿起办公桌上的一本便笺簿和一支笔，“如果你打电话给她的同事，他们或许能告诉你发生了什么……”

“她帮人家做保姆。”特里说，“我从来没有见过雇主一家人。除此以外，她还在马里兰大学念研究生，准备拿个硕士学位去教小学，不过我猜她要辍学了。天哪，蕾妮，如果你能看到她的模样……她基本上不怎么下床，也不太吃东西。夜里我还听见她在哭，可我不知道该怎么办。再说我马上要去泰国出差，真该死。我想过取消行程，可再过几周我又要去新西兰一趟，如果不出差的话，我的书就没法儿按时交稿了……今天早上，我看到你和凯特给大家发了封信，说你们需要一个室友，所以我想……”

蕾妮想也没想便接口说：“我们会照顾她，不用担心。”

她听到特里在电话那头叹了口气。“蕾妮，你不知道这对我来说有多重要。如果在我出差期间，艾比可以跟你们待在一起，至少她不会孤零零一个人。我担心她可能……我也说不好。”他的声音低了下去，接着又打起了精神，“她那份租金我来付，这没有问题。要不，我过几天再打电话给你，商量一下什么时候带她过来？”

“听上去很不错。”

蕾妮挂了电话，一缕暖意从心底涌起来，渐渐暖遍了全身。不管怎么说，蕾妮本就乐意帮艾比一把；要是见到艾比那张伤心茫然的面孔，谁又会忍心不帮她呢？不过，蕾妮如此开心，是因为她正想象着自己在收留艾比后再见到特里的情形。到那时，她与特里会共处一间咖啡厅，双双低下头，她讲述着自己如何哄艾比进餐，如何哄她说出折磨人的隐情。到那时，特里就会再次正视蕾妮，嘴角藏着一抹微笑，正如初次约会他亲吻蕾妮之时……

与特里初次约会的那一晚美妙无比，堪称她一生中最棒的一夜。蕾妮往后靠到椅子上，手指还摸着电话，仿佛它的另一头正牵着特里。她放任自己再次重温着那个晚上：当时特里来接她，娜奥米正站在客厅中央，身穿运动型胸衣和瑜伽裤，露着一截儿小麦色、光溜溜的曼妙腰肢，她的一只脚对着天花板，另一只脚踩在地板上，仿佛正在施展白痴版的《爱经》。

其实娜奥米算不上有多美。跟大多数模特儿一样，她的脸在照片中远比真人更漂亮，但她的身段犹如羚羊一般流畅，一头秀发披散在后背，犹如乌木一般漆黑。要是换了别的男人，恐怕早已停下脚步张大嘴看呆了，特里却只是匆匆对娜奥米说了一句“很高兴见到你”，便转身面对着蕾妮。那一刻，目瞪口呆的人变成了娜奥米。

当天晚上，蕾妮和特里走过了几个街区，到了一家闲适的意大利餐厅。店内铺着红白相间的桌布，桌上摆着滴泪的蜡烛，两人吃着店家自制的意大利面，特里讲了自己在各处的游历，蕾妮则听得津津有味。他曾经跟过驻伊拉克的一支部队，亲眼见识了战争；曾经与一支十人小队一起登过珠穆朗玛峰；还曾经被一只豺咬住不松口（他当场把自己前臂上新月状的伤痕给蕾妮瞧了瞧），然后才微笑着透露，那不过是一只幼豺。“小家伙只怕是在我身上磨牙呢。”特里开起了玩笑。

*要是分开端详的话，他的五官其实并不完美。*蕾妮的目光越过酒杯落在特里身上，心中冒出了这个念头。特里的五官长得颇有气概：鼻子大，颧骨突出，下颌分明，双眼略微显小，一头金发看上去仿佛从未认真梳理过。再加上他那高高的身材和低沉的声音，浑身上下都渗出一股阳刚之气。

蕾妮刚喝完一杯马提尼酒，特里就又为她点了一杯；她从洗手间回席，特里站起了身；她要出门，特里就扶着打开的门，挪到一旁给她让道——在蕾妮见过的男人中，他是最令人心醉神迷的一个。

当他们双双离开餐馆时，蕾妮已经颇有几分醉意。特里陪她走到所住的公寓大楼，蕾妮朝他靠了过去，发觉他的脸上隐隐露出一抹微笑，于是主动出击给了他一个吻。特里则用强壮的胳膊搂住蕾妮，回吻了她。蕾妮身高五英尺六英寸（约一米六八），但即使蹬着一双高跟鞋，她和特里的身高却仍然差了不止六英寸（约十五厘米）。她喜欢这种小鸟依人的感觉，两人难分难舍了好一会儿。

蕾妮从他怀里抽身出来，差点儿就说出“要进来待一会儿吗”这句话。但不知为何，她居然成功地憋住了那句话，只低声说道：“谢谢你，今晚过得很愉快。”便从特里身边走开了。

等到独自进了电梯，蕾妮一甩头，朝空中高举拳头，憋住了喉咙里的那声尖叫——她居然没有把这次约会弄砸！蕾妮总是说得太多，笑得太欢，吃得太猛：她会干掉一大杯玛格丽特鸡尾酒，然后再叫上一杯；她也会一直赖在某个聚会上，直到主人把她生拉硬拽地弄出门。就说此时此刻吧，她无比渴盼紧紧贴住特里，三两下扯掉他的衬衣，肆意地与他肌肤相亲。可是蕾妮明白（不知为何，她就是打心眼儿里感觉得到），特里并不喜欢黏人的女孩，他一心渴望着种种冒险。

蕾妮取出凯特放好的净水器，给自己倒了杯水，斜倚在厨房台面上喝着，感觉着凉爽的清水滋润着顷刻间火烧火燎的喉咙。

隔了一周，特里又打来电话，两人一起去看了一场电影（电影才结束不到几分钟，蕾妮已经不记得任何一个镜头了）。在放映电影的时候，蕾妮感受到邻座传来特里的体温，差一点儿就冲破了防线，但她好歹管住了自己，回味着美妙无比的一吻结束了约会。

想到这儿，蕾妮的回忆突然刹住了车。她才不许自己去想与特里的第三次约会呢，至少目前不能想，目前她和特里也许还能再约会一次。

蕾妮站起身，漫步走到凯特那间空荡荡的办公室里，龙飞凤舞地写下了一张字条：“打个电话给我吧！看来我们不必丧命在高跟鞋下咯！”她把字条搁在凯特的椅子上，又踏着飘飘然的步子走回自己的办公桌。

本周将成为她一生中最棒的时光之一。周一她报名参选了《格罗斯》杂志的美容美妆编辑，以便接手邦妮的职务。该职位空出的风声传开后，其余一些助理编辑也纷纷提交了申请，可蕾妮毕竟比他们先行一步。这并不意味着她能争取到那个职位，但她至少排在第一个嘛。

她在自己的办公桌前坐下，一边单手梳理着头发，一边琢磨着今天的日程。首先，她必须理一理信箱里乱七八糟的电邮。只要从办公桌前走开一会儿，信箱里就会冒出一大堆电子邮件，活像春季里的兔子，眨眼间就生出了一大窝。其次，她必须给《格罗斯》杂志星座专栏的撰稿人打个电话，提醒对方是时候交稿了。想当初，编辑星座专栏的机会落到蕾妮头上时，她简直激动得不得了，后来她才发现自己在无意中接了一个烫手的山芋。那位星座专栏撰稿人将极度敏感、感情用事和言语恶毒三种品质集于一身，每次蕾妮打电话跟她商议稿件时，就能听到电话另一头传来一片喧闹声——从动静判断，星座专栏撰稿人只怕还养了好几只跟她本人一样容易抓狂的小狗。

蕾妮查了查新电邮，其中一封信吸引住了她的目光。《格罗斯》杂志负责西海岸事务的编辑刚刚给她发来了一封信，标题叫作《利亚姆·尼森》。

信中写道：

**利亚姆将于今日上午十一点至下午三点之间致电你并接受采访，时间为五分钟，主题为他的新电影。**

要是在几年前收到这封电邮，蕾妮恐怕早已忍不住尖叫起来了。不过迄今为止，她已经对各界名流进行了几十场电话采访，其中没有一场逃得过老一套：采访一开始，一位公关人员会在电话里定好一些条条框框，包括蕾妮是否可以询问该名流的恋情，是否可以打听康复治疗的情况。随后，那位名人便会开腔讲话（通常来说，公关人员会全程参与谈话，好似一位咖啡喝多了的母亲一样一直绕着那位明星团团转）。明星的口气听上去百无聊赖，会说几句早已编排好的话给蕾妮听。有时候，蕾妮挺纳闷：明星们干吗不能打起点儿精神来呢，他们毕竟是演员嘛。不过话说回来，该名人一天要抽时间应付好几十个电话，借以宣传自己的新电影或新专辑，这场电话采访只不过是其中之一。如果走运的话，蕾妮还能见缝插针问上一两个问题，接下来就要将采访写成一两段短讯。可是眼巴巴盼了那么久，苦哈哈做了那么多，蕾妮最后只能等到巴掌大的一则报道，上面连她的名字也不会署。

这时蕾妮瞥了瞥手表：要是跑着去一趟洗手间，然后再到厨房里灌上一杯咖啡，那应该还来得及。一旦到了十一点钟，她就再也不能从办公桌前走开了。不过，今天她至少带了些吃食，午餐可以就近在办公桌前解决，尽管一袋小胡萝卜、一份金枪鱼沙拉和些许低脂蛋黄酱似乎算不上多么安慰人心。

蕾妮疾步穿过走廊，却闻见空中传来一股诱人的香味，不禁深深地吸了一口气。美食编辑一定又在施展厨艺了。编辑部正在筹备二月的刊物，也就是情人节那一期，这恰好意味着蕾妮的死穴：巧克力。这股巧克力香味似乎是专用来攻破蕾妮的精神防线的，是非要跟她过不去的，可眼下她还得在办公桌前乖乖待上几个小时。真是没道理，为什么一切会如此复杂？蕾妮心知自己必须减肥，要少吃多锻炼，可她偏偏做不到。看上去，她根本不可能成功瘦身。

这不可能。

布赖恩·安东尼，一个曾经跟她同住一所大学宿舍的家伙，正一步步沿着街道向她走来。凯特屏住了呼吸。这是他吗？她认出了那只鹰钩鼻，也认出了那耷拉在额头、拂过双眼的棕发。那人越走越近，凯特赶紧低下了头。要是今天戴着墨镜就好了，不然戴着一顶帽子也行……她想要转过身去，但她明白这个动作可能会吸引他的注意。眼下她简直无能为力，只能径直走向那个她压根儿不想遇上的人。*求你了，别让他看见我。*她默默地祈祷着。

凯特心里明白，自己确有可能遇上大学时代的故人，不过至今还没有出过事，倒是挺让人惊讶的。搬到纽约的人这么多，就算这是个巨无霸城市，凯特却还是动不动就遇上过去认识的人，频率高得吓人一跳。就在上个月，她正要迈出地铁的时候，却发现高中时代的一个老同学一直站在她身后几英尺远的地方，站了整整一路。凯特刚刚大喊了一声“嘿”，地铁门就已经应声合上了。

不过话说回来，凯特的高中时代并没有任何值得避讳的地方。当时她吹过长笛，分数几乎全是A，偶尔得上几个B，还为校报撰写文章，报道学校食堂新开的沙拉售货台，要不然就报道某场为当地动物收容所募捐的糕点义卖。

*吸气。*凯特提醒自己，*继续迈步走，别做什么动作，再把眼神掉转开。*

曼哈顿素来以汹涌的人潮为傲，可是此时此刻，人山人海都上哪里去了？凯特亟须有人帮自己挡一挡，但眼前这段人行道上几乎空无一人。

凯特早就明白，心底那个埋藏最深的秘密随时随地会害得自己万劫不复，她已预料到会因此跌进深渊。《格罗斯》杂志有个员工恰好是俄亥俄州立大学的校友，幸运的是，她毕业十年后，凯特才刚刚进校。每当那位同事说出“加油，俄亥俄州立七叶树队！你有没有看昨天的比赛？”之类的话，凯特便会吓得缩上一缩，担心自己的脸色是否暴露了心底那一波波汹涌的感情。

今天就是真相曝光的日子吗？凯特不知道。众人会不会终于发现她并未念完大学，发现她曾经因不堪流言蜚语，承受不了耻辱的重负，所以偷偷放弃了学业呢？

一切都源于一本讲述谋杀的书。那时正值心理学教授的办公时间，凯特在跟教授会面。教授与另一位老师合用一间办公室，当时办公室关上了门，屋里只有教授跟凯特两个人。在此之前，还没有人看出凯特与琼斯教授之间会掀起任何风波。他是个身材颀长瘦削的男子，三十出头，长着一簇乱发，每当讲到激昂处，一双淡褐色的眼睛便会变暗几分。说起来，琼斯教授慷慨激昂的时候还真不少。他钟爱教书，而且教得也好。

琼斯教授正跟凯特谈论着她需提交的研究论文（凯特怎么也定不下主题），她的目光却扫过他的书架，在厚厚一摞气势逼人的心理学期刊中认出了一本书——《冷血》[①]，仿佛在漫山遍野的枯草中望见了一朵雏菊。琼

① 《冷血》是美国作家杜鲁门·卡波特所著。优渥农人赫伯特·克拉特一家于1959年惨遭灭门的凶杀案，卡波特闻讯后，与好友作家哈珀·李决定一同前往当地调查，他们访问了当地居民与该案的调查人员，摘记了上千页记录。凶手在犯案后不久即被逮捕，卡波特随后耗六年著成此书。《冷血》被公认为非虚构小说的鼻祖及新新闻主义的先驱，同时也成为卡波特的经典代表作之一。

斯教授也跟着转过身，想看看究竟是什么吸引了凯特的目光。

“你喜欢杜鲁门·卡波特[1]？”他问道。

“我还没有拜读完他的全部作品，不过这一本……”凯特摇头晃脑地说，“这一本简直出神入化。我的意思是，该书的故事原型一团乱麻，但卡波特讲述那宗灭门惨案和后续发展的方式……读起来活像一本小说，让我手不释卷，我一直想知道他究竟施展了什么高招。”

琼斯教授向后靠在椅背上，双手枕着头，凯特竟然从他身上看出了几分男孩气质。他的双肘和膝盖都长得瘦骨嶙峋，身穿一条旧牛仔裤，搭配着俄亥俄州立大学的运动衫，看上去足足比实际年龄小了十岁。他这副模样还真像是个研究生，当然了，人家琼斯教授才不是个研究生呢。

“其中一个凶手记忆力超群，把当初的对话记得一句不漏。只要随便换个人，恐怕就会漏掉他记下来的那些细节，那家伙的智商一定高得不得了。”

凯特点了点头：“如果那人真的聪明绝顶，那他必然有别的路可走……可他为什么非要走这条不归路呢？”

琼斯教授的脸上露出了灿烂的笑容，往前倾了倾身子。“你可以就这个题目写篇文章，”他说，“你的论文算是有题目了。”

“当真吗？”

“为什么不呢？挑个你所热爱的主题，写篇绘声绘色的论文，讲清楚此人是怎样进入史上最恶名昭彰的杀人犯之列，背后又有何等的曲折。”

“我很乐意。”凯特说。

“那我也算是尽了导师之责。”琼斯教授说着又冲凯特一笑。

---

① 杜鲁门·卡波特（1924—1984）：美国作家，著有多部经典文学作品，包括《蒂凡尼的早餐》与《冷血》。

他的牙齿长得十分端正，鼻梁上散布着几颗零星的雀斑。凯特的目光情不自禁地扫过了他的无名指——那根手指上并没有戴婚戒。

在大学时代，凯特的恋情并不多。她这个人一向有些早熟，对漏斗灌啤酒、乌烟瘴气的聚会及人山人海的橄榄球赛都不感冒，一心渴盼的是上好的葡萄酒和一番倾心畅谈。至于那种把姑娘带去看电影，片头曲还没有放完就想要毛手毛脚的家伙，凯特可实在看不上。不过，她又觉得自己浪费了不少大好时光。室友们一个个奔赴联谊会的期末聚会，回家时唇膏已经花了，嘴里带着一股龙舌兰酒味，到了那个时候，凯特便会纳闷自己到底是哪里不对劲儿：为什么就她偏偏找不到倾心相许的意中人呢？有一次，凯特甚至对自己的性向起了疑心，于是端详着室友钱德拉。钱德拉有着古铜色的肌肤，身段轻盈犹如舞者，正在脱掉身上的李维斯牛仔裤。凯特的目光匆匆扫过钱德拉那双完美的腿——*没门儿，当不了女同性恋，只是还没有找到意中人罢了*。她立刻对自己的性向下了结论，钱德拉转身用狐疑的目光盯着她，凯特顿时不好意思起来。

“我觉得，在他童年时代的一些品质中，你会理出几分日后的迹象。”琼斯教授说道，“他小时候一度尿床，至于他那个家……我还是别太多话了，我希望你自己去挖掘他的生平。”

“我简直等不及了。”凯特脱口而出。

“把这本书带上。”琼斯教授伸手取出那本旧书《冷血》。

凯特低头望着手中的书，脸上突然一阵发烧，仿佛琼斯教授递过来的并不仅仅是一本书。

“谢谢。”她说。

凯特起身离开，刚刚打开办公室门，便听见教授叫她的名字。她转身望着他，他的脸上又露出了微笑。

“顺便说一声，这本也是我最喜欢的书之一。”

一晃几个星期过去了，凯特与琼斯教授之间却一直风平浪静。这一年凯特即将毕业，校园里似乎处处交织着缅怀与渴盼的气氛。凯特的朋友们一边尽情享受着大学时代最后一段黄金岁月，一边遥遥地打量着未来，既有几分害怕，又有几分期待。他们正打算搬到另一个城市，他们忙着打印简历，把聚会的声势弄得更浩大些，动不动就在学习上开小差，千方百计尽享大学年华……

可对凯特来说，懒洋洋的时光似乎在原地踏步。周一、周三和周五上午十点钟，她都有琼斯教授的课——对了，他的名字叫蒂莫西，只有在那些时刻，她才觉得自己生气勃勃。她陷入对生活的幻想之中，流逝的时光犹如散落的珠串。她常常坐在床上，直愣愣地盯着天空，望着天幕从蓝变灰，最后变成一片漆黑。可一旦走入那间大讲堂，遥遥地凝望着蒂莫西时，她顿时觉得浑身活力焕发，一心想知道吻他的滋味。她早早就会来到他的课堂，坐在第三排的正中央，心中暗自希望他的目光会落在自己身上；她买了一款带有几分肉桂色的新唇彩，每天早上都会用吹风机给一头秀发塑塑形；尽管冬寒尚未退却，俄亥俄州仍然寒气袭人，她却感觉浑身燥热，根本受不了大衣。

如果一道目光正直勾勾地盯着你，那你能够感觉得到；就算这道目光盯着的是你的后背，有时你也会有所感觉——教会凯特这一点的正是蒂莫西。“这是我们从远古的祖先那里承继的天赋，”他对全班说道，“当时我们还经常沦为猛兽的美餐。是否能感觉到其他生物的目光，也许意味着生死之别。”

这么说来，他能感觉到她正在端详他吗？她简直无法把目光从他的身上挪开。

当琼斯教授终于亲吻她时，凯特心中的惊讶不过一闪即逝，因为她立刻意识到：自从他把自己心爱的书搁到她手里的那一刻，她便已知晓他们两人会走到这一步。

“我不该这么做。”他一边呻吟，一边将她压到自己那间办公室的墙上。他已经锁上了办公室门，但与他合用一间办公室的同事随时都有可能回来，那人的身上还带着一把钥匙。凯特解开了他的衬衣，不顾一切地感受着与他肌肤相亲的滋味。“你是个学生……”他开口说。但凯特已经将香舌探进了他的嘴，他的话也戛然而止。那个急不可耐的自己让凯特大吃一惊：在此之前，她曾经冷冰冰地将追求她的男孩撇在身后，但此时此刻，主动下手的人居然是她——她三两下脱掉了短裙，一屁股坐在他的书桌上，劈开了两条腿。

“过来。”她的语声比平常略显沙哑。蒂莫西紧紧地闭上眼睛，动了动嘴唇，然后乖乖地听了她的话。凯特没有听见他嘴里在嗫嚅些什么，那些喃喃的低语再也没有机会传到她的耳朵里了。

那些未能从大学男生身上邂逅的情缘，未能从室友和拥挤的联谊会派对上遭遇的心动，都在那张散落着学期论文和铅笔的木制办公桌上席卷了凯特。琼斯教授曾在这张办公桌上批阅凯特的试卷，而此时她也在这里将自己的处女之身交给了他。当蒂莫西意识到这一点时，他的眼中泛起了泪水。

“不要紧。”她伸出双手捧着他的脸颊，帮他宽着心，一股柔情随之涌遍了全身。

“凯特。”他嗫嚅道。从他喃喃的话音听来，她的名字好似一个祷词，而她从未觉得如此幸福。

她对他爱得痴狂，她对他怎么也看不厌。其他女孩自由自在地抛洒着自己的一腔情潮时，她却将其深藏在心底，而蒂莫西的亲吻在顷刻间点燃了爱火。在夜里，她偷偷前往他的公寓，身上只披着一件雨衣，雨衣下光溜溜的没有穿一件衣服——她曾经看过一部电影，片中的应召女郎就是这副打扮。她在他办公室外的走廊上徘徊，等到其他学生纷纷离开，这时她便可以闪身溜进办公室，再次斜倚在他的书桌上。她沉醉其中——是什么令她沉醉？是那苦苦交织在一起的情欲与痴迷，差一点儿便会被当作爱情。

他们还偷偷溜出去一起吃晚餐。他们驾驶着蒂莫西那辆红色甲壳虫旧车远远地离开学校，免得让人抓住把柄。凯特去他的住处过夜，第二天一早，她穿上了一件柔软的牛津衬衫，那件衬衣是蒂莫西的。她卷起袖子跟他一起做了些煎蛋卷，蒂莫西还用法式滤压壶煮好了热气腾腾的浓咖啡。两人聊起了书籍，看了些蒂莫西深爱的黑白老电影，她还向他推荐了查理·伯德的音乐。

“我不敢相信，你居然没有听过他的音乐。”她打趣道，“在我们两个人里，你难道不该是那位见多识广的老人家吗？”

那正是她想象中的恋情：周日早上换着读报纸，一起去杂货店购物，夜半醒来则会伸手触碰对方。她敞开心怀拥抱着一切，拥抱云雨之欢，也拥抱日常琐事，拥抱兴奋激动的时光，也拥抱庸俗不堪的片刻。她开始敲边鼓打听他的语气，一步一步又万分小心地谈起了自己毕业后的情形，活像生怕惊扰了一只找不到家门、心惊胆战的狗。她才刚刚满二十一岁，而他已经三十三岁了，要是再过上短短几年时光，他们两人之间的年龄差就会显得不那么骇人，他们说不定可以修成正果。

这段恋情开始六个星期后，他们的关系曝了光。

当天大约六点钟，正是临近下班的时候，她去了蒂莫西的办公室。走廊里冷冷清清，其余教授已经纷纷收拾好准备回家。她靠在他的身上，拱起腰伸手搂着他的脖子，他呻吟了一声，深深地吻着她。

“我去锁上门。”他说。

他伸出一只胳膊去够门锁，凯特还攀在他的怀中——只要再过上片刻，他们两人就安枕无忧了。

他的手指还没有挨到办公室的门，那扇门却砰的一声打开了。凯特顿时感觉怀中人僵住了身子，于是逼着自己抬头望了望。

来人是个学生，凯特并不知道他的名字，但她认出此人正是上午十点心理学课上的同学。他瞪大了眼睛，紧盯着凯特那双搂在蒂莫西脖子上的手臂和那条掀起的短裙，一言不发地退出了办公室。

“真该死。”蒂莫西说。他放开凯特，伸出双手理了理头发。

“再过两个月，我就毕业了。”她赶紧说道。

蒂莫西似乎没有听见她的话，反而动手收拾起自己的包，将一份份论文和计分册塞进包里。“你该走了。”他说。

凯特的心又一次怦怦直跳，这一次却是因为害怕。她决定听蒂莫西的话——谁知道刚才那个学生会不会折返回来呢，她应该离开。但在离开之前，凯特还满口哄着蒂莫西：“他不会说出去的。”

可惜的是，就连她自己也不相信这句话。

到了周一早晨的心理学课，凯特发觉教室里的人们似乎不是在窃窃私语，就是在偷偷互相示意。坐在她前面的那个家伙究竟是在冲着她傻笑，还是在设法吸引她身后某人的目光呢？凯特不由裹紧了自己的毛衣，在座位上缩起了身子。

整堂课她都呆呆地一动不动，几乎一个字也没有听进去。她的目光再次紧随着蒂莫西，但这次却是因为她的目光无处可躲，只敢放在他的身上。他一眼也没有望她，而她面前书桌上摊着的笔记本上，一个字也没有写。

当天下午和当天晚上，她给蒂莫西打了好几十个电话，但他一直没有接。到了次日，他的办公室既没有亮灯，也没有开门，有人帮他代了课。

就在那个星期，学校辅导员打来了电话，声称要见凯特。“琼斯教授已经将事情告诉了我们，”她说，“不过我们还是希望听一听你的说法。”

她的“说法”？“说法”一词隐隐有几分不祥，仿佛辅导员跟她谈起的是一宗诉讼案，而不是凯特一生中最快乐的一段时光。凯特并不愿意与辅导员见面，但她转念想到了蒂莫西：要是他惹上了麻烦的话，也许她能帮他一把呢。

会面时，学院的院长也在场，不过问话的人却还是辅导员。她问了些不温不火的问题，比如凯特和蒂莫西已经交往了多久，这段恋情究竟是谁主动。

“是我！”凯特脱口而出，“不是他的错！不要怪他！”

但辅导员只在笔记本上写了几个字，便转向了下一个问题。到了最后，院长开了口，要凯特重考期中考试。凯特直勾勾地盯着他，一下子回过神来：院长怀疑她在课上得的那些A里掺了水。

“好。”她最终说道，双臂抱在胸前，无论为蒂莫西做什么，她都愿意。

在心理学教室里，凯特挨着一张桌子坐下，一心只想着那张空荡荡的讲台。眼下他在哪儿？他会不会丢了工作？试卷上有一道道论述题，可是凯特的思绪开起了小差：她真该复习复习往年的卷子。

在交卷之前，凯特好歹答完了一些题，还试着写了写短文。她一直不知道自己那次考了多少分，但她明白自己的表现并非上乘。

突然之间，凯特再也无法定下心来了。过去她总能把身边的一切噪声抛到脑后，室友们纷纷说：就算拿一部《终结者》影片来吵凯特，她也能专心读书——室友的话并不假，在期中考试那一阵，他们把电视上的《终结者》影片放得震天响，凯特却还在一心学习，但眼下她却再也无法集中心神。她不停地给蒂莫西打电话，给他发电邮，直到有一天，她收到了一张措辞简洁的便条，上面写着：请切勿再联系，对不起。

可是，凯特必须打听出他究竟怎么样了。她无法思考，无法学习，总觉得校园里每个人都知道她干的好事。每当想起两人同眠时，蒂莫西如何蜷在她的身旁，想起早晨他如何将咖啡端到床上给她，凯特便会忍不住流下眼泪。她翘了整整一天的课，接着又翘了整整一周的课，她越来越爱在咖啡馆里耗掉上午的时光，并一杯接一杯地喝着伯爵茶（她再也不愿意喝咖啡了），然后再倒头睡上整整一下午，傍晚则看些没头脑的情景喜剧。

仅仅过了两个星期，凯特便瘦了六磅。在过去，她每晚的睡眠绝不会超过七个小时，但眼下她却能一口气睡上九个或十个钟头，此外还会在午间打个盹儿。统计课老师给她发来一封电邮，敲响了警钟：她已经错过了一次重要的考试。学校辅导员又给她打了个电话，用温柔的声音在答录机上留了一则消息，让凯特再去找她一趟。

凯特心知，如果她无法打起精神熬过这一关的话，蒂莫西的处境会变得更加糟糕。于是她还是去了辅导员的办公室，跟辅导员一起制订了一个计划：凯特只需再修六个学分便可毕业，本学期她就干脆休学不要再上课了，然后在暑期课程中补齐这些学分。凯特并不愿意身穿蓝色长袍上台领取毕业证书，将学士帽扔到半空中高声欢呼。一想到欢欢喜喜的庆祝，她就受不了。

靠一杯酒壮胆，凯特给父母打了个电话，声称自己搞砸了：不知何故，她居然没有注意到自己还需要六个学分才能毕业。父亲接到电话勃然大怒，一心要给院长办公室打电话，但凯特说服了他，声称都怪自己不小心。“是我自己的错。”她说道。

蒂莫西又到哪里去了呢？凯特偶尔——要么在下午一点钟，要么在清晨六点钟——会去他家，一遍又一遍地按着门铃。她很想知道，既然眼下她已经辍了学，蒂莫西与她是否还能重续前缘呢？可惜一直没有人应门。她在校园里留心着他的甲壳虫小车，却再也没有见到那辆车的踪迹。

后来有一天，就在他那间公寓里，一个女子居然应了门。

凯特茫然地瞪着她。

“请问您有何贵干？”女子问道。

她看上去跟凯特一般年纪——不对，应该说，比凯特还年轻几岁。

“朗达，有人找我们吗？”一个年长女人绕过屋角，望着门外的凯特，“您是……”

凯特的目光越过面前的女人，落在她的身后：客厅里正摆放着一排排棕色的行李箱。凯特摇了摇头。

“我……我找错房间了。”她说。

还有两门课——两门浅显的暑期课程，七月底便可毕业，简直不费吹灰之力。但凯特根本没有在课上现身。毕业那天早上，凯特看了一上午《价格猜猜猜》。几天以后，当室友钱德拉收拾起行李驱车前往纽约时（钱德拉一心梦想着在百老汇崭露头角），凯特紧跟着她一道来了纽约。她一直没有把真相告诉父母，当他们拨通她的手机或发来电子邮件时，父母并不知道她正身在纽约，而不是俄亥俄州。撒上一个谎，就会引来一窝蜂似的数十个谎言，恰似一面镜子打碎，会照出无数个碎片。

要让父母相信她已经毕业，倒不是一件难办的事，尤其因为凯特无须出席夏季的毕业典礼。母亲好心提出要去俄亥俄州帮她收拾行装，但凯特声称自己会把行李直接运到曼哈顿，因为她已经租了一间一居室的公寓（关于租房，凯特倒是说了实话。她仔仔细细地查了查分类广告，在下西区找到了一间公寓，而她正在一家小餐馆里当女招待赚钱付租金）。暑期课程结束的次日，凯特跟餐馆里的同事换了班，回到了位于费城的家乡，跟家人谈起她准备在纽约大展宏图，压根儿不提自己已经搬到了纽约。

当时，凯特还一不小心说漏了嘴，谈到自己是多么喜欢在中央公园慢跑，她不禁吃了一惊，可是父母并没有揪着她的话刨根问底。“我的意思是，我想我会很喜欢在中央公园慢跑。”她尴尬地笑了起来。不久后，凯特才意识到，当时父母刚打算分手，因此破天荒第一遭，他们两个人并没有把全副心思都放在她的身上。

自从抵达纽约的那一刻，凯特便打心眼儿里爱上了这座城市。自从那一刻，她就知道这是她的归属地。这座城市最适宜全新的开始，这是重塑自我的完美之地。在这座城市里，每绕过一个转角，便有可能遭遇一片新天地。

凯特实在对女招待的活儿不感冒，但她有个窍门。她的同事大多是苦苦挣扎的演员和模特儿，时不时会流露出本色，对着忙碌的顾客上演一些过火的戏码。凯特却素来兢兢业业：她的制服干净整洁，她耐心等到食客用餐完毕再端走盘碟，她还时时留心着顾客的咖啡，一旦看到某人的咖啡已经不及半杯，她就问一问对方要不要续杯——凯特觉得，正因为自己有这个习惯，客人给的小费一直都很大方。没多久，凯特就已经明白了一个道理：要是遇上纽约人在早晨喝咖啡的关头，那可千万别当个没眼色的人，碍着人家的事。

凯特在纽约待了几个月，餐馆的一位常客便给她漏了一条千金难买的口风。当时，那位常客将餐叉掉到了卡座下，凯特赶紧拿来一把干净的餐叉，那人居然提起哈德逊公司要招一名临时的前台接待，而该公司的旗下拥有好几家杂志。“有兴趣吗？”那位常客问，“我在该公司广告部工作。如果你愿意给我一份简历的话，我可以帮你美言几句。”

“我愿意。”凯特立刻接话道。一个星期后，她接到了一通电话，让她到该公司进行面试。

“你在俄亥俄州立大学上过学？”人力资源总监透过一副镶金老花镜瞟着凯特的简历，话语中分明带着几分质疑。

“是的，我确实念过俄亥俄州立大学。”凯特回答道。她感觉整间屋子突然变得燥热难耐。赶赴面试之前，她已经小心地熨平了自己那件最拿得出手的白衬衣，去图书馆查阅了哈德逊公司旗下所有杂志的往刊，还提前一小时到达，踱来踱去地消磨时光。那篇简历让她绞尽了脑汁，她在简历中一条条详述了大学四年的经历和令人眼前一亮的GPA（年级平均学分），暗自希望面试官在乍看之下会以为她已经毕业。可惜的是，人力资源总监久久没有接话，凯特只好又开了口。

“就在快毕业时，因为家里突然遭遇了一场变故，我不得不离开学校。”谎言之镜又裂成了无数碎片，“目前我还差六个学分就可以获得学位，我，嗯，我正在跟学校协商，打算在今年年底之前修完学分。”

人力资源总监点了点头，但凯特说不准她是否相信了自己刚撒的谎。她会找校方核实吗？

“我工作很努力，”凯特边绞尽脑汁想象着一个好雇员该是什么模样，边开口说道，“我永远不会迟到。”

人力资源总监笑出了声：“永远不会迟到？当真吗？你敢保证？”

“我还真敢保证。”凯特说。请相信我，这句可绝对不是谎话。她暗自心道，又用力眨了眨眼睛——她感到涌起的泪水已经灼痛了双眼。“我通常都会早起，每天清晨六点左右去跑步。”

人力资源总监放下手中的笔，身子往后一仰，靠在椅背上说：“你喜欢跑步？”

这正是那场面试的转折点：在此之后，凯特与人力资源总监聊起了即将来临的一万米长跑比赛，聊了整整十分钟，毕竟她们两个人都准备参加。面试结束时，凯特感到满心鼓舞。不错，这不过是个临时的低阶职位，但它有可能为她在杂志界开辟一方立足之地。如果她运气够好的话，人力资源总监就可能已经把她未完成学业之事忘到九霄云外了。

凯特一直不知道，究竟是哪一样帮她搞定了那个职位：到底是广告部那位先生的鼎力推荐呢，还是自己对跑步的一片痴心呢？但只过了几周，她便已经忙着在《格罗斯》杂志接电话和收邮件了。那位离职的前台接待原本只申请休个产假，后来干脆撒手不干了，凯特便因此接手了一份长期职位。两年后，凯特担任了编辑助理一职；也就是说，她的一片心血总算没有白费——这两年堪称艰苦卓绝而又漫无尽头，在这两年里，她一直在搜罗一些跟自己风马牛不相及的零活，借此一步步获得了编辑们的倚重。期间她偶尔与人约会，但那些交往远远及不上与蒂莫西的恋情，因此对凯特来说，要把全副心神投入到工作上，倒也算不上一件多难的事情。

此后，在升任助理编辑一职时，就不再有人查阅凯特的简历了；几年过后，升任特稿编辑一职时，人们也根本没有提起凯特的简历——她凭着自己的业绩闯出了一片天地。时至今日，那份模棱两可的简历还深藏在人力资源办公室的某个角落里，但当初面试凯特的女总监却早已离职了。

此时此刻，凯特刚刚当上特稿编辑还不足一个月，心中却深埋着一则谎话，仿佛身上背负着一个毒瘤，它在一年又一年地积蓄着力量。她配不上自己的职位：她连大学毕业证书也没有呢，可她手下的编辑助理却手持顶尖名校的硕士学位证。她意识到，自己心底一直在等着被人戳穿的一刻，等着有人伸手指着她，把她的老底昭告天下。

这时她又瞟了眼人行道，搜寻着布赖恩·安东尼的身影，却压根儿没有看见他的踪迹。

“他不会是进了哈德逊大厦吧。哦，天哪，如果公司新近雇了他怎么办？要是每天都必须跟他打照面，心里揣摩他是否知晓我的底细，那我受得了这种折磨吗？”凯特想道。

他们两个人的母校确实挺大，但布赖恩·安东尼偏偏跟她住在宿舍楼的同一层里。没有一个人不知道凯特要辍学，没有一个人不知道她辍学的原因……再说了，但凡跟钱德拉有来往的同学都会知道，当时凯特翘了暑期课程，搬到了纽约。

“别再折磨自己啦。”凯特一边想，一边迈步穿过大堂，亮了亮ID卡进了电子门。眼下她尤其不能自乱阵脚，因为她必须跟山姆开个会，聊一聊那则一夫多妻制的报道，而且只能压住山姆的气势，逼他乖乖地把报道改得更加个人化一些：在这件事情上，无论凯特是对是错，那都无关紧要。如果新官上任不立威的话，只怕今后再没有人会对她服服帖帖。

等到收拾好山姆那边的烂摊子，凯特还必须去找一找特里，让他撰写一篇关于瑞丝·莫斯的封面特写报道，它可以给凯特争光，证明她足以独当一面。“要不要直接打个电话跟他说一声？”可要是特里不肯接稿的话，凯特就压根儿没有别的招了。怎样才能让他一口答应下来呢？

正在这时，凯特的手机响了起来，她低头望望，只见屏幕上闪烁着蕾妮的名字。

“嘿，你在哪儿？我想我们已经找到了一个新室友，只等你点头同意啦。”

凯特听着蕾妮的话，紧绷的身子渐渐放松下来，脸上露出了一抹微笑。

# 第五章 无法忘记的过往

艾比躺在床上，脑海中闪现着过往的一幕又一幕。那一幕幕都属于最为重要的经历，据说在临终之时，人们的眼前总会重现这些场景。

她见到自己深深地爱上了安娜贝尔，爱上了那个有一双蓝色大眼睛和一颗小光头的甜蜜宝贝儿。安娜贝尔长得玲珑纤瘦，两条腿似乎弱不禁风，闻上去有股婴儿薰衣草润肤露的香味。而且，这个小宝宝并不喜欢奶嘴——只凭这一点，在艾比眼里，安娜贝尔看上去就比别的宝宝聪明几分——别的宝宝嘴里还叼着一只露出塑料环的奶嘴呢。

“这是你的房间……我的意思是，如果事情定下来的话。”安娜贝尔的爸爸鲍勃一边说，一边带艾比在地下室里逛了逛。地下一层有一间卧室，里面摆放着漆成白色的大床和带抽屉的橱柜；另有一间可供淋浴的浴室，地上铺着漂亮的蓝色瓷砖；浴室毗邻的娱乐室则已改装成了安娜贝尔的游戏室，里面配置着暗绿色组合沙发和壁挂式电视，艾比只怕也能将这间屋派上点儿用场。“我们随后会装一个小冰箱和一个微波炉。当然了，如果你乐意的话，还可以随时使用楼上的厨房。”他说。

“我很满意。”艾比凝望着安娜贝尔。神奇的是，安娜贝尔竟然对她露出了微笑。艾比可一点儿也没有瞎扯，她打心眼儿里相信，这个年纪的小宝宝确实笑得出来。小宝宝已经有了各种各样的情绪，而且表达得一点儿也不含糊；至于小宝宝的举动到底是什么意思，那就轮到大人们去琢磨了。

“我能抱抱她吗？”艾比问道。

“当然了，还用说嘛。”鲍勃把安娜贝尔递给了艾比。宝宝轻得不得了，但她伸出一只小手紧紧地攥着艾比的食指。“我太太乔安娜……还没有正式复职，但今天她必须去公司一趟，因此不在家……不管怎么说，她觉得我们应该给安娜贝尔报名参加几个培训课程。”

那位太太居然抛下面试保姆这种事不管，转头上班去了？

“我们在考虑，启蒙音乐要不就学莫扎特吧，”鲍勃说，“此外再让她学一学手势语。”

艾比忍不住笑着说：“干脆让我用音响放一放莫扎特的曲子好啦。我的意思是，如果你乐意的话，我可以带安娜贝尔去参加课程，不过她毕竟才八个星期呢。我想还不如多去散散步，感受一下新鲜空气和阳光，让她好好看看这个世界。你有婴儿背带吗？宝宝喜欢被人抱在怀里，不太喜欢坐在婴儿车里，我还可以给她看绘本，时不时给她按摩按摩。”

鲍勃热情满满地点着头。他看上去颇为结实，带着十足的美式风格，一头金发刚开始变稀，宽肩剑眉，脸上露出亲切的笑容。这个人无须太多修饰，就已经英俊过人。“看他这模样，只怕高中时代是个橄榄球手，返校节还能当上国王呢。”艾比心中暗想，“分明是那种仗着一身魅力和一副好心肠轻松过活的人。”

“我们还打算买个小机器，把食物打成浆给她吃。”他说，“她吃的每一样都得是自制食品和有机食品。”听到这句话，艾比忍不住暗自好笑：又是手势语，又是自制婴儿食品，又是莫扎特？这位东家也实在太卖力了，卖力得简直暖人心窝。这架势她倒是见识过，养育第一个孩子的时候，有些父母巴不得把一切都做得尽善尽美，但轮到养育第三个孩子时，宝宝就只能一边啃着华夫饼当早餐，一边看《海绵宝宝》动画了。

“看上去，她跟你待在一起很开心。”鲍勃说。艾比低下头，这才发现自己正不自觉地来回轻晃着安娜贝尔，仿佛摇身变成了一架秋千。

“她真是个小天使，简直太完美了。”艾比边说边晃着自己那根被安娜贝尔紧攥着的手指。

“今晚你能再来一趟吗？”鲍勃脱口而出，“我真心希望你能见见我太太。”

就在那一刻，艾比心知，这份保姆的工作已经十拿九稳了。

乔安娜·阿姆斯特朗为某位民主党国会参议员担任高级助理。她的身材纤秾合度，已经找不出一丝怀孕生子的迹象；她的短发乌黑，肌肤晶莹白皙，下巴略微有点儿翘。她问了艾比一串连珠炮似的问题。

“你是本地人吗？”

“没错，”艾比说，“我就在银泉市长大，后来上了马里兰大学帕克分校。”

“你为什么要来当保姆？”

“我打心眼儿里爱小宝宝。”艾比凝望着正在鲍勃怀里安睡的安娜贝尔，脸上油然露出了笑容。宝宝吧嗒着那张粉红的小嘴巴，仿佛在回味一顿滋味无穷的美餐。

众人都在客厅里。艾比坐在一张椅子上，鲍勃与乔安娜则坐在对面的沙发上。屋里的墙壁刷成了紫红色，恰好衬托出那套做旧的棕色皮制家具。这是个优雅的房间，豪华匀称，一支水晶花瓶中盛满了红色的郁金香，一扇飘窗俯瞰着绿草茵茵的前院。但艾比简直无法把目光从咖啡桌上移开：那张用玻璃镶面的咖啡桌有好几个尖角，等到安娜贝尔开始学步的时候，要是撞上了小脑袋，那可怎么办哟。

鲍勃正在不停地把一条粉色针织毯理来理去，用它裹住安娜贝尔。就凭着鲍勃这架势，看来艾比一定得教教他如何裹襁褓。世上最触动人心弦的只怕就是裹得像墨西哥卷饼一样的宝宝了。

“你们知道我目前在一家日托中心工作，对吧？”艾比问，“但我同时还在马里兰大学攻读教育学硕士学位，希望以后做一名教师。”

乔安娜赞许地点了点头：“你有兄弟姐妹吗？”

对艾比来说，这一直是个难以回答的问题。她不乐意说“我有一个哥哥”，因为这种说法没有把话说全。家里人都绝口不提她的弟弟小史蒂夫——在快满两岁的时候，史蒂夫死于一场突如其来的急病，艾比一直感觉家里缺了一个人。她曾经去养老院当过义工，在那儿，一些上了年纪的老人家口口声声宣称能感觉到雨天将至，艾比对那种感受也了如指掌：每当察觉有人问起她的家，她便感觉到阵阵莫名的心痛。

有时艾比觉得，正是因为弟弟早夭，所以她乐意陪伴在孩子们的身边。弟弟夭折时，她还不满四岁，根本不记得他。可是话说回来，要把这么一大堆拉拉杂杂的故事讲给陌生人听，未免又有几分别扭。再说了，陌生人听了总是露出不安的神色，满嘴道着歉，艾比只好给他们宽宽心，声称自己不介意，虽然她的心中仍有隐痛。

于是她搪塞道："我哥哥特里住在纽约，是个新闻人。"

打岔这一招成功了：正如艾比所料想的，特里那份魅力四射的职业立刻吸引了乔安娜的注意。

"他在哪里供职？"

"在《茫茫彼岸》杂志供职。他刚刚发表了一篇很有分量的报道，写一对年轻夫妇不幸遭遇了一场大风暴，所乘的帆船被掀了个底朝天。他们俩紧紧抱住一块木板，在水上漂浮了整整三天，一直熬到被发现的那一刻。"

乔安娜打了个响指。"我听说过这个人。"她转身对鲍勃说，"就是上次在电视里接受采访的那一位，还记得吧？采访内容围绕着一部电影，是根据他的书改编的。"

鲍勃点点头，又把话题转回了正轨："没错……这么说吧，艾比，这是一份全职工作，但我们也可以商量，如果你准备每周挪出一个上午去上课，那我可以在时间上想办法配合。"

"棒极了。"艾比说，"我打算选晚上的课，不过还是要多谢你的好意。你做的是哪一行？"

"做技术支持，对付不听话的电脑，总之是些无聊的活儿。"他说。

在此之前，鲍勃已经自豪地向艾比介绍了太太的工作，还打趣说，终有一天她会自己坐上参议员的位子。但眼下他自嘲地谈起自己的工作，乔安娜却并未吭声。

"如果我有你那么神通广大就好啦，我简直连拼写检查也应付不了。"艾比说。

"你这份保姆工作还附带一项额外福利：享受免费的电脑技术支

持。”鲍勃接口道。他与艾比两人哈哈大笑起来，尽管他的话似乎并没有这么好笑。

乔安娜早已摆出了一只盛有布里干酪和绿葡萄的大浅盘，艾比伸手从盘里拿起一块饼干，又放在一只小碟子里。尽管饥肠辘辘，可要是众人都不动口，只有她一个人在吃，又难免让她有些不好意思。但片刻过后，鲍勃也切下一大块儿布里干酪，搁在一块饼干上。

“来试试这干酪，味道很不错。”他边说边一口吞下了饼干。

艾比的脸上露出一抹微笑，伸手去拿餐刀：“多谢。”

“我有时候要出差，”乔安娜说，“因此我们也需要你时不时来帮帮忙。当然，我们不会干涉你的学业，不过话说回来，你能偶尔在周末顶顶班吗？”

艾比耸了耸肩膀：“我相信我们可以商量出一个法子。反正除了学业，我没有其他的事情要忙。”

“你没有交往对象吗？”乔安娜问。这个问题显得颇为不合时宜，一时间，众人都没有吭声。刚才大家倒是已经聊过私事了，不过这句话却似乎别有深意。乔安娜那双黑眼睛紧紧地盯着艾比，她这么问是什么意思?

艾比咽下嘴里的饼干，这才开口回答：“其实我有个男友，但我绝不会让他在这里过夜，也不会……”

鲍勃插嘴打断她的话说：“我们不介意，那是你的私事。”

“嗯，其实她说得很对。”乔安娜说，“我可不乐意让陌生人住在我家的地下室。依我看，不留客人过夜是条挺不错的规矩。”

这不正是艾比刚才的话吗？她顿时觉得双颊飞红，暗自纳闷大家怎么会突然谈起了自己的约会习惯，而乔安娜的一举一动又为何活像她妈妈。

艾比换了个话题说：“你能否透露一些关于薪水和福利的情况？请问

医疗保健费用是否包括在内？”

“依我看，要不鲍勃和我私下商量一下，定下所有细节以后，再给你打个电话？”乔安娜说。光听她那句话，仿佛是在征询艾比的意见，但实情并非如此。乔安娜的言下之意是：这份保姆工作还没有正式交到你手心里呢。不知为何，她们两人已经悄然较上了劲儿。

还是艾比先松了口：“听起来棒极了。你有我的电话，我就等你的消息吧。”

等到启动自己那辆本田思域车时，艾比才意识到一件事：整个面试期间，乔安娜并未抱过安娜贝尔一下。她究竟有没有正眼瞧过自己刚出世的女儿？

到了后来，艾比曾经暗自揣摩：难道当时乔安娜已经预见到她与鲍勃之间会有瓜葛，因此才对艾比横挑鼻子竖挑眼吗？可她为什么还是让艾比去自己家做保姆了呢？

次日早上，乔安娜打来了电话，当时艾比还赖在床上。正值周六清早八点钟，电话铃足足响了三声，她才找到自己的手机。

“我没有吵醒你吧？”乔安娜问道。

艾比几乎能想象得出电话另一头的乔安娜是什么模样：她穿着顶级的弹性面料服饰，清晨的有氧健身课让她的皮肤因为出汗而发亮；说不定，她正在往榨汁机里放芹菜和苹果——昨晚在她家的厨房里，艾比曾经见过一款商用榨汁机。

“哦，怎么会吵醒我呢。”艾比撒了个谎。她把听筒从嘴边拿开，清了清嗓子，设法打起精神。乔安娜身上究竟有什么神通，总让艾比觉得此人的一举一动都是在跟她过招？

“一周后我就会复职。”乔安娜说，“实际上，我们原本已经安排了人手，可她竟然瞒着我们另找了一份工作，很糟心吧？因此眼下我们手忙脚乱，鲍勃倒是时不时能抽点儿空出来，但我说不好他的客户还能好脾气地忍多久。我们真的急需你尽快接手。”

“我必须提前两个星期通知日托中心。”说完后，艾比又补了一句，“毕竟我是日托中心的看护长。”实际上，艾比已经跟乔安娜讲过这件事了，不过她想再给乔安娜提个醒：我的重要性也不容抹杀，还有人缺不了我呢。

“我明白。”乔安娜说，但她的声音听上去唐突无礼，“好吧，那你能不能早点儿搬进来，然后在晚上帮忙搭把手？安娜贝尔很早就会上床睡觉，如果你待在家里的话，鲍勃也许可以出门办点儿事。我的意思是，当然啦，我们会付你薪水。只要是你全职之前帮忙干的活，我们可以按小时付工钱。下周我要去一趟密歇根，马上就要有一场初选，到时候我会忙得昏天暗地。如果又正赶上鲍勃的客户有急事打电话找他，他也不能对人家不理不睬，要是总给客户吃闭门羹，恐怕保不住客户哪。”

乔安娜总是一口气说这么一大堆话，还说得跟连珠炮一样噼里啪啦吗？光是听乔安娜说话，艾比就感觉身心俱疲。

“没问题。”艾比说。当初冒出要念研究生院的念头时，她便退了自己的公寓节省开支，眼下她正跟女友莎拉合住。莎拉那小妞大半时间都待在男友处，艾比则支付一半租金，大家对目前的局面都很满意。不过莎拉知道艾比不会一直住下去，也不介意艾比说搬就搬。“我可以本周末搬进来。”艾比说。

乔安娜明显松了一口气。而没过多久，艾比就明白了原因：乔安娜总是不在家。每天清晨八点一刻，乔安娜就已经离开了家门，到晚上八点钟，她多半还没有回家；每周至少有一个晚上，她会跟参议员一起出差，毕竟参议员要设法到卡拉马祖市和安娜堡之类的城镇拉票。乔安娜的职位颇为显赫，也忙得不得了（有天傍晚，艾比听见乔安娜在跟《纽约时报》的记者打电话报料），但艾比心下暗暗为她感到惋惜。

乔安娜并不知道，在清晨金色的朝阳下，要是怀中紧搂着一个不哭不闹、精神十足的小宝宝散散步，那会是怎样的良辰美景；乔安娜也不知道，当吃到生平第一勺鳄梨时，安娜贝尔那张小脸上的神色是多么惊讶，小宝宝又是如何噗的一声把鳄梨吐了出来。难道乔安娜从未歇口气，贴着安娜贝尔的小脑袋好好儿闻上一闻吗？

乔安娜将她生命中的精华交给了艾比，便掉头离开了，途中再没有回头张望过一眼。

# 第六章
# 光鲜背后的明争暗战

美容美妆编辑的选拔已经进入最后一轮，而她正是候选人之一！

别再四处蹦来蹦去啦，这样看起来活像一个参加游戏节目的选手，正为刚赢了一台不值钱的烤面包机欢天喜地。我必须好好开动脑筋。蕾妮告诫自己。首先，她必须认真掂量对手：另外两名候选人也是女性，跟蕾妮一样属于内部人员。蕾妮知道其中一个是谁——那是同事杰西卡，与蕾妮一样担任助理编辑的职务。

依蕾妮看来，杰西卡为人亲切。嗯，最合适的说法应该是，杰西卡颇为和蔼可亲。她长着一头光滑的金发，那是她身上最值得称道的亮点，但她的五官似乎没有舒展开，看上去总像在用力嗅着一盒牛奶，好瞧瞧它是否已经走了味儿。杰西卡身材苗条，身高适中，实在有点儿……普普通通。她说话总是温言细语，也从未有大喜大乐的时候……她既不会乐开了花，也不会愁眉不展，仿佛天生就缺乏兴奋的基因。就算打肉毒杆菌，也变不出这么一张扑克脸吧，对不对？杰西卡才二十岁出头，不过在眼下这个年代，有些女人在双十妙龄的时候，就已经把肉毒杆菌当作驻颜的妙招啦。蕾妮一边寻思着将细菌注射进额头是什么滋味，一边强忍着不让自己发抖——不过话说回来，等到十年后，或者等到鱼尾纹在脸上现身的时候，蕾妮仍然有权摇身变成一个没脸没皮的伪君子，兴致勃勃地去注射几针肉毒杆菌嘛。

这么说来，杰西卡还算不上有力的竞争者，除非她韬光养晦，把一身才气都挥洒在笔下的锦绣文章里。但是除了她，究竟还有谁在争夺美容美妆编辑的职位呢？眼下这种关口，要是跟办公室里那些热衷八卦的长舌妞交情够铁，那可就派上大用场了。于是蕾妮打了几个电话，另一个候选人的名字一下子就到了手：黛安·卡尔森。

黛安可不是一个容易应付的对手。蕾妮一边想，一边懒懒地乱涂着一张搁在办公桌上的纸。毋庸置疑，黛安十分聪明。她毕业于耶鲁大学，要是有人忘了她的出身，她一定会想法儿给此人提个醒。当然，黛安还瘦得皮包骨头，就连瘦骨嶙峋的小灵狗身上恐怕也比黛安多几块肉。不过，蕾妮原以为黛安想当一名撰稿人。除了为新产品写些吸引眼球、妙趣横生的简讯之外，美容美妆编辑用不着写太多文章，尽管该职位确实需要一种与众不同的才能——要干美容美妆编辑这一行，你就得把一只眼线笔说出上百种花样来。也许，黛安准备借着这个职位朝上爬，要不然的话，她说不定也对那些免费的福利垂涎三尺呢。

现任的美容美妆编辑邦妮，上个月就刚去享受了一次水疗。蕾妮想着，不由叹了一口气。当时邦妮去了整整两天，又是按摩又是拔眉又是去角质，给一头秀发做了挑染和深层护理，喷了一身美黑喷雾，最后还被对方亲自送了回来，她随身带着一只大得不得了的购物袋，里面琳琅满目地装着各色赠品，从紫貂毛化妆刷、带香味的蜡烛，一直到海蓝之谜面霜[①]。不得不说一声，邦妮可是带薪出这么一趟差的！光是想想那些好处，蕾妮就已经感觉自己正被各色芳香疗法伺候着，美得浑身骨头都酥了。

“你好啊。”

蕾妮闻言抬起头，一眼见到杂志总编奈杰尔正靠在她的办公桌上。奈杰尔是个聪明伶俐的家伙，可他身上有一种莫名的气质，在他面前，蕾妮总想要紧紧地抱起双臂，免得自己的乳沟一不小心春光乍泄。谈话的时候，奈杰尔并不会紧盯着女人的双峰不放，但蕾妮总感觉他为此忍得十分辛苦。

“五分钟后到我办公室来一趟，好吗？”

“没问题。”

蕾妮从办公桌顶层抽屉里拎起化妆包，迈步向洗手间走去。要当美容美妆编辑，少不得要遵守规则：看上去，你得有美容美妆编辑的派头。纽约女郎们总是打扮得颇为精心，但美容美妆编辑必须更上一层楼。蕾妮想着，要给那位在帕森设计学院的朋友打个电话，好歹借几件衣服。还要问问邦妮，看能不能从她那一大堆化妆品中搜罗几样。

蕾妮仔细端详着全身镜中的自己：上身的一件粉色丝绸衬衣，给面孔添了一抹玫瑰色；下身的一条及膝灰色铅笔裙，让丰臀看上去瘦了一两英寸；脚上的一双露趾高跟鞋，是在大减价的时候入手的，鞋号小了半码，眼下正害得蕾妮痛不欲生。不过，要是能用免费足部按摩好生伺候伺候这双脚，那只怕“免费足部护理”几个字还没有说完，脚上这点儿小毛病早

① La Mer，雅诗兰黛集团旗下的海蓝之谜面霜，被誉为化妆品界的奇迹，人称“面霜之王”。

就已经躲到九霄云外了。她朝双颊上补了些金粉，薄薄地上了一层唇彩，喷上香水，梳了梳头发，查了查身上的衣服有没有露出标签，又理了理脖子上那条米色的真丝围巾。

整整七分钟后，蕾妮敲响了奈杰尔办公室的门，他大声将她叫了进去。

黛安和杰西卡都在场。在那间宽敞的办公室中，她们两个人已经绕着一张圆桌端坐在角落里了。

原来总编并不是单单要见我一个人。蕾妮回过了神，千方百计挤出一抹笑容。奈杰尔打算跟申请美容美妆编辑的三名候选人都聊一聊，蕾妮却已经犯下了第一个错：奈杰尔让她过五分钟来见面，她本该乖乖听话，在五分钟后赶到这儿。

“坐下。”奈杰尔朝一张空椅子做了个手势。

还应该带个便签簿和一支笔过来开会的，可惜又走错了一步。蕾妮原以为奈杰尔准备跟她闲聊一阵。见鬼了，她还在心里打着小算盘呢：她比杰西卡和黛安都年长几岁，在《格罗斯》杂志的资历也较深，美容美妆编辑的职位也许会顺理成章地落到她的头上。不过，她还真不应该想当然。杰西卡也没有带记事本，但黛安已经摆好架势要在她的iPad上做笔记了。

“听着，我就开门见山地说啦，”奈杰尔说，“你们三个人都想竞争这个职位，不过这次我们打算换个新花样。”

蕾妮强令自己紧盯着奈杰尔，别去偷瞟黛安和杰西卡；她的脸上一直挂着一缕快活的微笑，仿佛奈杰尔正在邀请她们三人参加一场鸡尾酒会，而不是逼着她们在媒体圈里厮杀。

“通常，我们会让候选人参加几轮面试，”他说，“不过眼下我们杂志正在设法加强与读者之间的互动，想办法提高在社交媒体上的活跃度。你们几个就帮我们当回小白鼠吧，让杂志的读者来挑一挑由谁担任这个职位。”

杰西卡闻言举起了一只手，仿佛是个念二年级的小学生，正为一则算术题犯难。“比方说，让读者投票表决吗？”她问道。

蕾妮暗暗为她这句“比方说”叫了声好：杰西卡这话听上去也太不专业，太不招人喜欢了。至于蕾妮自己，却正强忍着不对奈杰尔的新花招泛苦水。黛安已经跟一位个子矮小、活力十足的华尔街交易员订了婚；而看上去总像在皱着鼻子闻奶味的杰西卡则拥有一笔信托基金；跟蕾妮不一样，她们两个并非急需这个职位。

“从某种意义上来说，确实如此。”奈杰尔说，“你们三个人都要去网上吸引人气，要写博客，还要在推特上发文。我们杂志正在Facebook（脸谱网）上为你们三个人创建主页，谁的人气最旺，美容美妆编辑的职位就归谁。也就是说，谁的拥趸最多，博客上的讨论最火，谁就是美容美妆编辑。不消说，你们还得继续做好日常工作，但我建议你们，尽可能地在争取网络人气方面下点儿功夫。”

“哇，听上去真是激动人心。”杰西卡说道，一张脸看上去却仍然风平浪静。

“她注射了肉毒杆菌，一定错不了。”蕾妮暗自断定。

“我们希望人们能有参与感。”奈杰尔说，“你们知道，我们杂志的读者流失得很厉害，跟哗啦啦的流水一样，拦都拦不住……见鬼，哪家杂志不是这副惨样呢。我们急需一大堆年轻读者，这次你们三个人竞争美容美妆编辑职位，算是一项尝试，但我确实看好这一招。”

我能行。蕾妮心想。蕾妮在Facebook上已经有足足两百个好友了，稍后她会招呼朋友们到新页面捧捧场。如果好友们把风声传出去，再叫上一大帮人一起来的话，那她起码不会输在起跑线上。蕾妮边想边换了换坐姿——塑身内衣正勒得她腰肢生痛。

“只要是关于美容美妆的话题，我们都可以在博客上发，对吧？”黛安说着，手上则在不停地敲字。

奈杰尔挥了挥手。“有创意的新招会给你加分，”他说，“没有人手把手教你，我们希望你们三个人拿出真本事，尽情施展才华。”

“这么说来，我们可以把Foursquare①派上用场。”黛安仿佛在低声自言自语。

“你说什么？”奈杰尔问道。

“噢，只是一款可以在Facebook和推特上用的互动装置。”黛安说，“假设我登记参加倩碧的新闻发布会，它就会显示我的位置，也算是跟大家保持联系的一种方法。”

“棒极了。”奈杰尔说。

蕾妮朝黛安瞥了瞥，破天荒第一次注意到：黛安的粉色iPad皮套竟然跟她身上的短裙是同一色系。蕾妮还从未想到，黛安会为了这个职位如此拼命，她一定跟蕾妮一样铆足了劲儿呢。

“我们什么时候可以开始？”蕾妮坐到了椅子边儿上。

“我们说话的这会儿，技术支持人员正在创建你们的Facebook主页。”他说，“行动吧。”

三个女孩都站起身向门口走去。蕾妮走回了自己的办公桌，手机正好响了起来，来电号码显示的区号是她的家乡，但蕾妮并不认识那个号码。

“蕾妮？”电话里响起了一个年轻女子的声音，听上去很和气，但也

---

① Foursquare是一家基于用户地理位置信息的手机服务网站，并鼓励手机用户同他人分享自己当前所在的地理位置等信息。

有几分迟疑不决。蕾妮绞尽脑汁想着这是谁，不由皱起了眉头。

“我是贝卡。”

“噢！”蕾妮吞下了一口唾沫，“你好。你怎么样？”

“我很好……嗯，也许还有点儿紧张，这一切太离谱了，对不对？”

“离谱得要命。”蕾妮笑了一声。听着贝卡的声音，蕾妮设法想象着贝卡的模样，但却一无所获。“我很高兴你打了这通电话。”

对方迟迟没有吭声，蕾妮环顾着四周，注意到隔壁格子间里的同事正在朝自己这边打量。难道自己的话听上去很奇怪吗？蕾妮赶紧坐了下来，心中暗自庆幸格子间的挡板变成了她的挡箭牌。不过话说回来，格子间的挡板可挡不住她的声音。

“不管怎么说，我刚刚跟……马文一起喝了咖啡。”贝卡说道。贝卡那一瞬间的犹豫难以察觉，蕾妮有些好奇当时贝卡是否差点儿脱口说出了“爸爸”一词。对贝卡来说，要想好如何称呼马文，一定是件挺别扭的事。“见面很愉快，他跟我略微聊了聊你的工作……我这通电话赶得不是时候吧？”

说实话，她这通电话赶得还真不是时候。办公室里正熙熙攘攘，蕾妮又不乐意别人偷听到她和贝卡的通话，不过她还是开口说：“怎么会呢！时机正好。”说完，她的面孔不由抽了抽：自己那尖嗓子听上去活像刚吸了一口氦气。

“因此我想，也许我可以在一两个月之内来纽约。”贝卡说，“不过请别再操心帮我付机票了，去年我订的一次航班因故取消，因此拿到了一张免费的代金券。”

“嗯，那我最起码要支付一半酒店费用吧。”蕾妮说。

“噢。”贝卡说。难道她原本指望蕾妮邀请她到公寓过夜吗？难道蕾妮原本应该邀请贝卡到公寓过夜吗？不过蕾妮心底并不乐意：贝卡仍然是个陌生人，再说，她们两个人之间的关系已经够复杂了。

“如果你乐意的话……”她刚开口，电话那头的贝卡也同时说：“说真的，你为人真是慷慨大方。”

“对不起。”她们两人又同时说道，接着蕾妮真的笑出了声。这场面活像一场相亲——令人遗憾的是，蕾妮对相亲可是再熟悉不过了。

“订航班倒不难，只要航班上还有空位，我就可以在最后关头预订上。”贝卡说。

“当然，”蕾妮说，“你对纽约有什么特别的计划吗？有没有打算去看场演出？我们用不着现在决定，在最后关头买到票也不是难事。”

“听上去很有趣，那我们都查一查自己的日程，然后再互发电子邮件商量时间行吗？”

“棒极了。”蕾妮说。

“太好啦。”贝卡说。

蕾妮好一会儿没有回答——她正绞尽脑汁想要接上几句。

“嗯，那好，那我们回头聊？”

“好的，太好啦。”贝卡又重复道，“再见。”

蕾妮结束了通话，把电话搁在办公桌上。

“听上去很尴尬啊。”她的死党——摄影师大卫靠在齐胸高的格子间挡板上说，“刚才你是在回避一个对你死缠烂打的家伙吗？”

蕾妮翻了个白眼说：“没错，又是乔治·克鲁尼[①]那家伙，对他这人非得直来直去才行。”

① 美国著名演员、导演及编剧。

“想去喝杯咖啡吗？”

蕾妮犹豫片刻，然后摇了摇头道：“我倒是很乐意去，但我必须干活。”

这句话倒是实情，不过此时此刻，蕾妮真心渴望的是安静地待上一会儿，就待几分钟，私下好好想想刚才那通电话。听上去贝卡稍微有点儿犹豫不决，但显得坦诚又友好。正是这一点，让人心里发毛。

她听上去似乎跟蕾妮一模一样。

凯特凝望着特里：他正一步步走到餐厅的桌子旁边，手里端着两杯热气腾腾的咖啡。他身穿一条牛仔裤，一件T恤，还搭配着一件棕色的皮夹克。凯特敢一口咬定：要是詹姆斯·迪恩①还活在人世的话，遇上了特里，他只怕会犯红眼病闹脾气呢。

“你要加糖，加奶精，还是加善品糖？”特里问道，“把我当成你的私家空姐就好。”

“多谢。不过话说回来，你难道不应该是空少吗？”凯特从特里搁在桌上的各色配料中拿起了一包善品糖。

“说对了。就算穿上礼服裙，只怕也遮不住我那两条腿。”他说，“就算礼服裙能降服我的腿，我也说不准自己是否乐意品尝那种滋味。话说回来，你和蕾妮肯照顾艾比，我的感激之情无以言表。”

“愿意效劳。”凯特立刻接口说，“不过，说老实话，我找你是想聊聊别的事情。”

特里挑高了眉毛。在此之前，凯特给他留下的是这么一种印象：这次

① 詹姆斯·迪恩（1931－1955），美国著名电影演员。

见面是为了他妹妹搬进公寓合住的事宜。要不然，换一种更确切的说法即是，凯特给特里发了一封语焉不详的电邮，她算准了特里一定会想到艾比搬家的事情上去。

“是公事。”凯特说，她用一只小木勺把半包善品糖搅进咖啡，逼着自己正视着特里，“我知道，你以前很少替我们杂志写稿。”

“从来没写过。”特里说。

“真的吗？不管怎么说，我不知道你是否会考虑帮我们写二月那一期的封面报道。”

特里朝后一仰靠在椅子上，那张椅子几乎容不下他的身躯。凯特瞥了瞥特里的面孔，却摸不清他的神色。在此之前，她还从来没有注意到：特里那双淡蓝色的眼睛还透着一圈深蓝色，几乎算得上是海军蓝。

“要写个歌手呢，还是写个女演员呢？”他问道。

“两样都是。”凯特立刻回过了神，“是瑞丝·莫斯。”

凯特飞快地说着话，暗自希望趁着特里还没有开口拒绝，自己能多鼓动几下唇舌：“公关人员和管理人员把她打理得滴水不漏，我们实在很难从她身上挖出有意思的新料，那就只能用过去的消息炒剩饭了。可我真的不乐意。”

“假如这是我担任特稿编辑后出版的第一期杂志，我也不会炒剩饭。”特里说。

凯特设法藏起自己的惊讶之色：她还从来没有想到，特里居然对她的情况如此了解。难道因为她即将成为艾比的室友，特里还查了查她的底细吗？要不然的话，特里以前就对她如此了解？

“鉴于跟罗伯特·帕丁森的瓜葛，她现在变得更加像铜墙铁壁似的挖不出料来了，你知道吧？”特里说。

凯特点了点头。瑞丝跟帕丁森有过一段闪电恋情，她的职业生涯原本已经青云直上，这段情缘更是让她的人气一飞冲天。瑞丝才不过二十二岁，即已不在大银幕上跑龙套，在斯科塞斯执导的一部影片中，她担任女主角，跟莱昂纳多·迪卡普里奥演上了对手戏。瑞丝在片中扮演一名站街女郎，活灵活现的表演跟她一向清纯的形象大相径庭。除此之外，她还演唱了电影原声带中的主打歌曲。迄今为止，瑞丝已经夺得了一项格莱美大奖，与奥斯卡提名也只是擦身而过，如果凯特能想办法从她身上找出些真材实料来（也就是说，绕过瑞丝在新闻发布会上说过的套话，绕过公关人员精心打造的语句挖出些真材实料），那可真算得上是打了一场漂亮仗。凯特知道，特里有本事办到这些。

"这篇稿我接了。"他说。

"真的吗？"凯特安心地松了一口气。

"区区小事，不足挂齿。"他说，"拜托你好好照顾我妹妹。"

凯特垂下了眼睛，心中突然涌上一阵愧疚——她原来并没有打算将艾比的痛苦作为交易的筹码。"就算你不接这篇稿，我也会好好照顾她。我的意思是，我们会好好照顾她，蕾妮和我。"

"刚说到她，她就来了。"特里说着露出了笑容。他挥了挥手，凯特扭过头，只见蕾妮正在排队结账，她的托盘上搁着一份蔬菜沙拉和一瓶巴黎水。凯特也挥了挥手，她发现蕾妮拿起找回的零钱，犹豫了片刻，显然是在琢磨该不该过来跟特里和凯特坐一桌。

*抱歉*。凯特一边心里这样说，一边掉转目光回过了头。她暗自希望蕾妮能读懂自己的暗示。凯特倒是很乐意邀请蕾妮过来坐一桌，但她和特里还没有敲定稿件的细节，她得跟特里约定一个截稿期限，以便去开今天下午晚些时候的编辑会议。

“这么说，这篇稿就约好写三千字？你觉得可以在一个月内写完吗？”

“没问题。”特里说。

“你没有什么问题要问我吗？”

“你已经交代了你想要什么：不要炒剩饭。我应该绕过她身边的人挖出新料。”

凯特没料到办成这件事竟会不费吹灰之力。“嗯，好吧，”她说着抿了一口咖啡，“今天我就会给你拟一份合同。”借着眼角的余光，凯特看见蕾妮从他们的身边走过，然后坐到了几桌开外《格罗斯》杂志的一名撰稿人旁边。

凯特心中再次涌上了一阵愧疚：她本该邀请蕾妮跟他们一起进餐的。她知道蕾妮对特里一片痴心——有谁不知道呢？可是凯特太放不下这篇稿了，她一定不能让稿子出错。

那现在还要邀请蕾妮过来吗？不，那样看上去会很突兀，蕾妮已经咬了一口沙拉，跟同桌女伴热火朝天地聊起来了。

“再跟我讲讲艾比吧。”凯特对特里说，“她有什么喜好？”

特里应声接了话：“孩子。她爱小宝宝爱得不得了，富有母性情怀。”

凯特点了点头。她原本以为艾比的心头所好会是巧克力冰激凌或粉色玫瑰之类，可艾比偏偏喜欢小宝宝……大多数杂货店里可没有小宝宝卖呢。

“她还有别的喜好吗？我正在设法儿想出几样我们可以一起参加的活动，要不然看场电影？”

特里喝了一口咖啡，这才开口回答道：“当然可以，只不过……看一部轻松的电影，好吗？我不清楚艾比是否想看片子，不过值得一试。”他伸出一只手梳了梳头发，脑后却立起了一缕发丝。不知为何，凯特花了一番力气才忍住心里的冲动：她想伸手捋平那缕发丝。

“蕾妮的厨艺了得。”刚才让蕾妮吃了瘪，凯特暗自希望这些话好歹能补偿几分，“说不定她能做出几道美食，我们三个人就可以一起吃顿晚饭。”

“这段时间艾比吃得也很少。”特里想起了往日的情形，不禁微微一笑，“她每次来纽约看我，总会让我买比萨饼。我要带她到一家不错的餐馆去，可她总说天下再也找不出比地道的纽约比萨饼更诱人的美食了。”

“这样的话，我们会叫上一份比萨饼，再租一部桑德拉·布洛克主演的片子。”凯特说，“我们会想办法让她开心起来的。”

“希望如此。”特里说，“这阵子她终于起床活动了，可跟以前相比，她简直像掉了魂儿一样。”

说到这里，特里的面孔上掠过了一道阴影。凯特发现他垂下眼睛，费力地吞了口唾沫。顷刻间，面前的人不再是特里——不再是本大楼里最龙马精神的男人，而只是一个被痛苦煎熬着的人。

凯特不由自主地向前俯过身子，伸出自己的手握住了他的手。“她遇到麻烦时就来投奔你，”她轻声说，“她一定爱你至深。”

“多谢。”特里说着抬起目光，正视着凯特的眼睛。

正在这时，旁边的瓷砖地板传来一阵刺耳的吱啦声，凯特赶紧缩回了手——蕾妮将椅子推回原地，收起吃了一半的沙拉，合上了塑料包装盒。她迈步经过凯特和特里的身旁。她跟他们两个人只隔着一张餐桌的距离，但她根本没有瞟一眼他们，尽管凯特千方百计想要吸引她的眼神。

“我该回办公室去了。”凯特说着瞟了眼手表。

“去吧。”特里也站起了身，“接下来我要在家干活啦。”他端起两人的空咖啡杯，迈步走向垃圾桶。

“特里？”凯特说道。

他转过了身。

“再次多谢。”

他对凯特使了个眼色，又跟她一起走到电梯口，然后他搭上前往大厅的电梯，随即消失了身影。凯特搭乘了另外一班电梯。在按下二十七层的按钮时，她又瞥了瞥手表：编辑会议将在两个小时后召开——她已经等不及向众人宣布特里将撰写封面报道这一消息了。

凯特经过了蕾妮的办公桌，桌边却没有蕾妮的身影。她又到洗手间里找了一圈，可惜也没有发现蕾妮。凯特寻思着给蕾妮留张字条，解释一下刚才的事，但她甚至说不准蕾妮是否看到了他们两个。助理编辑们总是在各新闻发布会之间匆忙奔走，眼下蕾妮说不定就在赶新闻发布会呢。不管怎么样，要是弄张字条出来，说不定会把小事闹大。

这事只能稍后处理了。眼下凯特必须再读一读那篇一夫多妻制报道的草稿，这样一来，等开完了编辑会议，她就可以把自己的意见交给山姆了。她关上办公室的门，刚刚坐下拿起那支用于批注的蓝色铅笔，便听见手机响起了铃声（《格罗斯》杂志的编辑们全都使用不同颜色的批注笔，奈杰尔挑了红色，执行主编挑了绿色）。

“我是凯特·索莫斯。”她把话筒夹在脖子和肩膀之间。

“嘿，宝贝儿。”

凯特立刻不由自主地压低了声音，尽管压根儿不可能有人听见她的话：“嘿，妈妈。”

“你最近有什么新鲜事吗？”

凯特感觉自己的血压瞬间飙升了一截儿。“马上要去开个会，”她说，“白天在办公室里谈话挺麻烦。”

为了这件事，凯特已经提醒过妈妈好几次了。开口拦着妈妈，这也不许那也不许的，感觉实在有点儿怪异，仿佛在过去的几年中，母女俩莫名其妙地互换了角色。“晚上我再给你打过去，好吗？”

“当然啦。”妈妈的声音听上去很泄气。

凯特的心中又闪过一丝内疚，她的太阳穴在隐隐作痛。

“一切都还好吧？”凯特问道。

“都挺好，只是想打个电话。”

“晚上我一定会打电话给你，”凯特放软了自己的口吻，“我很乐意聊聊近况。”

等到会议开始时，凯特已经彻底走了神：她已经从蕾妮的办公桌旁经过了两趟，蕾妮却仍然杳无踪影。妈妈的电话也扰乱了她的心神，让她无法专心。凯特的心中涌起阵阵不安，仿佛一个漏水的洗手池水龙头，流出的颗颗水滴始终不曾断绝。

走进会议室时，她逼着自己挺直了腰，露出了笑容。一张巨大的椭圆形桌子占去了屋子的大半空间，圆桌周围环绕着二十张皮质转椅。在编辑会议上，与会者该坐哪一席倒是没有规定，但其实也跟定好了差不多：《格罗斯》有一条不言自明的规矩——编辑的职位越高，坐得就离奈杰尔越近。

会议室的一面墙上贴着一大堆照片，这些照片不断更新，展示着该杂志致力于营造一种怎样的气氛。相片中有一对夫妇翻出了吊床，正笑得不可开交；一个赤膊的家伙扔出了一只飞盘，一只金毛猎犬正跳到半空中想要接住它；一群美貌的男男女女在夜总会里跳舞；一名女郎走出豪华轿车，迈步上了红地毯……不管是嵌有玻璃墙的办公室，还是装饰得充满艺术风味的接待处，或者时髦的不锈钢卡布奇诺咖啡机，总之，《格罗斯》杂志的方方面面都旨在巩固它的形象。

奈杰尔是个坚持准时开场的人。只要资深员工到齐，他就不会再浪费片刻时间。他先让执行主编介绍了最新动向，随后转身对着凯特。

“轮到你了。”他说。

凯特并没有开口，反而先定了定神。“二月刊的选题非常不错，”她说，“特里·沃特金斯将为本杂志撰写关于瑞丝·莫斯的封面报道。”

这句话一下子吸引了圆桌旁的十几位编辑和撰稿人。凯特正设法掂量着他们的反应：有几张脸看上去像是颇有醋意，那是因为她这一仗打得漂亮，还是因为其他撰稿人没有摊上这份差事呢？

“不错，”奈杰尔匆匆地在记事本上写了几笔，“特里·沃特金斯会给《格罗斯》带来别样的风格。还有别的事吗？”

“这么轻松就过关啦？”凯特想。不过她倒挺乐意再在这场胜仗的荣光下沐浴片刻。

“那则一夫多妻制的故事也在顺利成形。”凯特让自己的语气显得平和沉着。

“草稿出炉了吗？”奈杰尔问道。

凯特和文章作者山姆都点了点头。

凯特正要开口讲话，山姆却抢了个先：“不知道一夫多妻制的人很多。”他把自己的黑框眼镜往鼻子上推了推。山姆有副尖嗓子，就算最无关痛痒的话，只要从他嘴里说出来，都活像是在发牢骚。“我在文中描述了一个女人经历的磨难，在十三岁那年，她就被年纪比她大得多的丈夫强暴了——不过我也希望揭示此类现象是多么广泛。”

奈杰尔又点了点头。凯特深深地吸了口气：这篇文章还轮不到山姆来总结，每个月的选题该由特稿编辑汇报——这倒并不是一条定规，但以前一直是这么办的。

“我已经进行了第一轮编辑，”凯特的话音比平常响亮了一些，她觉得自己的心怦怦直跳，“我已经跟山姆说过，这篇文章看上去不错，但还需要加加工。我希望他将主人公的个人经历写得更加浓墨重彩，而不是把重心放在统计数字上。”

山姆闻言拿起的笔又搁了下来。“我为这篇文章做了很多研究。”他把两条瘦削的手臂环抱在胸前说。

开战了。凯特心想。不知何故，她的声音听上去居然还很平和：“看得出，研究做得很棒。”

“那为什么要重写文章呢？”山姆问道。他略微转了转椅子，以便跟凯特面对着面。

凯特从自己的瓶里抿了一口水，山姆的话却犹在耳边。他居然当着众人的面跟她叫板，这可是凯特万万没料到的。

“跟满满一页无懈可击的数据相比，个人经历更具有普遍性。”凯特说，“这篇文章的主人公是个普普通通的女孩子，直到她陷入了一夫多妻制的生活，这是我最中意的一点。她有可能是我们任何人的写照，我们的每一个读者都可能遭遇跟她相同的命运，她会引起读者的共鸣。”

山姆摇了摇头道：“我以前就读过这种故事。”

众人纷纷扭头望着凯特。凯特感觉自己的脸发起了烧：“当真吗？你在哪里看到的？”

奈杰尔终于插嘴了：“凯特，我敢肯定，你们两个可以私下解决这个问题。”他有点儿不耐烦。

凯特点点头说：“那是当然。”可是此时此刻，她的心潮一波更比一波汹涌：奈杰尔刚才并没有给她撑腰；听他的口气，凯特和山姆就像两个正在吵嘴的四岁小儿一样。奈杰尔挑了凯特担任特稿编辑，但他似乎并非完全信任她的判断，而眼下所有人都知道这一点了。

那奈杰尔为什么偏偏挑了她呢？凯特说不准。她的耳边又一次响起了奈杰尔在她俯身越过办公桌时发出的那声低哼。

她拿起了一支笔，在笔记本上胡乱涂写着——这样她就不用抬起头，可以一直等到两颊上的红晕褪色了。她在封面文章上打了个胜仗，可山姆居然轻易地击碎了胜利的光环。凯特不明白山姆究竟是使了什么神通，但她知道这不是个好兆头。

# 第七章
# 一个能倾诉心声的人

安娜贝尔身上有几点深得艾比的欢心：就寝时，身穿粉色睡衣的小宝贝儿蜷得活像一只小虾米；小宝贝儿会放声大笑，笑声跟她那丁点儿的个子一点儿也不搭调；给小宝贝儿洗完澡后，她的一头秀发在艾比的指间仿佛丝缎一般柔滑。

几个月过去了，艾比又发现了许多迷人的现象——安娜贝尔第一次坐起身时，她没有错过；安娜贝尔第一次发出嘘声，弄得唾沫星子四溅时，她也没有错过；一觉醒来时，安娜贝尔会大叫“比-比”，艾比则一心钟爱着那刺耳的声音。

“‘比-比’来了。”艾比说道。而宝宝则伸出胳膊要艾比把她抱出婴儿床。艾比在宝宝耳边说：“‘比-比’爱你，千真万确。”

艾比感觉一切都很轻松自如。她背着安娜贝尔在家里转悠，将宝宝的小碗碟放进洗碗机，将玩具放进篮子里（那些玩具篮的布料还有着粉白相间的圆点呢），还在房间里爬来爬去，安娜贝尔则咯咯笑着学她的模样。

安娜贝尔一岁生日后不久，有一天，艾比边甩头边学着马儿的嘶鸣，这逗得安娜贝尔哈哈大笑。不知为何，她抬起了头，一眼望见鲍勃正站在门口，他的身上穿着茶色长裤和蓝色衬衣。艾比不知道他在那儿已经待了多久，也摸不透他脸上的神情。他不可能是在生气，对吧？

突然间，他屈膝蹲了下来。“你能走到我这边来吗，安娜贝尔？”他问道。安娜贝尔摇摇晃晃地穿过屋子，艾比拍着手为她打气，等她到达鲍勃身边时，他一把搂起她，说道：“你真是最棒的宝宝。”

“谁说不是呢？”艾比说，“今天我带她去公园，结果每个人都以为她至少一岁半了，他们简直不敢相信她只有十三个月大。她也太超前了！”

“再说还长得这么标致。”鲍勃说，“你觉得我是不是现在就应该买把猎枪，坐在前廊上守住家门？”

“再等两个月吧。”艾比说着哈哈大笑，“等她的大多数男朋友爬到家门口，恐怕已是两个月之后的事情啦。”

艾比向窗外瞥了瞥，发现天色越来越暗——一定已经六点了。还要等上一阵子乔安娜才会回家。通常这时，艾比和鲍勃会寒暄几句，聊一聊安娜贝尔吃了些什么，又睡了多久，接着艾比将宝宝交给鲍勃，下楼收拾背包去上学，要不然就学习几个小时。有时候，她也会出门跟男友皮特或朋友们一起共进晚餐，不然就喝上几杯。

鲍勃回家后，艾比从来不在楼上逗留。跟东家同处一个屋檐下，她感觉有必要把界限划清楚。她并不认为自己是这个家的一员，也知道鲍勃和乔安娜需要隐私。艾比想确保自己也有一些隐私，免得乔安娜在晨练完以后优哉游哉地闯进她的屋子。艾比的卧室门上有把锁，但地下室和主屋之间的那道门并没有上锁。

有一次，艾比竟然听见鲍勃和乔安娜在吵架（听不清在吵什么，只听见他们的声音越来越高），她不禁尴尬地呆住了。她应该抽身离开吗？但如果他们恰好瞥了瞥窗外，望见她急匆匆地穿过前院草坪走向汽车，那又如何是好？结果那场架突然间就收了尾，艾比不禁好奇接下来会是怎样的一幕。莫名地，她的脑海中掠过他们两人共赴巫山的场景，但她望见的是鲍勃的脸——那张脸泛着红晕，十分专注，而当天晚上，艾比竟然梦见了这张面孔。次日早晨上楼后，鲍勃正在一片酸面包上涂黄油，艾比简直不敢抬眼瞧他。

她每天都会跟鲍勃聊一聊，但他们的话题通常都围绕着安娜贝尔，毕竟宝宝是他们两个人的心肝宝贝儿嘛。有时鲍勃会问一问她的学业；要不然，艾比会告诉他，安娜贝尔看上去已经有几分他的模样了，不过他们之间的私人话题也就谈到这一步。他们俩都爱安娜贝尔，因此颇有共鸣：一起为宝宝小小的进步欢天喜地，一起聊一聊什么能逗她发笑，一起列一列她心爱的书和歌曲。宝宝将他们连在一起，但又像一道屏障般隔在他们中间。

可是，今天晚上的情形却有些异样。艾比意识到了问题所在：当她抬头望见门口的鲍勃时，他凝望着的人是她，不是安娜贝尔。

鲍勃站起身，将宝宝递给艾比道：“你能抱她一会儿吗？我去把昨晚做的素千层面热一热，让安娜贝尔尝尝。”

“我敢打赌，她一定爱吃。”艾比说着搂起安娜贝尔，蹭了蹭她的脖子，“你这个小美食家。毛豆你也吃，希腊酸奶你也吃，猕猴桃你也吃！”

她的耳边传来吱的一声响——鲍勃一定打开了微波炉门。“艾比？你把宝宝带过来好吗？”几分钟后，加热完毕的微波炉发出了嘟的一声，鲍勃也跟着叫了起来。

艾比将安娜贝尔系到高脚椅上。“要我给她些蓝莓当开胃菜吗？”她问道。

“那就太棒了。”鲍勃边说边取出千层面瞧了瞧。千层面正在咕咕冒泡，上面的一层奶酪已成了金黄色。

“闻上去棒极了。”艾比说。

“我可是个多才多艺的人。”鲍勃说着装出一副自负的模样。他顿了顿，接着说：“你怎么不尝一尝呢？反正有很多。我有一半意大利血统，天生就是个美食家。”

“噢。”艾比从冰箱旁转过身，手里端着一塑料盒蓝莓。她把蓝莓带到水槽边，洗干净一些后，才开口回答。她本想问问乔安娜是否很晚才会回家，但又担心这个问题会显得突兀，仿佛在暗示鲍勃用心不良。

“我很乐意。”过了片刻，她说。只不过是一块千层面，仅此而已。再说了，她可再不能想着梦中鲍勃的那张面孔了，要不然的话，她自己的脸就要发烧了。

他们两个人坐在餐桌旁，中间搁着安娜贝尔的高脚椅。宝宝试图将勺子塞进嘴里，两人见了不禁哈哈大笑。“她活像个醉酒的司机。”鲍勃边说边用餐巾擦着女儿的下巴。

“吃姬[1]。”安娜贝尔学着他的话，三个人一起笑出了声。

“你的学业怎么样？”鲍勃一边问，一边盛出些沙拉放进艾比的碟子里。

“我很喜欢。”艾比说，“有意思的是，本科时我并不喜欢学习，而

---

① 此处取意译，安娜贝尔在模仿drunk driver（醉酒司机）的发音。

是更痴迷于橄榄球比赛，跟朋友们聊天，还有一步一步地成熟，知道吧？当时我还没有想清楚自己想要什么。不过幼儿教育真是太酷了。”

“其中哪部分最棒？”他问。

艾比一边嚼着西红柿，一边苦苦思索。“小朋友的脑袋瓜非常有可塑性，”她终于开了口，“幼儿期间的经历可以在我们的大脑中形成条条通道，有点儿像路线图，指引着我们对未来遭遇的反应。我很喜欢学习造就人们的过程。”

“我还从来没有这么想过。”鲍勃说，“不过你说得对，确实很酷。”

他站起身，从厨房台面上端起一瓶半满的墨尔乐葡萄酒，挑了挑眉毛，征询艾比的意思。她点点头，表示同意让他斟酒。“只喝几口就好。”她说。

这一切完全没有一丝越轨的地方。她提醒自己。此时此刻，艾比的心中正紧张不安，唯一的原因是：眼前的场景恰好是她为自己勾勒的未来。这场景里有个丈夫，他正挽起衬衫袖子，讲着客户的一则趣事：惊恐万分的客户打来了电话，然后才意识到是自家的狗儿碰到了电源线，害得机器断了电。这场景里有个宝宝，还有畅所欲言的闲聊—— 一家人聊着过去的一天，也聊着未来的一天。厨房窗台上摆着几盆非洲堇，架子上挂着铜锅，搁着漂亮的碗碟和闪闪发光的银器。

鲍勃是否曾经感到过孤独？也许他也曾梦想过这样的生活，但乔安娜却总不在他的身旁。艾比刚到他家当保姆时，乔安娜声称八月就会轻松下来，因为那是国会的休会期。可到了八月，乔安娜工作得却比以前更加卖力，忙着处理一个突如其来的丑闻：一位竞选工作人员给报纸寄了封匿名信，信里中伤了参议员的政治对手；不幸的是，这位工作人员用的是办公室的传真机，因此很容易被查出老底。此事让参议员很下不来台，于是乔安娜领头进行了调查，旨在找出犯事的家伙。报纸引述了她的话，声称该工作人员当场即已被裁掉。

只要能为参议员铲平路上的荆棘，乔安娜似乎愿意赴汤蹈火，可当鲍勃得了严重的流感，在家里待了差不多一个星期，还有可能转化成肺炎时，乔安娜却没有缺过一天班。

难道乔安娜和参议员之间有什么蹊跷吗？有时候，艾比不禁对此有些纳闷。她已经不止一次在电视上见过那位参议员。那是个英俊的男人，长着一头银发，一双炯炯有神的眼睛，对壁球运动相当着迷。当然，他比乔安娜大了二十岁，但艾比感觉这对乔安娜来说并没有太大的关系。在艾比看来，乔安娜的真命天子正是参议员那种类型的男人——能言善辩、衣冠楚楚，而不是鲍勃——因为安娜贝尔钟爱狗儿，鲍勃居然买了一条史努比领带，他脚上的一双皮鞋还磨出了一个洞，每当鲍勃把脚跷到咖啡桌上时，鞋底就会露出那个洞。

艾比不知道鲍勃是否寻思过她的恋情。她还从未带皮特到家里来过，一次也没有。皮特人品很不错，在市中心的一家大公司里做会计师。他钟爱亚当·桑德勒的电影、足球联赛与超辣鸡翅。他善良又正直，可惜就是无法让她心潮澎湃。他们之间的恋情已经变得如此没有了新意：他们一起吃晚餐，看电视，她将双腿搁在他的怀中；遇上夏季的周末，他们会驱车前往大洋城，并排躺在沙滩上，各自全神贯注地读着一本书，随后在木板道上走一走，吃几块咸味太妃糖，乘一乘摩天轮。他们颇为满足，而艾比心知这还不够。她期待着在四十年的婚姻生活后感到心满意足，而不是在区区几年随意交往后就心满意足。

可话说回来，跟皮特相处十分轻松。他从不跟她找碴儿，也从不逼她。他为她开车门，无须任何理由便送上红玫瑰。就在上周，艾比还想过要跟他分手，当时她正在光线昏暗的电影院里，凝望着他的侧脸。虽然年纪不大，皮特那乌黑的头发却已开始守不住阵地了，不过他每周举重三次，还长着强壮的双肩和二头肌。要是跟他这么一个可靠又平和的男人交往，很多女人会觉得是种福气呢……可惜艾比不得不承认，皮特实在让她缺乏兴致。

正在这时，他转过头，迎上了她的目光。“没事吧？”他低声说。艾比的喉头竟然出乎意料地涌上了一声抽噎声。

“我没事。”她终于开口说道，心中暗自希望他能从自己的面孔上看出些异样，进而领会到她的感受。如果他真看出了苗头的话，也许还意味着他们俩比她预想的更加心有灵犀。他们可以离开电影院，找个安静的地方聊一聊……可惜他只是点点头，又嘎吱嘎吱地嚼起了爆米花。过了片刻，皮特被片中一个傻兮兮的笑料逗得哈哈大乐，艾比则顷刻间感到眼中涌上了灼热的泪水。

她揣摩着鲍勃是否也觉得生活中有所缺憾，是否那片空洞也正在一天天地蔓延。不过，他似乎很开心。他时常微笑，在安娜贝尔身边更是快活。即使他对自己的婚姻有所不满，那么这些不满也没有摆在他的脸上。

“再来点儿千层面吗？”他问道。

“我有四分之一意大利血统，你知道吗？”艾比说，“我想，我生来就有大吃千层面的基因。”

他闻言放声大笑道：“那我们还真是完美的一对。”

他伸手拿起小铲，又往她的碟子里盛了些千层面。他的大作堪称绝佳的美食：他竟然是先烤了各色蔬菜，然后再裹进了面皮里。

艾比注意到，鲍勃的手腕看上去十分有力。她很好奇是谁教了他厨艺。难道是因为乔安娜昨天又工作到很晚，所以他才下厨做了这道菜打发时间吗？艾比心想。

她从他的眼中看到了寂寞——难道这只是她的想象？

“你为什么会决定从事幼教？”鲍勃问。

“我有个夭折的弟弟。”艾比脱口而出。她低下头，望着自己的手指在腿上揉着餐巾。“其实我并不记得他，当时我差不多四岁。我想……我觉得，就是因为他，我对孩子们很着迷。就是因为他，我想要照顾小朋友们，让他们开开心心。”

“对不起。”鲍勃的声音很温柔。

艾比点点头：“在我小时候，父母从来不提他，我们也没有采取心理治疗之类的措施，家里人表现得就像压根儿没有过他这个人。在很长一段时间里，我都接受现状……但我越长大，想到他的时候就越多。这难道不是很奇怪吗？”

“我不这么认为。”鲍勃说，“他叫什么名字？”

“史蒂夫。”艾比大声说出了弟弟的名字——过去她绝少这么做，而这个名字一出口，心里的死结仿佛就松开了一些。

鲍勃点点头，两人又沉默了片刻。“艾比，我只是想告诉你，能由你来照顾安娜贝尔，我们感觉自己非常幸运。你跟她……处得太好了，你为这个家带来了阳光。”

到了后来，艾比会在脑海中重温这些词句。回首往事，她将记起正是在那顿晚餐时，在她与鲍勃分享心底深藏的秘密之时，他们俩成了真正的朋友。可是，艾比一次又一次回忆起的那一刻，却与他们的谈话无关。当时她站起身，收拾起碗碟，朝洗碗池走去，而鲍勃恰好从另一个方向绕过餐桌，准备再斟上一杯酒。就在餐桌与洗碗机敞开的那扇门之间，就在那狭窄的空间里，他们两个人一时间就那样面对着面了。

“对不起。”鲍勃说。他放声大笑，但笑声听上去像是硬挤出来的。两人擦肩而过时，他的胸膛隔着她的毛衣擦过了她的双峰，仿佛指尖轻轻拂过一般。

鲍勃眨眼间就喝掉了剩下的酒，然后忙着清洗碗碟去了。艾比则用湿纸巾擦了擦安娜贝尔的小脸和小手。她为那顿晚餐向鲍勃道了谢，接着声称自己要学习，于是离开了。

可是课本上的字压根儿看不真切，因为她发现自己一整夜都在竖着耳朵听他的动静。她听见他跟安娜贝尔说话时发出的低沉私语，给宝宝洗澡时发出的哗哗水声。大约过了一个小时，水管又再次响了起来——那是鲍勃自己在冲澡。手机响起了铃声，艾比一眼瞧见皮特的电话号码，就让电话转到了语音信箱。她不想跟他讲话，今天晚上不行。差不多快到九点的时候，鲍勃又进了厨房，艾比能听见微波炉的嘟嘟声。他又吃了一份千层面吗？她不知道。几分钟后，乔安娜回到了家，艾比则打开iPod（苹果牌音乐播放器），听起了泰勒·斯威夫特的歌。

半夜时分，她忽然醒来，感觉浑身燥热，身旁的床单也皱成了一团。她梦见自己独自一人待在屋里，突然间却听到有人打开了淋浴。她迈步向淋浴间走去，仿佛恐怖电影中的女演员一样力不从心，但当她慢慢地拉开浴帘时，心中却并没有半分惧意。鲍勃正一丝不挂地站在那里，肥皂水从他那宽阔的胸膛和平坦的小腹上流淌下来。

他转过身，望见她正盯着他。

“难道你不进来吗？”他问道。

在一片漆黑中，艾比毫无睡意地躺在床上，忍不住一直想着他——他正躺在离她两层楼的地方。

特里答应在周六早上十点钟将艾比带过来，随后再赶往机场。他要搭乘航班去泰国，采访一个挑战极限的冲浪手，那家伙冒着生命危险与巨浪相搏。特里要五天后才能回来，而蕾妮知道，出这么一趟远门，五天已经算是最快的了。在蕾妮眼里，这样一心护着妹妹的特里又添了几分魅力。他会是个十分出色的父亲，她心想。

娜奥米已经在蕾妮和凯特上班时搬出了公寓，留下了一张床、一个五斗橱，还有几个满满当当的垃圾袋，里面装着旧衣服和各种破烂。她压根儿懒得打电话让慈善二手店来收货——还真是娜奥米那种不动脑子的典型作风，不过也算是件好事，因为艾比没有家具。

周五晚上七点左右，凯特走进空荡荡的卧室，发现蕾妮正在刷墙。“你在刷她的房间吗？”凯特问道。

“不，我明明在跳钢管舞。”蕾妮说，“我在想，不用再找什么新室友了，我们可以定期招个周末房客，赚点儿外快。”

凯特笑道：“要是有人问了傻头傻脑的问题，你是不是总要惩罚人家？”

“如果我为那人跳上一段钢管舞，那才真是惩罚人家呢。我简直是世界上最笨手笨脚的女人。不管怎么说，娜奥米的东西搬走以后，房间看上去很不像样。”蕾妮耸耸肩膀，“她真是个大懒虫。一堵墙上有些恶心的硬壳，不管我刷得多用力，有些灰尘死活都刷不掉。我觉得，艾比实在用不着一间脏兮兮的屋子吧。”

“你为人太好了！等一下。”凯特急匆匆赶回自己的卧室，回来时换了条旧牛仔裤和一件朴实无华的红T恤，还用橡皮圈绑起了头发。

“我就知道，预备两个滚筒刷可不是没理由的。”蕾妮笑了。

“那中餐包在我身上，好吧？毕竟你付了油漆钱嘛。”凯特说。

“成交。”蕾妮专心致志地刷着墙——先将滚筒刷浸在淡黄色的涂料中，再上上下下地涂在墙上。

“这颜色真是完美极了……”凯特刚说了这一句，蕾妮恰好也开了口：“你觉得艾比遇上了什么事？”

“抱歉，你说吧。”蕾妮说。

“其实，我也在想你问的那个问题……我……我和特里在餐厅谈的就是这件事。”凯特说。她清了清嗓子，将滚筒浸在涂料中，接着又开了口：“我觉得，当时的情形在你眼里……可能有点儿怪。他很难过，于是我握住了他的手。只是为了安慰他，因为他妹妹的事。”

蕾妮沉默了片刻。她确实见到凯特伸手去握特里的手，也注意到他们两个人坐得有多近，还俯身朝向对方……当时她尽快从那两人身边走开了，把伤心和困惑埋在心底。她心知特里与自己之间无名无分，可是，纽约有那么多女人，他就非挑她的室友不可吗？凯特的解释让蕾妮松了一口气，尽管她忍不住暗自希望特里在为妹妹的事找人商量时，找的人是她自己。

“他很棒，对吧？”蕾妮终于开了口。

“除非你钟爱百分百走粗犷路线的男人。”凯特说。

蕾妮哈哈大笑——多半是因为吃了一惊——她还不知道凯特有如此急智呢。“嗯，两三个月前，我们约会了几周，他并没有对我动心。我可没法子不让别人碰他，我们又不是六年级的小朋友。”

“但你喜欢他？”凯特说。这原本可能是个问句，可听她的口吻，却不过是在陈述事实。

蕾妮点点头，垂下了眼睛。她差点儿想要撒个谎，可那样有什么用呢。“哦，见鬼，人人都知道了，对吧？除非又聋又瞎，才会错过这风声吧，我真希望能把痴心藏得更好些。不过，如果你对他动了心的话……”

“我没有。”凯特打断了她的话，“我们打算一起写一篇稿子，但也仅此而已。”

“好。”片刻之后，蕾妮又开了腔，声音轻快了几分，“看上去怎么样？”

凯特退后几步，端详着那两堵刷完的墙。“美极了。我现在就叫中餐来吃吧，你要一份左宗棠鸡，对不对？冰箱里还有些霞多丽葡萄酒……”

“哦，棒极了……”蕾妮刚说了几个字，却又马上改了口，“不过还是帮我叫一份什锦蔬菜和糙米吧。”

“我还以为左宗棠鸡是你的最爱呢。”凯特说。

“没错，可是那玩意儿死活跟我的肥臀过不去。”

凯特笑了，匆匆走到厨房订了外卖。“要放点儿音乐吗？”她叫了一声。

“好的！”

凯特从iPod中找到约翰·梅尔的歌，插上扬声器，又带着一瓶酒和两个酒杯回到了蕾妮身边。蕾妮一屁股坐在地板上，长长地呷了一口酒，凯特也坐到了一旁。

“小心点儿。”蕾妮边说边指着凯特身下的报纸，“你坐在贾斯汀·比伯的脸上啦，简直大错特错。”

凯特哈哈大笑，挪开了几英寸，蕾妮则扭了扭脖子。“哦，我得喝点儿这酒。”蕾妮的脖子发出一阵咔咔声，她不禁龇牙咧嘴起来，“我们要不要休息一会儿，等吃完再来刷墙？”

“当然啦。”凯特说，“这周工作很辛苦？”

蕾妮摇摇头。“这故事有点儿怪。”她又咽了一大口酒，品尝着霞多丽葡萄酒穿喉而过的滋味，“我就开门见山地直说了：我有个同父异母的姐姐，我才知道世上还有这么一个人。”

这时，蕾妮想起了父亲打来的那通电话。当时他听上去十分正经，仿佛正在念一份脚本。蕾妮不知道爸爸是否真的为此拟了一份草稿，是否真的写下了该说的话，以确保措辞妥当。爸爸告诉她，贝卡三十岁了，蕾妮花了一会儿工夫才算清楚：“可是你和妈妈……”

“是的。”父亲插嘴道，仿佛不忍听到她把那句话全说出口。他又接着说，那是自己唯一一次出轨，随后诚挚地道了歉，蕾妮的脑子里却始终只有一个念头：这次谈话竟然没有妈妈参加，感觉真是别扭。以前家里的要事通通是由三个人一起讨论的，蕾妮对此也早习惯了。没有妈妈那又脆又快的声音在一旁与爸爸深沉的音色互补，这通本就离奇的电话更加让人觉得陌生。

爸爸显然也感觉到了。“你想跟妈妈说话吗？”他终于问道。

“当然啦，”蕾妮说，“嗯，爸爸？”她不知道该说些什么——爸爸和妈妈她都要维护。她有些明白爸爸当年的行径是多么不堪，他跟妈妈结婚才一个月左右，竟然跟另外一个女人上了床。可是话说回来，当时他还那么年轻呢。蕾妮曾见过他年轻时的照片，身穿及膝的白色筒袜，配着一条短裤，耳边的头发乱蓬蓬的——他活像变了一个人。

蕾妮设法想象着父亲坐在客厅那只棕色的沙发上，身旁搁着一本卷了边的纵横字谜书的画面。她的父亲，那个早晨喝纤维素、午餐钟爱喝汤的人，曾经穿着他的燕尾服带她出席五年级的父女舞会。此时此刻，他那可靠稳妥的世界已经天翻地覆，他一定感觉格外迷茫。“我爱你。”蕾妮终于开口说道。爸爸也低声答复了一句“我爱你”。

听到蕾妮吐露了这么个秘密，凯特的眼中闪过一丝惊讶。“是你妈妈年轻时有个孩子送给别人收养了吗？”她问道。

“不是。是……她……是我爸爸的亲生女儿。当时他跟人有一段露水情缘，没有人知道那个女儿的存在，就连他自己也不知道。她叫贝卡，比我大一岁。”

凯特脸上的表情仍然颇为平静，还透着几分鼓励。蕾妮倒是挺惊讶——她发现自己竟然满心感激。杂志界人士钟爱抱团儿争个高下，而蕾妮还没有准备好向人吐露心声，她自己还没有回过神来呢。可另一方面，她又极度需要找人倾诉。凭着直觉，她感到凯特绝不会走漏风声。正因为心知这一点，蕾妮发觉自己才敞开了心扉。

“贝卡就住在堪萨斯城，其实离我父母的住处不太远。我猜，我爸爸当时跟高中结识的一个女人搭上了，总之，那个女人从未告诉他，她怀上了孩子。最近她去世了，贝卡……在整理她的遗物时，找到了写有我父亲名字的文件。”

“你的父母还在一起，对不对？”凯特说。

“没错。我妈妈气得厉害，但她处理得出奇地好。我想，三十年的婚姻还是能敌过一场一夜情的……无论如何，几天前，贝卡和我通了几分钟电话，她想要见见面。”

凯特满上了蕾妮的酒杯：“你觉得怎么样？”

“我觉得自己很自私。”蕾妮脱口而出，“我心里有几分期望事情恢复原状：我父母美满幸福，我爸爸从未劈腿。可是，这不是贝卡的错，她也有权了解我爸爸——我们的爸爸。上帝呀，听上去真是别扭得很。”

“你要回堪萨斯城跟她见面吗？”

“实际上，她想到纽约来。我觉得我应该邀请她来我们这里做客，可是……”

“可是在对她有进一步了解之前，你不想贸然与她结交。”

“没错。”蕾妮惊讶地望着凯特。

“我刚刚接任了读者问答专栏的编辑职位，还记得吗？”凯特说。

蕾妮又忍不住哈哈大笑，她可以看出凯特脸上也绽开了腼腆的笑容。

“我觉得，你的直觉没有错。她应该住到酒店里，你们两个人一起吃顿晚餐，看看是什么情形。”凯特又说了下去，“你们俩说不定很投缘；也有可能，你们俩根本没有任何共同之处。”

“除了DNA。”蕾妮说，“我一直好奇我们两个人长得是否相像。乍一眼见到一个陌生人，却有着跟你一模一样的眼睛、发色和微笑，难道不觉得很奇怪吗？”

“我觉得，就算她看上去并不像你，那场面也会有些奇怪。不过话说回来，你有可能真的很喜欢她。如果你真心喜欢她的话，你可以邀请她下次再来做客，如果你不喜欢她的话……”

蕾妮凝望着凯特说：“这就是问题所在。我觉得，这是我最害怕的情形。如果我不喜欢她，那怎么办呢？她可是我同父异母的姐姐。我避不开她，可我们能谈些什么？我们又没有任何共同的童年回忆。再说，我的生日、圣诞节和周末都能跟爸爸一起过，可她连爸爸是谁都不知道，让我有些过意不去。”

“嗯。”凯特说，“好吧，依我看，如果你受不了她，你就会跟世界上百分之九十九的人一样避开亲戚，只有在过节的时候才被逼着跟那些家伙相处。再说了，等到过节的时候，你还可以喝个烂醉嘛。”

片刻之后，凯特给外卖送货员开了门，蕾妮却还没有止住笑声。凯特带回了一堆热乎乎的美食，它们都装在白色的纸盒里。于是两人连碟子也懒得用，就这样吃了起来。有那么几分钟，她们心照不宣地一声不吭，只顾埋头大吃。就在今天晚上，跟凯特之间的关系仿佛遇到了一个转折点呢。蕾妮心想。她们两个人还从未这样讲过心里话。

“我想，让我抓狂的是，爸爸居然偷偷摸摸地出轨。”蕾妮边说边伸出筷子夹住一块糖荚豌豆向嘴里放，一不小心却又掉了下来，“这滑不溜秋的鬼豌豆。无论如何，我还从未想过父母会有这种惊天大秘密。我觉得吧，因为我自己守不住秘密，所以在我看来，其他人能保守秘密是件很奇怪的事。我寻思着：爸爸究竟是把那场外遇抛到了脑后呢，还是多年来都想着它呢？把这么一个天大的谎言藏了这么久，感觉很怪异，对吧？”

凯特顿时被噎着了，吭吭地咳嗽起来。她喝了一大口酒后又接着咳。她的一张脸涨得通红，两只眼睛泪汪汪的。

“你没事吧？”蕾妮问道。她根本没有等凯特回答，就一跃而起奔到厨房取了一杯水。

“噎着了。”凯特接过水喝了一大口才说道。她露出了一抹微笑，但看上去很别扭——那笑容分明是挤出来的，显得过于明媚。她的眼睛仍然泪水涟涟。她用餐巾纸擦了擦。

“刚才我在想，我可以早点儿起床，出门给艾比买条小地毯。”凯特说，“天气越来越冷了，有条小地毯会让屋子暖和些，对吧？”

蕾妮慢吞吞地嚼着最后一口美食，借以掩饰心中的惊讶。凯特的话锋竟然转得这么快……过去她也曾见过凯特紧闭心扉，蕾妮不知道凯特究竟是因为害羞，还是因为其他原因，才会拒人于千里之外。也有可能，凯特觉得她和蕾妮身为同事，又是室友，应该把个人界限划得清清楚楚。也许，她还觉得蕾妮太掏心窝子了呢，蕾妮又不是第一次背上这个罪名。

蕾妮站起身，在长裤上拍了拍那些压根儿不存在的灰尘，说：“是个好主意，我是说小地毯。我们还是刷墙吧？”

“没问题。”凯特说。她放下手中的筷子，两人一声不吭地干了一会儿活。凯特总算开口说道：“蕾妮，你愿意明天跟我一起去买小地毯吗？”

“好啊，那当然了。”蕾妮说。

气氛再次来了个大转弯。蕾妮从未如此感激过约翰·梅尔悲恸的嗓音，尽管他与珍妮弗·安妮斯顿分手的事还让蕾妮耿耿于怀。此时此刻，他那支《万有引力》[①]填补了沉默，冲淡了蕾妮与凯特之间尴尬的气氛。

没过多久，蕾妮那挥舞着滚筒刷的双臂就开始酸痛起来，但卧室已经变了一个样。满屋灰尘不见了踪迹，墙壁亮堂了起来，两人还砰一声打开了窗户，以便散一散刺鼻的气味。她们把家具放回了原处。蕾妮擦拭着五斗橱，将抽屉上的每块灰渍都清理得干干净净；凯特则拿来自己多余的一套玫瑰色床单，铺好了床。

“看上去棒极了，对吧？”蕾妮边问边后退几步，端详着屋子。不一会儿，另一件令人吃惊的事情发生了：凯特伸出一只手臂搂着蕾妮的双肩，算是给了她一个拥抱。

“我简直不敢相信我们所做的一切，”凯特说，“她会喜欢的。”

---

① 歌曲名。

# 第八章
# 我看见了孤独

第二天清晨，凯特并未跟平常一样出门跑步。她冲了个澡，收拾了厨房和屋子——抹了抹厨房台面，扫扫地，点起一根香草味蜡烛。昨晚截了蕾妮的话头，她实在过意不去，可当时蕾妮说起了关于往昔谎言的话题，凯特难免一下子惊慌失措。她跟女人相处常有些忐忑，总感觉有几分格格不入，面对滔滔不绝的蕾妮，凯特的不安全感倒是消失得无影无踪。但即使如此，她却仍然无法开口对蕾妮说出真相。她到底是哪里不对劲儿？凯特突然一心渴求咖啡的暖意，于是便给自己冲上了一杯。

"请下嫁于我吧。"几分钟后，蕾妮踉踉跄跄地走出卧室说。凯特递给她一杯热气腾腾的咖啡。蕾妮劈头说道："说真的，如果一对夫妻轮流着早起给对方煮好咖啡的话，你不觉得离婚率会下降一半吗？除了出轨和遗弃，大家应该在离婚的正当理由里加上一条——咖啡喝得不够。"

“我们会就此写上一篇文章。”凯特说着笑了起来。

到九点半的时候，凯特与蕾妮已经从附近的折扣店找到了一块4×6英尺大小的地毯，这块椭圆形的地毯价格便宜，有着蓝绿相间的颜色。两人在同一家店里买到了一只钴蓝色玻璃花瓶，凯特还从街头小贩处买了一束色彩亮丽的非洲菊。

“她还缺什么东西吗？”两人各拖着地毯的一头迈步走回公寓时，凯特问道，“我的意思是，她只随身带了那个背包，对吧？”

“某本杂志最近不是刚登载了一篇文章，说什么一个女人在生活中其实只需要一缕灿烂的笑容和一腔敢于冒险的勇气吗？”蕾妮说。

“我恨死那篇文章了，”凯特坦言道，“说得好像玩一次高空跳伞，就可以把恋情上的种种烦恼一扫而光一样。”

“假如这招奏效的话，纽约只怕有许多女人把降落伞走到哪里带到哪里，而不是一窝蜂地随身携带钱包啦。”蕾妮说。

刚刚把地毯铺好，门铃便响了起来。凯特摁下对讲机上的按钮，把特里和艾比放进了大楼。等到凯特打开公寓门时，蕾妮拿着一管唇彩急匆匆地赶到了卫生间里。

凯特已经挤出一抹微笑表示欢迎，但要在脸上一直挂着这抹微笑，恐怕还得花些功夫。凯特的心思原本一股脑儿放在特里身上，难得有想到他妹妹的时候，可是此时此刻，艾比那副糟糕的模样让她生生吃了一惊：她怎么瘦成这样子！她的脸色苍白，还有两个黑眼圈；最糟糕的是，那双眼里满是心碎。

“进来吧。”一阵沉默后，凯特接上了话，并暗自希望接得还算及时。

“谢谢。”特里先进了门，艾比跟在他的身后，动作跟年老病重的人差不多。

“嗯……”凯特清了清嗓子，又一次不知道说什么好。“我带你们看看屋子吧。”她终于说道，“如果你站在这里转一圈的话，这屋子里的一切就尽收眼底了：厨房、客厅、卫生间。噢，艾比，你的卧室在这里。”

艾比走进那间房，四处端详着。“谢谢，”她说，“是刚漆过吗？”

“昨晚才漆过。”凯特边笑边伸出双手，把指甲根儿上怎么也洗不掉的黄漆给艾比瞧。

特里看上去吃了一惊。“你真是太好心了。”他说。

“这是蕾妮的主意，”凯特马上接口道，“大部分活都是她干的。”这时蕾妮应声走进来，特里匆匆望了望蕾妮，眼神中满带着谢意，蕾妮玫瑰色的双颊上瞬时又绽放了两朵红晕。

“谢谢。”艾比说。她把那只海军蓝的背包放在床上，凯特忍不住琢磨里面装了些什么：也许装了一支牙刷，还有几件换洗衣服？凯特不禁再次感觉有些纳闷：是什么逼得艾比抛开了生活中的一切呢？艾比恰似海难或地震的幸存者，抓起身边够得着的家什，撒腿就跑。

凯特千方百计想要偷偷地端详艾比。她确实姿容秀丽，属于A&F品牌[①]追捧的风格，一头长长的黑发光泽照人，一双棕色的大眼睛配着长睫毛。特里他们一家的基因委实令人羡慕，但艾比跟特里一点儿也不相像，恐怕没有人会想到这两个人是亲兄妹。

“我们带来了百吉饼和奶酪，”特里说着举起了一只牛皮纸袋，“你们吃早餐了吗？”

“噢，这东西闻上去真美味。”蕾妮巧妙地绕过了特里的问题。其

① 一个在美国青少年中极富影响力的超流行服饰品牌。

实，在去折扣店的路上，她和凯特已经买了些卷饼当早餐吃了。“在如此小节上也照顾着别人的感受，还真是蕾妮的作风哪。”凯特心想。

二十分钟后，凯特好歹咽下了半个涂满奶酪的百吉饼，可艾比一口没吃，也没有说多少话，只是静坐着小口啜着一杯茶。她端起了肩膀，仿佛沉浸在自己的世界里，那样子看上去像是饱受惊吓。

但凯特的目光并未停留在艾比瘦削的双臂和黑黑的眼圈上，她从艾比身上看到了另一些蛛丝马迹——她看见了孤独。顷刻间，凯特的眼前仿佛浮现出一幕景象：恰似眼前的艾比一样，妈妈正待在自家旧厨房的餐桌边，用双手抱着一只茶杯，千方百计把每天早晨都要做一遍的日常琐事拖得更久些。曾几何时，屋里的冰箱上贴满了生日宴会的邀请函、学校发来的通知和橄榄球赛日程表，眼下却变得空空如也。一度写满了预约和提示的日历变成了空荡荡的白纸，只写着几行潦草的字：本日约好去做头发；本日参加读书会聚会。

凯特心中涌起一股忧伤，瞬间席卷了她。爸爸甩手跟女友一起开创新天地去了，他们两个人会在一起打高尔夫，还会计划到巴巴多斯度假。妈妈怎么就不能这么潇洒呢？如果能把那所房子给卖了，在费城的中心地带买上一套公寓，那她随时可以抽时间出门吃晚餐，到书店逛一逛，呼朋引伴地去看一场电影。她还可以跟人约会呢，许多跟她年纪一样大的女人都在跟男士交往。她实在无须孤零零地为自己一个人下厨，也无须在一度生气勃勃、充满欢声笑语的屋子里闲荡。可惜，妈妈就是死活不肯离开那所房子，死活要抓着旧时光留下的一抹微弱的回声。

凯特想起了一件事：自己总是难以与其他女孩打成一片。昨天晚上，她本想对蕾妮讲出心里话，可惜到了上阵的时候，她就像一头撞上了一堵无形的墙。难道妈妈也遇到了同样的情形：一心想要交几个密友，却不知该如何着手?

正在这时，凯特的手机响了。她低头瞧了瞧，一眼见到了妈妈的号码：看来妈妈一直乖乖地等到十点半，才打电话找她的。也许妈妈已经感觉到女儿越来越烦心，因此正设法小心行事，免得一不小心折断了通向女儿的最后一条生命线呢。

“恕我失陪一会儿。”凯特说。她急匆匆地走进卧室，关上了门。

“妈妈，我爱你。”她脱口而出。

“宝贝儿！我也爱你。”凯特能听出妈妈的声音里掺着几分惊讶，也掺着几分欢喜。

“我原本打算今天上午给你打电话。我在两周后的周末有空，那个周六你想来探望我一趟吗?”凯特说。

“我很乐意！”妈妈大声道。

也许凯特可以琢磨出一个法子，处理好眼下的母女关系。她可以劝妈妈每个月都来纽约一趟，短短地聚上一阵；她可以抽出一个下午，陪妈妈购物或到博物馆逛一逛，然后早早地共进晚餐，再让妈妈坐火车回家——这些她还是办得到的。也许凯特还可以想出个法子，劝妈妈去做做义工和兼职，要不然干脆去上一门烹饪课……她无法填补妈妈的生活，但至少此时此刻，在凯特的脑海中，妈妈的日子已经换了一幕景象：她不再是独自一人坐在一张悄无声息的餐桌旁，而是手里拿着一支笔，正朝着日历走去。

至少，在本月空荡荡的日历上，凯特可以填补上满满的一天。

# 第九章
# 改变正在发生

恐慌仿佛一条蛇一般猝不及防地席卷了艾比。

而在此之前，整个早晨都是一副惯常的模样，颇为讨人欢心。夏日湿热的暑气已然渐渐退去，微风捎来了本季第一缕凉爽的秋意。跟平常一样，艾比在八点一刻上了楼，跟鲍勃和乔安娜聊了聊，乔安娜则东奔西跑，到处找着公文包、手机和钥匙。

“昨天晚上她醒了两次。”乔安娜用一只手撑在餐桌上稳住身子，另一只手正在将深蓝色高跟鞋套到脚上，“清晨一点醒了一次，三点又醒了一次。”乔安娜的脸上挂着笑容，神情却颇有几分恼火，眼周的细纹看上去比以往更加明显。聘请乔安娜的参议员提出了一项技术法案，国会马上会就该法案进行投票，乔安娜昨晚九点半才到家，却仍然带回来了一只鼓鼓囊囊的公文包。“好几个月来，她一直睡得很香……”

艾比点点头："可能正在出牙，今天我会瞧瞧她的嘴，查一查。如果真是在出牙，给她吃点儿婴儿退烧药就没事啦。"

"还用说吗？"鲍勃说着夸张地拍了拍自己的额头，"我们还担心她出现退化行为了呢。我们读了一大堆育儿书，还真是'受益匪浅'哪，对吧？"

乔安娜没有答话。乔安娜是太累，太心烦意乱，还是他们两个人在闹别扭呢？艾比有些好奇。

"那今天你打算怎么过？"过了一会儿，鲍勃问道。

"我想，我们会去公园待一阵子。"艾比说，"也许等她打个盹儿，然后再去图书馆一趟。"

"你不介意出门的时候顺道去杂货店一趟吧？"乔安娜问道，"我们还缺几样日常用品……家里的日用品都用光了。"

"没问题。"艾比说。

"牛奶，麦圈，香蕉。"乔安娜说着拿起一支笔，开始在一封垃圾邮件的背面写起了字。她举起笔甩了甩，皱起了眉头，又试着用那支笔写字。"难道家里的笔就没有一支能用的吗？"她问道。

鲍勃伸手拉开抽屉，取出了另一支笔："试试这支。"

乔安娜连"多谢"也没有说，只是埋头继续写："哦，当然要买尿布和湿巾。还要买橙汁吗？"

鲍勃打开冰箱瞥了瞥："没错。"

"去骨鸡胸肉、生菜，再加上几瓶巴黎水。你能买半打小瓶装的巴黎水吗？要不干脆买一打？"

乔安娜爱极了巴黎水，每餐都要喝上一些。

"没问题。"艾比说。除了处理她自己和安娜贝尔的事务，以及洗一洗宝宝的衣服外，鲍勃和乔安娜倒没有让艾比做任何家务。因此偶尔跑跑腿，尤其是在艾比自己本已准备出门的时候跑跑腿，似乎再公道不过了。可惜，艾比在不经意间还是注意到：乔安娜对她也没有说上一个“谢”字。

鲍勃递给艾比一张信用卡。与他的手指相触时，艾比感到几分刺痛，不由掉开了目光，飞快地将卡塞进了牛仔裤口袋。

鲍勃和乔安娜走后，艾比给安娜贝尔穿上一条柔软的粉红背带裤和一件黄色T恤，往宝宝的尿布包里塞进装着加水苹果汁的鸭嘴杯、切好的提子、全麦饼干和手撕奶酪。她一边给安娜贝尔换尿布，一边唱着歌：这一阵，小宝贝儿最喜爱的是《公交车的轮子》这首歌。

艾比搂着安娜贝尔出了门。十五个月的安娜贝尔可爱得要命：金发蓝眼睛，睫毛长得不得了，小脸蛋圆润又光洁。不过安娜贝尔最近恨透了汽车座椅，要是能把她捆进儿童座椅里，宝宝通常会就此乖乖听话，但想系好那些带扣，可就要花上好一番力气了。

艾比的嘴里还哼着歌，她暗自希望能借此让安娜贝尔分分心，免得她注意到自己就要被捆进座椅。“公交车轮子转呀转……”艾比正唱着，可她的歌声忽然打了个颤，仿佛刚被一个浪头抛上去又抛了下来。她伸手想要打开车门，一双脚却突然僵在了原地。

她逼着自己朝汽车挪了挪，脚上的一双鞋哗啦啦地碾着碎石。

安娜贝尔哇地哭出了声。艾比这才意识到：她正紧紧地攥着小宝贝儿，她的手指已经勒进了宝宝的肌肤。

“对不起，宝贝儿，该走啦。”艾比说道，但她似乎没法儿照自己的话去做。她匆匆地喘着气，心跳声仿佛在耳边怦怦回荡。

“让宝宝离那辆车远一些！” 艾比身上的每个细胞都在本能地尖叫着向她发出警告。

她往房子所在的方向退了几步后，顷刻间感到僵直的身体又灵活起来。她的两条腿是如此虚弱，艾比不禁担心自己可能会撑不住。她一屁股坐在门廊前的台阶上，一阵急痛顺着尾椎爬上了脊柱。

刚才发生了什么事?

艾比的呼吸渐渐恢复了正常，她不禁有些纳闷：难道是有了某种不祥的预感吗？也许，今天她注定要遭遇一场车祸，而她的第六感正在发话。

她抬起眼睛，又一次凝望着自己的本田车，心跳居然又快了几分。这还用说吗，她绝对不会冒险行事。灵异事件并非没有先例。艾比曾经在报纸上读到过一篇文章，说的是一名来自新泽西州的商人故意错过了一次航班，因为前一天晚上他做了个梦，而这趟航班在梦里坠了机。结果航班起飞一小时后，飞机一头扎进了大西洋。

安娜贝尔和她大可以步行走到公园去。

“我们推上你的婴儿车吧。”她说。艾比站起身，迈着摇摇晃晃的两条腿上了门廊的台阶，把车拿了下来。她将宝宝背在背上，用一只手撑好推车，又把宝宝放进婴儿车里系好带扣（宝宝并不介意婴儿车上的带扣），向游乐场走去，心中暗自庆幸今天穿了迈乐牌运动鞋。游乐场距此大约只有半英里，但要去杂货店却还得走上一英里，而她并不打算放弃商店的购物之行——要是不去商店的话，她还得向乔安娜和鲍勃交代刚才发生的事。艾比几乎看得见乔安娜脸上那种难以置信的表情：不知为何，她知道乔安娜对“第六感”之类的说法不会买账。鲍勃则会设法藏起惊讶，但他是个脚踏实地的务实派人士——毕竟这个人在电脑业就职嘛。这么说来，最终艾比会觉得很丢脸；再说了，也没有哪家人乐意让一个脑子有问题的家伙照看自家的宝宝。

艾比转过身，又一次凝望着那辆车，身上涌起一阵战栗。“我们走吧。”她把尿布包挂在婴儿车的把手上，强打精神对安娜贝尔说了一句话，随后匆匆离开了。

两个小时后，安娜贝尔已经玩腻了秋千和滑梯，艾比又带着她向杂货店走去。清晨的秋意已然不见踪影，太阳正高悬空中，艾比暗自希望自己穿了一条短裤，而不是厚重的李维斯牛仔裤。不久安娜贝尔小脑袋一歪就沉入了梦乡，而艾比边数着路上走过的街区，边痛骂自己忘了多带一瓶水——她的喉咙简直要冒烟了。

她终于走到了商店，并千方百计想要同时推动婴儿车和商店的购物车。安娜贝尔才睡了二十分钟，艾比可绝不会在这关头弄醒宝宝将她放进购物车。那样一来，没睡饱的小宝贝儿会一整天吵得人不得安生。

艾比拿起一只购物篮走过条条过道，照着乔安娜列的单子装了一件又一件，手里还推着婴儿车。等到购物篮装得满满当当后，她把篮子搁到收银台附近的地板上，又拿起了另一只篮子。算她走运，这时段店里的顾客还不算多。

艾比往第三只购物篮里装满了巴黎水和橙汁。篮子重得很，不停地撞着艾比的身子，把她撞得东倒西歪。她又在商店前方的小冰箱里取了一罐可乐，然后一股脑儿地放下了所有货品，等着收银员结账。

“要纸袋吗？”收银员问道。

艾比还有一英里半路要走呢。纸袋的提手很容易断开，也没有办法缠在婴儿车的手柄上。“要塑料袋。”艾比满怀歉意地笑了笑，可惜收银员看上去压根儿不在乎。“我们要步行走回家去，用塑料袋会容易些。”艾比说。

谁知买来的东西竟然装了五个塑料袋。加上那只尿布包，婴儿车的手柄上只能容下三只塑料袋——也就是说，艾比不仅要推婴儿车，而且还要拎上两只沉重的袋子。才走过三个街区，塑料袋的提手就已经被拽成了一根细绳，勒进了她的手指。太阳当空高照，似乎正直勾勾地烤着双眼，艾比不由眯起了眼睛。要是此刻有副太阳镜，再多喝一罐可乐，那就太棒了。

过了几分钟，安娜贝尔醒了，立刻哭闹着要果汁。

"哦，宝贝儿……"艾比心中满是愧疚。她只带了一只鸭嘴杯，可是安娜贝尔刚才在游乐场爬来爬去，觉得很口渴，已经把鸭嘴杯里的水喝得只剩一个瓶底了。"给你。"

杯子转眼就空了，安娜贝尔不禁放声哭号起来。午睡时间太短，小家伙还没有休息够。艾比的后背开始隐隐作痛；不多久，她感觉自己的身子也又热又疼起来：整整一上午，她把安娜贝尔自秋千和滑梯上抱来抱去，而且昨晚她还为准备今天晚上的一门考试一直学习到午夜。她很累，早上的惊心一幕更是害得她手软脚软；再说，她还没有吃午餐呢。

"要喝橙汁吗？你想尝尝橙汁吗，宝贝儿？"艾比在明知故问：宝宝恨死橙汁的味道了。不过话说回来，也许宝宝乐意再尝一次，孩子们在吃东西上总是没个定性的。

她在鸭嘴杯里装上橙汁，递给安娜贝尔，小家伙抿了一口，立刻把橙汁吐了出来，哭号得更大声了。宝宝想喝苹果汁，要不然喝水也行……不过艾比手头有牛奶！她放下塑料袋，两只麻木的手立刻恢复了知觉。安娜贝尔通常只在用餐的时候才喝牛奶，但这并不意味着她不能将就一次。艾比倒掉杯里的橙汁，又打开一瓶乔安娜极为宝贝的巴黎水冲了冲鸭嘴杯，灌上全脂牛奶后将它递给了安娜贝尔。她仰头再把剩下的巴黎水一饮而尽。

“还有一英里路呢，小家伙。”艾比说。她伸出前臂擦了擦挂满汗珠的额头，千方百计想从手掌上找出没勒到的地方拎塑料袋，可惜袋子却不停地滑到勒痕上。艾比又逼着自己走了一个街区，这才放下了袋子。“该死的巴黎水。”她一边小声嗫嚅，一边揉着手掌，忍不住对讲究细节的乔安娜和她那挑剔的味蕾涌起了一股怒火。

一个小时后，她才回到了家。等到打开前门搁下塑料袋时，艾比已经快要哭出声了。她赶紧把饮料放进冰箱；刚打开的牛奶闻上去倒是好端端的，可艾比生怕它已变了味，还是将它倒进了水槽。她准备今晚在放学回家的路上再买上几盒。她会撒个小谎，告诉乔安娜，店里的牛奶卖光了。

得把两只手泡到冰爽的水里，手掌上的勒痕正在火烧火燎地疼呢。“今天就是你跟艾蒙[①]见面的日子，宝贝儿。”艾比边说边按着电视按钮，她明明知道宝宝在两岁之前不该看电视，但她已经彻底没招了。

她喝光了一夸脱水，吞下了两片止痛药，这才在自己的两只手上涂了抗生素软膏，用纱布裹起来。鲍勃回到家时，艾比正和安娜贝尔蜷在沙发上读一摞书，还千方百计不让自己犯困。

听到鲍勃开门的声音，艾比赶紧脱下纱布，猛地塞进口袋里。“今天过得怎么样？”他边问边温柔地冲着安娜贝尔微笑，艾比几乎再次涌出了泪花。

“我们过得很好。”她撒了个谎，眼睛直勾勾地盯着书，免得他看见自己脸上的神色。

鲍勃却似乎感觉到了她的心情。“你没事吧？”他问道。安娜贝尔跳下艾比的腿，一溜烟儿向他奔了过去，鲍勃一把抱起宝宝，目光却还紧盯

① 美国国家教育电视台著名栏目《芝麻街》中的招牌玩偶。

在艾比身上。

“只是有点儿累。”她说。她合上书，忙着把故事书整理成一摞。“今天实在太热啦，我们还在外面待了大半天。”

“要不明天你睡个懒觉吧，”他说，“我可以晚一点儿再开始工作。”

艾比抬头凝望着他。鲍勃正站在那儿，阳光从他身后的窗户照了进来，映衬着他的一头金发。他伸出一只前臂让安娜贝尔坐着，另一只胳膊则搂着宝宝的后背，脸上带着微笑（鲍勃似乎总是满脸笑容），他看上去如此健壮又如此善良，艾比恨不得也钻进他的怀中。

“谢谢你。”她说。

当天晚上，艾比钻进自己的汽车赶赴晚上的课。这次她却并未感到一丝惧意，钥匙轻松地拧开了点火器，她甚至开上了环城公路——除了最娴熟的司机，那段路只怕能把所有驾车人都吓得惶惶不安，可艾比的心却并未猛跳起来。

“乔安娜和鲍勃永远不会知道，我为了不让安娜贝尔受到伤害都做了些什么。”她边想边在大腿上搓着手掌。掌上红色的勒痕仍然清晰可见，艾比心知自己无法好好握笔答完试卷。不过，这份苦是值得的，她并不在乎这事听上去多么可笑。在她的心底，艾比深知安娜贝尔曾经身处危险之中，而艾比保护了那个小宝贝儿。

蕾妮屏住呼吸，迈步走上了磅秤。蕾妮知道，倘若体重有些小小的波动，那可不能百分之百保证自己正在瘦下来，因此她已经差不多有一周强忍着没称体重了，但眼下她应该瞧一瞧自己的战果。在此之前，她搭电梯时会故意少搭乘一截儿，转而走上几层楼的台阶，每隔一天便进行一次两英里慢跑（当然，准确地说是快步走），早晨还会提前一站出地铁。胃一定缩了很多了吧；她觉得自己简直就快前胸贴后背了，以前她可从未饿成过这副惨样。

磅秤测出了体重。蕾妮没有来得及呼出憋住的一口气，就低头瞥了瞥自己的成果：想想那些曾经伴着美梦入睡的晚上，梦里回味着一块儿脆脆的椒盐饼干；想想那些从中餐馆买来的糙米饭和蔬菜，当时她可一直眼巴巴地垂涎着宫保鸡丁；还有那五顿午餐，她甚至连沙拉酱也撇开不敢吃。这一切都已经有了回报：蕾妮的体重轻了一磅。

这么一番辛苦，居然只减掉了十六盎司①。

要达到目标，蕾妮还得经受几个星期的折磨——不如说是几个月的折磨。要是忍不住吃上一顿墨西哥玉米卷饼，那就全泡汤了。这么辛苦是为了什么呢？蕾妮并非那种一心钟爱素菜、胡萝卜汁的女人，她生来便曲线凹凸，跟苗条的身形没有缘分。她那副身材一心痴恋着卡路里，活像凯特·温斯莱特在《泰坦尼克号》一片的结尾一心痴恋着莱昂纳多·迪卡普里奥。“我永远也不会放手。”她的一身赘肉似乎在窃窃私语。

蕾妮的眼中泛起了泪花。瘦身为什么这么难呢？

她迈步走下磅秤，重重地踢了它几脚，把秤塞到了梳妆台下。她的胃口恰似一只拴着锁链的猛兽，本周她还勉强驾驭着它，不过驭兽之战已经害得她精疲力尽。过不了多久，要是再看不见成效，她就管不住它了。大多数女人只盼在梦中与休·杰克曼相会；可是昨天晚上，蕾妮却梦见自己的十指一次又一次埋进一只松软香糯的巧克力蛋糕里，自己则一次次舔掉手指上的糖霜。

也许应该别干了，干脆回堪萨斯去。那儿的女郎有着各式各样的身

① 十六盎司就是一磅，约九两重，不到一斤。

形，绝非一水儿的仿佛刚刚从一条生产线上走下来的四号身材。如果争取不到这个职位，只怕她也不得不回家。蕾妮已经二十九岁了，却仍然担任着助理编辑的职位，并且还在一笔又一笔地欠着债；也许命中注定，蕾妮就是什么事也成不了。

蕾妮叹了口气，心知自己正在自怨自艾，却拿自己一点儿办法也没有。她打开药柜，取出一管佳洁士牙膏。起床之后，她就已经刷了牙，可她曾经读到过这么一条守则：要是牙齿刷得干干净净的话，那你就不太可能会在两餐之间吃零食。本周她一定要加倍努力：要提前两站出地铁，也许还要再掏钱买上一套紧身胸衣。在奈杰尔挑出美容美妆编辑之前，她可一点儿也不能松劲儿—— 一想到这儿，蕾妮差点儿抽噎起来。

蕾妮正刷着牙，突然间心念一动：自己和凯特一直忙于准备艾比的卧室，却忘了告诉她药柜里的哪些空间可以用。这个公寓里的空间十分宝贵，女孩们在浴室里一直只放必需品，比如除臭剂和保湿霜。除此之外，大件的洗漱用品得用塑料桶装着搬来搬去，跟蕾妮当年读大学时一模一样，那个时候，她那个宿舍里的所有人也共用一间大浴室。

蕾妮漱了口，打开药柜门，发现娜奥米留下了一堆懒得处理的玩意儿。难道扔掉一管旧睫毛膏和几个处方药瓶会要了她的命吗？

蕾妮收拾起娜奥米的药瓶准备扔掉，顺便懒懒地瞥了瞥标签。那都是同一种药，药名是个又长又拗口的词，蕾妮不知道在哪里听说过。是治焦虑的药吗？还是治粉刺的？她扔掉药瓶，回到了自己的卧室。

艾比还没有出屋，但蕾妮打算等她一现身就去陪她。也许蕾妮能哄艾比出去走一走，毕竟对艾比来说，新鲜空气大有助益，而对蕾妮来说，新鲜空气也可以分分神。蕾妮打开日志，草草地记下了自己的早餐：一个煮鸡蛋，半个葡萄柚，还有加了善品糖但未加奶精的咖啡。

她突然抬头闻了闻空中的气味，警觉得活像一头猎犬。上帝呀，是凯特在做煎饼吗？卧室整个儿洋溢着一股浓香，蕾妮几乎可以看到煎饼的美味透过敞开的门缝涌了进来。凯特从不下厨，不过她也许想露一手诱艾比出屋。无论艾比在为什么事心痛，但有那么一瞬，蕾妮竟然忍不住嫉妒起艾比来——如果一场情感危机意味着好几周毫无胃口的话，那蕾妮简直情愿得很。可这个想法刚刚冒出头，蕾妮便立刻觉得有点儿内疚了。

一定要找点儿事做，免得一心想着那股无比诱人的香味——于是蕾妮拿起电话，拨通了父母家的号码。

“喂？”一个女人答道。

“妈妈？”蕾妮下意识地问了一句，尽管她听得出对方不可能是她的母亲。

“哦，你一定是蕾妮。”电话那头的女人说道，蕾妮突然认出了她的声音。“我是贝卡，你好。”对方说。

蕾妮感觉一阵头晕。贝卡为什么会在父母家里接电话？刹那间，她竟惊得说不出话来；她仿佛一脚踏进了另一个世界，那里蕾妮成了硬闯入别人生活的家伙，而贝卡才是父母堂堂正正的宝贝女儿。

贝卡立刻察觉到了蕾妮的沉默：“你妈妈正从烤箱里取松饼，因此让我来接电话。她来啦。”

“嘿，亲爱的。”蕾妮的妈妈听上去跟平日一样开朗。

“妈妈？”蕾妮犹豫了片刻，“贝卡还跟你一块儿待在厨房里吗？”

“她就在这儿。”妈妈说。哦，棒极了——这下可好，贝卡保准知道蕾妮打听了她的下落。

“你能去别处让我们私下谈谈吗？”

“当然啦，宝贝儿……嗯，我现在到另外一个房间了。”

“她在咱们家做什么？”这话说出来真不好听，“我的意思是，我还不知道你们经常跟贝卡在一起呢。刚才听到她接电话，我还吃了一惊。你和爸爸……你和爸爸还在吵嘴吗？”

“我正准备打电话告诉你。”妈妈温柔地呼了一口气，蕾妮简直能想象出电话那头的情形：妈妈正坐到客厅的沙发上；壁炉旁放着一摞报纸，专为爸爸折出了填字游戏所在的一页——爸爸钟爱填字游戏，晚饭后便是他的游戏时间；壁炉架上摆放着一只高低不平的黏土花瓶，那是蕾妮二年级艺术课时的大作。顷刻间，一股思乡之情席卷了蕾妮。“宝贝儿，我想，我还是有点儿没回过神来，你爸爸也极度震惊。但我们都觉得，贝卡有权了解爸爸，一切并不是她的错。她来家里找你爸爸喝咖啡，还邀请了我。我打发他们两个人单独去，喝完咖啡再到家里来，于是我们大家就聊了聊。不知道为什么，结识贝卡倒让你爸爸和我之间的关系缓和了起来，你知道吧，那小姑娘以前的日子不太好过。”

“这话是什么意思？”蕾妮顿觉自己出其不意地挨了一击——她本想回家帮帮忙，谁知竟然是贝卡妙手回春让父母破镜重圆。

“她母亲的脑子有点儿不对劲儿。耍手段把一个已婚男人骗上床，生了他的孩子，却一直瞒着他，这样的人脑子肯定有问题吧？”

蕾妮注意到妈妈嘴里说出了“骗上床”这个词：贝卡的母亲和自己的父亲都已经被贴上了标签，前者是“心肠狠毒的狐狸精”，后者则是遭了殃的受害者。不过话说回来，如果这么想能让妈妈挺过这一切，蕾妮又凭什么横插一脚呢？

“那女人喜欢支使人，又常制造烂摊子。”妈妈说，“她不停地丢工作，交不起房租，结果贝卡搬了很多次家，还换了好几所学校。尽管受了这么多苦，贝卡倒出落得挺有出息，是个适应力强得不得了的年轻姑娘。”

妈妈的话语中流淌着一种情意。只有在谈起蕾妮的时候，妈妈才会用这种语气，那是自豪的口吻。

“为这事吃醋也太小气了吧。”蕾妮心想，“不仅小气，而且荒唐。”只不过她从来是家里的独苗，再说她也喜欢当家里的独苗。“只有一个孩子？”在超市里，陌生人每每会这么问妈妈，蕾妮一直不明白他们的口吻中为何略带一丝怜悯。在蕾妮看来，三口之家恰如其分，既不大，也不小。不过话又说回来，离开家的人是她自己，她没有任何权利觉得同父异母的姐姐正暂时鸠占鹊巢。

“对她来说一定很难熬吧。”蕾妮把自己的情感深深埋进了心底，设法想象着贝卡的遭遇：一个小姑娘拥有一个动荡不安的家，一直在不停地转校。她想象着贝卡独自站在游乐场边，眼睁睁地望着别的孩子玩捉迷藏之类的游戏，顿觉心中涌起了一股怜悯。“你们喜欢贝卡，我很开心，我也会跟她见一面。再过几周，她会来纽约一趟。”

“她已经告诉我们啦。”妈妈说道。蕾妮闻言又是一阵难过，难道现在蕾妮的一举一动要贝卡来告诉妈妈了吗？

“她看上去什么样子？”蕾妮问。

“哦，她很漂亮，又高又瘦，长着一头黑发，周末还练迷你铁人三项。”妈妈说，“她刚刚还在跟我说力量训练是多么重要，你知道，它可以防止骨质疏松。她还会给我几个哑铃！”

蕾妮顿觉一阵针扎般的心痛。她知道自己有些无理取闹，只不过一切发生得太快了。仅仅一个月前，她才知道世上还有贝卡这个人，眼下贝卡却已堂而皇之地成了家里的一员，而蕾妮成了唯一一个还没有见过她的人——突然之间，蕾妮变成了一个外人。

“不管怎么说，我不希望失礼，我刚刚把她一个人扔在厨房了。”妈妈说。

不知为何，蕾妮眼前顿时浮现出这样的一幕：贝卡正探头探脑地打量着她家的抽屉和储藏室，匆匆浏览着地址簿里的人名，查阅着日程表上的安排。蕾妮赶紧摇了摇头，把这个念头赶出了自己的脑海——五岁小儿才这么胡闹呢。

“我爱你，妈妈。”她说。

“哦，宝贝儿，我也爱你，而且我非常想你。”

妈妈的最后几句话恰似一服良药，瞬间治愈了蕾妮那颗耍小孩儿脾气的心。那个皮包骨头、钟爱豆芽的贝卡并没有取代她的位置。

蕾妮挂了电话，感觉有点儿忐忑。她一直以为父母在堪萨斯城的生活仍然是老样子，而她自己在纽约的生活则多姿多彩。迄今为止，父母的日子过得十分平凡：父亲曾担任美国邮政的邮递员，母亲则是一名代课教师。每周日晚上，他们都会烤肋眼牛排，周三趁当地影院半价优惠去看上一场电影，每个星期天则从报纸上剪优惠券。他们为一些无聊的琐事斗嘴——比如父亲总不记得把他的钥匙放在前门附近的圆盘里，但父母二人从未真正吵过架。一想到父母活生生陷进了一出肥皂剧，蕾妮就觉得心神不宁。

蕾妮真希望，自己在风波刚冒头那一刻就已经搭上一架飞机赶回去了：要不是航班价格贵得厉害，她保准已经这么干了。她一直把心力放在自己的生活上（一会儿娜奥米要搬出公寓，一会儿特里的妹妹要搬进来，当然还要加上升职的事），并没有完全意识到家里经历了怎样的风波。

正在这时，凯特敲了敲蕾妮敞开的房门，打断了她的思绪。“你饿吗？”她问道。

“多谢好意，不过我已经吃过了。”蕾妮说。**没错，我饿得前胸贴后**

背了！她心想。

“艾比还在睡。”凯特靠在门框上，叠起了双臂，“要不然换句话说，至少我猜她在睡；也有可能，她只是待在床上没有起来。我做了些煎饼，原本希望能把她引出来吃点儿东西。”

“等她起床叫我一声，”蕾妮说，“到时候我会跟你们一道。”

蕾妮隐约察觉到凯特盼着有人陪，但她实在不敢进厨房，只能逼着自己打开笔记本电脑，希望借工作分分心。蕾妮得在《格罗斯》杂志为自己创建的Facebook主页上更新状态，还要给一篇文章润润色——那文章写的是一些简单的美容招数，准备发在明天的博客上。蕾妮的博客名为“一刻钟变身美丽佳人”，上面列出了一大堆在任何药妆店都能买到的产品，既有护甲油，又有深层护发素，可以从头到脚进行全套护理，其用意在于：如果你坐在一个没有放水的浴缸中，将博客推介的整套产品一股脑儿全用上，那你只需打开淋浴冲净全身，便会立时换了一个人。要不然的话，至少会改头换面，不再有着一身粗大的毛孔。倘若推介的产品对部分读者来说成本太高，蕾妮还列出了用居家用品进行护理的方法，比如蛋黄酱护发法和蛋白面膜。

蕾妮飞快地敲着字，回答着Facebook上的问题和评论。一位密友已经好心好意地抛砖引玉，让蕾妮推荐一款产品来对付卷发，可蕾妮却一直隐隐记挂着娜奥米的处方药。她上网搜了搜瓶上的那个名字。

那是一种减肥药。

蕾妮闭上了双眼，眼前浮现出娜奥米那双又长又细的腿，还有她那平坦的小腹，平得好似……哦，上帝呀，她的小腹平得好似一块金黄烫手的煎饼，正一滴滴淌着蜜汁。

蕾妮起身进了浴室，从垃圾桶里翻出药瓶，数了数剩下的药。有一瓶里装着十二片，另一瓶里装着十片。她一把握住那两只药瓶，把它们带回了自己的卧室。

难道时尚模特儿全都吃减肥药吗？也许纽约有一半的女人在吃呢；也许每在第五大道某些商店里购物一次，就能拿到一张处方笺。节食和锻炼都无法让蕾妮得到一副模特儿身材，但她总能吃一吃减肥药。

她吞下了一颗药，等待着魔法生效，解救她于危难之中。

# 第十章
# 心结难解

艾比终于出了屋，并且吃了半只煎饼；凯特那难得露脸的厨艺也就没戏可唱了——蕾妮声称自己已经吃饱，因此凯特不得不把大半煎饼扔进了垃圾桶，它们可是凯特用贝蒂妙厨松饼预拌粉烤出来的杰作。

“没关系，”艾比刚开始清理盘碟，凯特就说道，“我来清理吧。”

谁知，艾比转身用一双无比温柔的棕色眼睛望着凯特（她的眼睛跟特里那双冰蓝色的眼睛还真不像），开口说：“我不介意打扫清洁，其实有点儿事情做还挺不错的。”

蕾妮居然抓住了这一丝机缘，一举夺得了辉煌的战果。她说：“既然如此，今天上午我要好好地整理一下衣柜，很想请你帮帮忙。上帝呀，我那儿乱得不像样，你能不能告诉我哪件看上去丑得很，哪件衣服又该留着呢？”

“当然啦。”艾比说。

顷刻间，凯特记起了特里对妹妹的评价：她是个富有母性情怀的人。凭着本能，蕾妮发现了让艾比脱困的妙招——请艾比伸出援手。话说回来，这也许是唯一能将艾比拖出泥潭的招数。

凯特原本打算去办公室待上几个小时，可她发现自己拿着笔记本电脑，一屁股坐到了蕾妮房间的地板上。蕾妮取出一捧捧衣服，一股脑儿全扔在了床上（天哪，她怎么能把这么多衣服塞进那个衣柜？眼前的一幕就像马戏团在表演戏法，十多个小丑居然一个接一个地挤进了一辆丁点儿大的汽车）。凯特读了读《格罗斯》杂志每月必登的读者问答专栏，在该专栏中，读者提出的问题将由两位互不相让的专栏作家回答，他们中的一位叫“犹太妈咪罗宾”，另一位叫“你的毒舌好基友韦恩”。

两位专栏作家在嬉笑怒骂中出了不少点子，而该专栏也是《格罗斯》杂志最受热捧的特辑之一。幸运的是，本月的专栏跟以往一样抢眼。不过，凯特倒是有点儿吃不准该如何处理她自己与罗宾之间的交锋：罗宾最近在不断打听凯特的恋情，并一口咬定凯特还是单身，想立刻撮合凯特跟自己的侄子。“他是个医生，知道吧，哈佛出身。”罗宾说道，仿佛这话一出口，无论哪位女郎闻言都会急匆匆一路小跑同他到最近的婚庆店里置办婚事。当时凯特刚刚笑出声来，就接到了另一通电话（真是谢天谢地！），因此也就没有再跟罗宾聊下去。

“我只多嘴一句行吗？”艾比一边整理着杂乱的衣服，一边说，“你的黑衣服太多了。”

“可是黑衣服显瘦。”蕾妮说。

“我觉得鲜亮的颜色会很衬你！试试这件吧。”艾比挑出一件樱桃红毛衣。

凯特掉转眼神望着艾比。这是艾比第一次跟她俩聊天——货真价实的聊天，而不只是草草回答她们的问题。

蕾妮三两下脱掉身上的黑色丝质套头衫，接过那件樱桃红毛衣。

“我看上去活像个西红柿，”她抱怨道，“我本来打算把这件毛衣扔掉呢。”

“你的皮肤很好，眼睛又很蓝，”艾比说，“鲜亮的颜色确实让一些人显丑，不过却很衬你。”

“再说了，要是穿上鲜亮的颜色，你一下子就能跟纽约一半的女人区别开——这里人人都穿黑色。”凯特说。

“当真吗？”蕾妮挺直了腰，打量着镜中人。

这时电脑发出了一声轻柔的鸣叫，提示凯特来了一封新的电子邮件。凯特低头瞥了瞥——来信人是特里。

一切如何？

艾比正跟我们在一起，我们刚吃了煎饼，现在她在给我们当穿衣顾问呢。凯特回道。

真的吗？你太了不起了！

是蕾妮的主意。凯特敲了一行字，这才意识到自己在谈到刚漆过的卧室时曾经说过一模一样的话。她又写了一行：

泰国之行怎么样？

非常棒，十五个小时的航班也值了。目前我在普吉岛，吃晚餐时我看见一位驯兽师牵着一头大象走在沙滩上。

哇，采访还顺利吗？

还不错，已收集到所需的素材。哦，说到采访，我已经跟瑞丝约好，等我从泰国回来，次日就见面。

凯特闭上眼睛，松了一口气。好极了！我欠你一份天大的人情……

稍后等你有空，我们一起吃顿午餐吧，我会告诉你稿件的进度。

凯特的手指在键盘上稍有迟疑。她抬头瞥了瞥蕾妮，蕾妮正戴着一顶带鸵鸟毛的紫色帽子，边“搔首弄姿”边对着满面笑容的艾比说（艾比居然满面笑容！）：“买这顶帽子的时候，我在想些什么呀？我以为自己会被邀请去参加皇室婚礼吗？”

特里只是邀她共进一顿工作餐，仅此而已。

听起来不错，祝你旅途平安。她回复道。

“你在忙什么？”蕾妮问着望向凯特。凯特啪的一声合上了笔记本电脑——还是不要让艾比知道她哥哥正在过问她的情况；再说了，有了餐厅里的一幕，凯特还说不准该不该告诉蕾妮，特里发了信息给她。

“没什么要紧事。”她说，“你们想要出去一趟吗？也许吃顿午餐？我请客。”

“我最爱听‘我请客’这个词了！”蕾妮说，“实际上，再加上‘午餐’，你刚好说了我最心爱的两个词。”

凯特掉转眼神，望见艾比正咬着下唇为难。

蕾妮又套上了牛仔裤。“艾比，你一定要来，”她说，“我得在……嗯，接下来的一两天里减掉十磅……”她夸张地叹了口气，“你会保护我不被面包篮里的面包诱惑吧？要是哪片面包胆敢往我的嘴里钻，你要恶狠狠地挥挥餐刀吓吓它。”

艾比犹豫片刻，点了点头，凯特则低头藏起了一抹微笑。

安娜贝尔第一次真正病倒时，才约十六个月大。她的中耳和内耳感染了，发烧高达华氏一百零二度（约三十九摄氏度），也没有吃东西的胃口。艾比用滴管把适量黏糊糊的粉色阿莫西林药剂滴到宝宝嘴里，哄她喝了下去，又在安娜贝尔出汗时用一条柔软的毛巾替她擦干额头。

“乖宝宝。”艾比边低声说，边用鸭嘴杯喂安娜贝尔小口喝着橙味电解质水。没精打采的宝宝只想要人抱，于是她们听了听音乐，艾比还给她读了几个故事，比如《狗狗向前冲》和《芭蕾小精灵》。等到安娜贝尔沉沉入睡，艾比轻轻地将她放在沙发上，在地板上铺好软垫子，免得宝宝滚下沙发，又用沸水把床单和毯子全烫了烫，以便杀杀菌。

“她好些了吗？”下班回家时，鲍勃问道。艾比从诊所打电话通知了他，鲍勃一接到电话就取消了今天约好的会面。乔安娜不在家，昨天晚上，她已经动身跟参议员一起赶赴在绿蔷薇度假村召开的一场领袖峰会，当时安娜贝尔的症状还没有冒头。要等到明天下午，乔安娜才能赶回家。

艾比摇摇头。“不过她的病情也没有加重。医生说，今晚要给她吃些美林帮助睡眠。到了明天，抗生素应该会见效，宝宝就会感觉好一些。”

“可怜的小东西。”鲍勃把安娜贝尔搂进怀里，宝宝依偎在他的胸前，耷拉着眼皮。“她在发烧呢。”

“现在你可以给她吃点儿药。”艾比说，“不过医生认为，只要烧得不太厉害，最好让她的身体自个儿扛过去。”

鲍勃开口说了几句，但手机恰好响起了铃声，打断了他的话。他从裤兜里掏出手机，尽量不挤着安娜贝尔。

“嘿，亲爱的。”他说，“不，我在家，我正抱着她呢……嗯，她还有点儿发烧，不过医生告诉艾比，明天宝宝就会好起来……”

艾比拾起脏毛巾和鸭嘴杯向厨房走去，但仍然能够听见鲍勃的话音：“不，等到你回来，她都已经上床睡觉了……还是好好儿开会，明天再回家吧，好的……我也是。”

艾比又带着一杯电解质水回来了。“以防万一。”她说着把水放在了地板上，以便鲍勃伸出手就够得着。

“谢谢。”他轻声说。艾比瞧了瞧安娜贝尔：宝宝已经睡着了，泛红的双颊映衬着长长的睫毛。

“如果要帮忙，叫我一声就好。”艾比轻声说，“她的药在厨房台面上，八点钟还要吃一次。”

她正要走出房间，却停下了脚步。刚才鲍勃径直进门去抱安娜贝尔，居然连鞋子也没有脱。眼下他的脚正搁在沙发上，艾比一眼看到鞋底的破洞仍然没有修理，心中不由对鲍勃生出了几分怜惜。

“趁我还没有走，要给你弄点儿东西吃吗？”她问道，“喝点儿饮料？还是吃点儿零食？”

“哦，天哪，那就太好了。”鲍勃的声音压得很低，免得吵到安娜贝尔，“午餐时间我也在工作，现在真是饿坏了。”

“我去去就回。”艾比急匆匆赶到厨房，倒了一大杯冰柠檬水，又在饼干上涂了些芥末，放上几片切达干酪和辣肠，再把几只草莓去了柄，通通放进了一只托盘，随后将托盘搁到了地板上，紧挨着安娜贝尔的饮料。

“你真是我的大救星。”鲍勃一边低声说，一边有节奏地拍着安娜贝尔的后背。宝宝鼻子不通气，居然打起了呼噜。

“如果需要帮忙的话，就叫我一声吧。”艾比又重复道，随后顿了顿，“今晚我留下不走了。”

她又望了他们俩一会儿，随后穿过厨房下了楼，紧紧地关上了门。在自己的卧室里，她拿起手机，拨通了皮特的号码。

“嘿，宝贝儿。”他说。艾比听得出电话另一头的车流声，心知皮特正在下班回家的路上。她几乎可以见到他正开着那辆红色皮卡，听着经典摇滚，左手在大腿上敲着节拍。

“嘿，听着，安娜贝尔今天晚上感觉不太妙，我觉得我应该待在这儿，以防万一。”

“什么？”皮特说道。艾比还听见有人按响了喇叭。“混账，等等……听着，艾比，她的父母不在吗？”皮特问。

“只有她爸爸在，她妈妈出门了。”

“嗯，那他不能照顾宝宝吗？”

“不是那回事。”艾比想要解释，却意识到自己说不出口：她只是有种挥之不去的感觉——她必须留下。不如撒个谎吧。“我的喉咙也有点儿发痒，我猜是安娜贝尔的病传给我了。”艾比说。

“你想让我过来陪陪你吗？”皮特问道。

艾比心中浮现出乔安娜那张一脸不乐意的面孔；不过就算没有乔安娜这张面孔，艾比也打心眼儿里不希望皮特过来。

“最好别过来。”她说，“我想我可能很早就会上床睡觉。”

他听上去有几分失望。“如果你改了主意，那给我打个电话，今晚我真的很想见你。”

挂上电话后，艾比关了手机，随后上楼把门打开了一条缝——这样一来，如果鲍勃叫她的话，她就能听得见。

鲍勃并没有叫她；凌晨两点钟，他敲响了艾比房间的门。

艾比立刻醒了过来，仿佛她一直在梦乡的边界徘徊，就等着这一刻的来临。她揉揉眼睛，起床走上台阶开了门。

“宝宝还好吗？”

安娜贝尔正在鲍勃的怀里低声呜咽，呼吸显得颇为滞重。

“她的热度倒没有上升，但仍然在发烧。”鲍勃说，“抱歉吵醒了你，只不过宝宝……宝宝在找你，她哭着要你哄。”

艾比伸出手接过安娜贝尔，口中喃喃说道：“没关系。”跟过去一样，宝宝把小脑袋搁在艾比的颈窝下。有时候，艾比有几分好奇：难道宝宝这么做，是因为艾比的心跳声能让她安心吗？

“宝宝很烦躁，我不知道该怎么办。”鲍勃老老实实地说。他穿着白色T恤和深蓝色的运动短裤，头发乱得一团糟，看上去活像一个刚睡醒的大学生。“她醒过来已经将近一个小时啦。”

“我把宝宝带回她自己的房间吧。”艾比说，“你给她吃过美林了吗？”

鲍勃点点头道：“就在她睡觉前吃的，八点钟的时候。”

“那再给她吃点儿泰诺吧。医生说，如果有必要的话，我们可以每隔几个小时换种药给她吃，她身上很烫哪。”

“我去拿些药过来。”鲍勃已经拔腿向厨房台面走去，安娜贝尔的药品在上面排成了整齐的一列。

看上去，宝宝的卧室恰似从她那些童话书中照搬的一样：一面墙上有幅画，画中是一棵蝶影翩翩的橡树，天花板上则点缀着闪闪的群星。艾比关掉了顶灯，但留着一盏夜灯没有关。她坐到摇椅上，开口唱起了歌，先唱一首《玛丽有只小羊羔》，又唱一首《一闪一闪小星星》。鲍勃带着泰诺进了屋，艾比却还在唱，两人颇有默契地一起让安娜贝尔服下了药——艾比唱歌让宝宝分心，鲍勃则用滴管将黏稠的药剂滴进她嘴里。

“她都吃光了吗？”艾比低声说。鲍勃举起滴管，眯眼瞧了瞧，随即点了点头。“乖宝宝。”他们异口同声地说道。

艾比继续摇着摇椅，不一会儿，安娜贝尔便进入了梦乡。艾比又等了十分钟，这才慢慢起身穿过屋子，轻轻地把宝宝放进婴儿床，给她盖上一床轻软的棉毯。

“这是你今天第二次当我的救星。”鲍勃低声说。

艾比转过身，挑高了眉毛：“第一次是什么时候？”

“你做的那些美食呀。”鲍勃说。

艾比不禁露出了笑容。她的心思一直放在安娜贝尔身上，因此并未多想，但此时她却意识到了一件事：自己竟然没有穿胸衣。她的上身穿着一件背心，下身穿着一条宽松的睡裤，虽然并非赤裸裸地充满性诱惑，不过那是件浅粉色的背心，即使眼下灯光昏暗，可它会不会泄了春光呢？她和鲍勃正在压低声音说话，因此靠得很近。艾比敏锐地觉察到他那强健的二头肌上遍布着条条的纹理，他身上传来略带汗味的男性气息。他的鼻子和双颊上有几个金色的雀斑，两条眉毛跟一头金发正是同一色调。艾比有些好奇：他是穿着短裤入睡呢，还是什么也不穿呢？她装作身上有点儿冷，在胸前抱着双臂，伸出手上上下下地揉着胳膊。

“如果需要我的话，你叫一声就好。”艾比说。说到“需要”这个词时，她的声音莫名哑了哑，她赶紧清了清嗓子。

“多谢。”鲍勃柔声说。他又盯着她凝望了一会儿，那是全神贯注的凝望，但他并非在打量背心下隐隐的春光，却在凝望她的面孔。“我看上去一定一团糟。”艾比心道——她的头发缠在了肩上，又懒得费心掬捧水洗洗脸。可就在这时，她发现鲍勃的眼中掠过一抹神采，随即眼神一暗，重又合上了心扉。

那是思慕的眼神。

# 第十一章
# 闺中密友

“那篇一夫多妻的文章怎么样了？”奈杰尔劈头就问。他没有敲门，施施然走进了她的办公室——尽管办公室门是开着的，凯特却仍然怒从心起。奈杰尔也太把这里当作自己的地盘了，他这架势，甚至透着几分不必要的亲密劲儿。

“今天下午我会见一见山姆，谈谈那篇稿，”她说，“稿子快要完工了。”最好如此。凯特心想。她已经吩咐山姆重写报道，要将侧重点放在个人经历上。“如果你做不到，这篇稿只能撤销。”她说。她还真不喜欢当时山姆眼中流露出的神情。

“下个星期，国家杂志奖就要颁奖了。”奈杰尔一屁股坐在凯特那张办公桌的一角上。他靠得实在太近，这家伙知不知道什么叫作私人空间？凯特漫不经心地把椅子往后挪了挪，仿佛只是方便自己叠起两条腿。

“颁奖典礼今年设在华盛顿，对吧？”凯特问道。该奖项堪称杂志界的奥斯卡，普利策奖并不颁发给杂志，因此在杂志界，最令人垂涎的奖项便是国家杂志奖。每到秋季，一群享有盛名的媒体人会选拔出最优秀的新闻报道、特稿和图片，并按发行量划分级别，甄选出每一级别中表现最杰出的杂志。去年《格罗斯》夺得了一项摄影奖，今年该杂志则入围了三项大奖。

奈杰尔靠得还是太近，但凯特实在不好再往后挪了。她拿起那只蓝色铅笔在指尖上转着，好让自己的手指不要闲下来。

他点点头道：“我已经预订了一桌，也许我们会派六个人去，还要携几大广告商同行。”

他起身走出办公室，忽然又在门口停下脚步大声说道：“做好过夜的准备。”

凯特办公室外的走廊里正有三四个员工。听到奈杰尔的大嗓门儿，他们都齐刷刷地转过了头，其中包括担任艺术总监的简——就是她在周六早上见到凯特和奈杰尔在一起的。凯特低头紧盯着自己的办公桌，这模样也许让局面显得更为不妙。她能感觉到自己的双颊正在发烧：她又没有做错任何事，那她为什么一副心虚有鬼的样子?

奈杰尔刚才确实跟她靠得很近（毋庸置疑，总编适才的举动并无半点儿不妥之处），除此之外，那番对话纯属公事公办。可惜四周弥漫着一股压抑的气氛，几乎令人窒息——还是得怪奈杰尔，他害凯特浑身都起了鸡皮疙瘩。

凯特再也没法儿在办公室里待了：奈杰尔身上那股须后水的麝香味正在屋里挥散不去。凯特穿过走廊到了厨房，打算喝上一罐健怡可乐。厨房里，助理美食编辑正用一只银色的大碗拌面糊，炉灶旁的金属架上搁着好些面包，看架势正在冷却。

“来尝几口吧。”助理美食编辑冲着面包点点头，嘴里说道，“我很乐意听听你的看法。”

“这是香蕉面包？”凯特问道。

“加了些巧克力屑，还有些健康食材。不过我们正在设法调整配方，盖住麦麸味儿。这一款是迅捷健康的早餐食谱，准备做成跨栏页。”她说着翻了个白眼儿，“奈杰尔还让我们取名为‘好速度，好身段’。”

“听上去很馋人哪。我指的是面包，不是奈杰尔拟的标题。”凯特伸手拿刀切下一片面包，透过裹着面包片的餐巾纸，能隐隐感受到一股暖意。她确实需要几片香蕉面包补一补：单单前一周，肩上的压力就害得她活生生瘦了两磅。凯特咬了一口：“好吃极了，谁会相信这是健康食品呀。”

助理美食编辑微微一笑，又埋头搅拌起来。

这时已近午餐时间，凯特把面包搁在厨房台面上，从冰箱里取出自己秘藏的蓝莓酸奶。蓝莓酸奶再加上手头的香蕉面包，足以充当一顿午餐了吧，凯特也就用不着再跑出门一趟买沙拉了。

凯特弯腰去够冰箱的第二格，耳边却传来了只言片语——有人正从旁边走过。

“……绝对上床了。凯特是他喜欢的型，我敢说，自从他提拔了她以后，他也讨得了她的欢心……”

凯特慢慢直起腰，关上了冰箱门。她在原地呆站了片刻，接着迈步走出了屋子。正在这时，有人出声叫住了她。

“你的香蕉面包。”助理美食编辑说道。她正拿着那片面包，它还好端端地裹在餐巾纸里。助理美食编辑的眼睛睁得很大，眼神中颇有几分同情。“你不想要了吗？”

凯特木然地点点头。刚才她听出了简的声音，但她压根儿不知道怎么办才好：应该找简当面对质吗？还是装作一切从未发生过？她觉得自己浑身没有一丝力气。

“嘿，”这时蕾妮从她身后冒了出来，“哇哦，你这万恶的小妞，你在偷吃些什么？”

凯特身周的冰层似乎裂开了一条缝。“香蕉面包，”她说着转过身来，“你想吃吗？”

“问问题的时候要说清楚。”蕾妮放声大笑，“你问我想不想吃？——我想吃得很。可是你问我要不要吃？——不幸的是，我吃不上。”

她们俩一起迈开了步子。凯特伸手碰了碰蕾妮的衣袖：“我能问你一件事吗？”

“当然啦。”蕾妮说。

“也许这话还是去我的办公室讲，会好一些。”

蕾妮闻言挑高了两条眉毛，却一句话也没有说。她跟着凯特进了办公室，一屁股坐在奈杰尔几分钟前刚坐过的位置上。奈杰尔坐在这里时，凯特觉得四周阴晦沉闷，可轮到蕾妮坐在这里时，凯特却觉得那股亲热劲儿很是受用。今天蕾妮身上穿着那件樱桃红毛衣，搭配着一条黑色短裙，脖子上的银色围巾精心地系成了一个结，看上去艳光四射。

“这件事有点儿……尴尬。”凯特开口说道。

蕾妮的眼神立刻严肃了几分，口吻听上去却仍很轻松：“你是想要跟我约会吗？如果你大手笔请我吃晚餐，请我看电影，我可能真的会答应下来哟。”

凯特忍不住笑出了声，接着脱口而出：“难道大家真认为奈杰尔和我……有一腿吗？”

“这也太扯了。你为什么会这么问？”

“我刚刚无意中听到别人这么说，她……她说……”凯特费力地咽了咽唾沫。

“是谁？她究竟说了什么？”

“是简。”凯特说，“我没有看到她在跟谁说话，但我认得出简的声音。她说，正因为这些瓜葛，升职的美事才落到了我头上。”

蕾妮从桌上滑了下来：“我马上就回来。”

“你要去哪儿？”

“去找简，让她滚开点儿。”

凯特凝望着蕾妮，出乎自己的意料，她居然爆发出了一阵笑声。“当真吗？”她说。

蕾妮在门口停下了脚步，也放声笑了起来。“当然啦，难道你不觉得她是自找的吗？”

就在刚才，凯特的嗓子里突然涌出了笑声，而此时此刻，她的双眼突然泛上了泪花。她赶紧低下头，不让蕾妮看见眼中的泪光。

“我们之间真的……没有……任何瓜葛。”凯特结巴了起来。有那么片刻，她仿佛回到了大学时代那段可怕的日子：与蒂莫西的恋情曝光后，同学们都紧盯着她，似乎都在对她议论纷纷，指指点点，这让她感觉羞耻万分。

蕾妮迈步走到凯特身旁。“嘿，我从来不觉得你们两个之间有任何瓜葛。”蕾妮伸出一只手搁在凯特的手上，凯特突然意识到蕾妮的手是多么温暖。也有可能，是她自己的手太过冰凉。“听着，简也许对你有点儿眼红，她是个讨人嫌的长舌妇，谁会相信她嘴里说出来的话呢？”

凯特点点头，不禁松了口气，放下了悬着的一颗心。“这就是有人鼎力支持的感觉吧。”她心里想。“好的。”她说着舒了口气，不过这听上去倒更像是打了个寒噤。

“再说了，如果你真对奈杰尔动了心，那我们就真得好好聊一聊你挑男人的品位了。”蕾妮说，“我可能得把你锁在公寓里，直到你头脑不再发昏为止。我的意思是，我觉得那家伙染过自己的胸毛呢。”

“是吗？”

“你难道没有注意到，他的胸毛比脑袋上的头发黑一些？再说了，他的胸毛连一根发白的也没有。”

“恶心，平时我躲他还来不及呢。”凯特说。她想起了即将举行的颁奖典礼：到时候她将别无选择，只能坐在奈杰尔身旁，熬过一顿整整有三道菜的正餐。“真希望奈杰尔的房间跟我不在同一层楼。”她心想。

“聪明之举。”蕾妮瞥了瞥手表说，“嘿，我得去赶一场新闻发布会，那边有关于眼影的重大报料。你现在没事了吧？”

凯特点了点头。特里正在从泰国回来的路上，艾比即将离开她们合租的公寓，可是凯特发觉，自己居然暗中希望艾比不要走。倒不仅仅是因为艾比一天天精神起来，看上去暖人心窝，还因为艾比让蕾妮和凯特之间的闺密情生根发芽。如果没有她，蕾妮和凯特就不会一起给房间刷涂料，不会一起分一瓶酒喝，也不会一起出门吃午餐。

“嘿，蕾妮？”

蕾妮在门口转过了身：“怎么啦？”

“如果你想聊一聊，给你的博客或Facebook找找灵感的话……只要跟我打声招呼就行，好吧？”凯特说，“我觉得你会是一个非常棒的美容美妆编辑。”

蕾妮的脸上绽开了一抹明媚的笑容："谢谢。"

新闻发布会开始了，而蕾妮的思绪却还绕着凯特打转。不过谢天谢地，她只需要稍微分点儿神，跟进一下新推出的那款眼影刷。化妆品公司正浓墨重彩地热捧一个噱头：本款产品由科学家与机械设计师联合开发，造型酷似一枚指尖，画笔纤维中甚至造出了纹路。

蕾妮心想：如果此时举手提上一个问题——"用真正的手指尖不是更容易吗"，那只怕跟向这间屋子扔个炸弹差不多吧；公关人员会吓倒一拨，各路观众会倒吸一口冷气，保安人员则说不定会出手把她撂倒在地。

再说，有谁是到这儿来听产品推介的呢。这间屋里几乎每个人都在发短信，要不就在读黑莓手机上的电邮，他们活像生日宴会上的一群小孩，正眼巴巴地等着一拥而上哄抢礼品袋。你永远不会知道礼包里有些什么：彩妆和香水样品是逃不掉的，但有时公关人员会塞几张按摩礼券、修甲礼券，要不然就是健身房的会员券。有一次，一家防晒品制造商还塞进了预先灌录了歌曲的iPod随身听。

"本款眼影刷极易混妆，简直无与伦比。"一位公关人员在台上热捧着产品，而一名化妆师则在为一位看上去只有十五岁的模特儿涂上深蓝色的眼影——那位模特儿也许确实仅有十五岁。

"混妆？这词听起来也太别扭了。"蕾妮伸手遮住嘴打了个哈欠，她又一次想起了凯特：在开口询问人们是否相信她升职是因为跟奈杰尔有一腿时，凯特看上去是多么脆弱呀。身为一个几乎应有尽有的女人（有美貌，有头脑，又有显赫的职位）——凯特几乎……颇有几分笨拙。杂志社里的其他同事都觉得她为人冷淡，刚开始蕾妮也有同样的看法，因此当初看到凯特在杂志内部公告里贴出找室友的告示时，蕾妮还有几分犹豫。蕾妮跟《格罗斯》杂志的所有人几乎都算熟，却偏偏不清楚凯特的底细。

后来才知道，凯特在诸多方面居然都算得上一个完美的室友。她整洁而体贴，几乎安静得有点儿过分：凯特会工作到很晚，会出门跑步，还会一本接一本地读书、看报——总之回头想想，全是些单身人士的喜好。蕾妮曾经琢磨过：难道因为她们俩是同事，凯特才刻意想要保持距离吗？有几次，凯特倒是接受蕾妮的邀请出了门，她会喝上一杯霞多丽葡萄酒，再不时露出一缕微笑，但说实话，她并不怎么开口说话。蕾妮已经跟她做了六个月的室友，凯特却仍是一个不解之谜。

不过话说回来，眼下凯特也有所变化——也许，凯特必须与一个人相处得十分融洽，才能对此人敞开心扉吧。蕾妮可不是这样的人，曾经有一次在地铁上，她开口就找邻座的女郎求借卫生棉条呢。

蕾妮惊讶地意识到：凯特居然是个很害羞的人。明白了这件事，许多事就都说得通了；明白了这件事，凯特这个迷宫也就逐渐露出了真容。

蕾妮心中还隐隐记挂着另一件事，一件跟凯特有关的怪事。左思右想之后，蕾妮终于恍然大悟：是那片香蕉面包。

当时凯特要给她香蕉面包，蕾妮没有接受。在那以后，一件奇事发生了：蕾妮居然把那片香蕉面包忘到了九霄云外。她并未从面包上挖下一角慢慢吃掉；也没有溜到厨房切下一小片，同时暗自说自己只吃这么一片但心中却深知，自己一定会在十分钟后再次溜进厨房切下第二片、第三片。也许蕾妮刚刚染上了什么病——感冒通常能让她好几天没有胃口；不过话又说回来，也有可能是另一个原因——在过去的几天里，她每天早上都会服用那种减肥药。

“拜托了，我希望是减肥药的神效。”蕾妮边想边闭上眼睛。如果一直苦苦纠缠她的体重之战可以这样轻易获胜，那就跟奇迹也差不多了。不过，蕾妮还不能开心得太早，她的希望已经破灭过很多次了。柚子减肥法曾经在一周内帮她减掉十磅赘肉，可惜蕾妮才刚吞下一个百吉饼，那十磅体重就又呼啸着奔了回来。五花八门的减肥法她都试过，什么阿特金斯减肥法呀，杜坎纤体法呀，区域减肥法呀，可惜没有一样能够长期见效。

蕾妮又把心思拉回到新闻发布会上，随后她对自己许诺道：就算混妆指数爆表，她也绝不涂深蓝色眼影。瞧瞧那倒霉的模特儿，活像是被人送进了拳击场，跟《百万宝贝》里的女拳手希拉里·斯旺克对阵了几个回合。

这时蕾妮邻座的女郎换了换坐姿，叹了口气。

“你不觉得这场发布会引人入胜吗？”蕾妮低声道。

邻座女郎笑出了声：“告诉你吧，那些礼品袋里最好有点儿真材实料。如果熬了这么一场，只拿到几个样品的话，那我还真会抓狂。”

“嗯，我只希望那款倒霉的眼影刷不会被人栽赃。”蕾妮说，“如果有朝一日，某个家伙在一宗凶案现场留下了这款眼影刷的指纹，那该算在谁头上呢？”

邻座女郎又笑了起来，这一次笑得更加响亮，一名公关人员朝她们怒目而视。蕾妮摆出一脸无辜的微笑，轻轻向她挥了挥手。至少现在化妆品公司的人已经换了话题，谈起了眼影刷的手柄：发布会一定马上就要到尾声了。

正在这时，一阵轻轻的声音吸引了蕾妮的注意。声音再次响起时，她飞快地瞥了瞥前排的人——居然有人公然打呼噜吗？杂志界人士经常拿新闻发布会当挡箭牌，借以解释他们为什么不在办公室。你只需要在自己的电脑上贴上一张便笺纸，留下一句话“正在出席新闻发布会”，就可以溜之大吉了；然后你可以去做个发型、美美地吃上一顿午餐，要不然就去一趟健身房。但对蕾妮来说，在新闻发布会上打盹儿还真是一个新招。她的目光逐一扫过前排的一干人众，寻找着那个打盹儿的家伙，却发现有个人正在聚精会神地倾听。此人剪了一头齐下巴的黑发，发型时髦，酷似黛安；她正在iPad上做笔记，那个iPad还有一个粉色的皮套。

此人正是黛安。

她是如何进场的呢？蕾妮暗自纳闷。她感觉自己的身子一下僵了起来。新闻发布会的请柬是送到邦妮手中的，邦妮还要在《格罗斯》待上一个星期才会转投Vogue，而邦妮当时直接把请柬交给了蕾妮。蕾妮正打算就此写一篇逗乐的博客，揭一揭新产品发布会的内幕，让人们看看幕后的情形——难道黛安也有相同的计划吗？也许黛安此前打了一圈电话，告诉所有的化妆品公司，她正盼着出席各大新闻发布会，以便在网上发稿。也许，她正在拓展人脉、掌握动向，准备蓄势接手美容美妆编辑的职位呢……

蕾妮意识到自己犯了一个错：自己居然低估了黛安。

# 第十二章
# 无法言说的伤痛

“跟我说说，你跟母亲相处得怎么样？”辅导员边问边叠起了两条腿。

“我母亲？”艾比犹豫片刻。

“她是个怎样的人，艾比？”

就在昨天，当艾比想要把安娜贝尔放到车上时，汹涌的恐慌感再次席卷了她。结果艾比没敢带安娜贝尔去上音乐课，而是一溜烟儿奔回屋子，跟宝宝摆弄了一整天的积木和图书。在此之后，艾比打了个电话给大学的咨询服务处，订下了一次约谈。

难道这又是一个不祥之兆？艾比十分担心安娜贝尔会出事，担心宝宝会大祸临头，她甚至迷迷糊糊地梦见某人径直奔到了滚滚的车轮之下——在梦中，艾比看不见那人的面孔，只能望见一团人影。她想要大喊一声警告对方，可却怎么也说不出一句话来，就仿佛被封在一只水晶球里，明明能够看到周遭发生的一切，却偏偏动弹不得。她的耳边传来了尖厉的刹车声，随后又是一声尖叫。凌晨四点钟，艾比大汗淋漓地醒了过来，然后再也无法入睡。

然而，当单独一个人钻进自己那辆本田车时，艾比却又感觉一切安好。只要不带上安娜贝尔，就不会有事。

难道这是因为她心中的歉意在暗暗作祟吗？艾比说不好。她和鲍勃之间尚未发生任何纠葛，然而一切又都已经有所不同。艾比又跟鲍勃、安娜贝尔一起吃了一顿晚餐，大家共享着烤鸡胸肉和野稻，野稻里还撒着杏仁片和饱满可口的蔓越莓。鲍勃在席间讲起了他的童年时光：父母在他八岁的时候离异了，也就是说，鲍勃和妹妹在两个家之间辗转徘徊。艾比猜得没错，他在高中时代确实是一名橄榄球手，而且担任过学生会副会长。父母离异伤透了他的心，一下子给原本无忧无虑的少年时光蒙上了阴影。鲍勃告诉艾比，当年他学会了下厨，因为父亲家里除了冷冻比萨饼外找不出别的食物，但在搞砸了几次之后，他发现下厨倒也是一件美事。

艾比又跟鲍勃讲起了史蒂夫：特里说过，这个小弟弟十分喜爱奶牛，只要见到奶牛的图片，他就会学着哞哞叫。史蒂夫一直没有学会爬，于是他索性从屋子这一头滚到那一头，直到学会走路的那一刻。

“我真希望我记得他，哪怕只记得一件事也好。”艾比说道，鲍勃则点头表示理解。

她不由将鲍勃与皮特比了比：皮特明知一场突如其来的病夺走了史蒂夫的生命，却从未问过史蒂夫的生平，也从未体察过艾比的感情。与皮特的这段恋情重行而非重言，但跟鲍勃的倾谈却让艾比意识到，她与皮特的这段情是多么肤浅。

她和鲍勃常用全新的目光彼此审视，他们正在逐渐接近对方的真容。

他们之间似乎总是电力十足。早上他离开家时，她觉得他的目光在她身上流连；晚上他回到家时，她并没有径直下楼待着，而是留下来陪他聊一聊。她发觉，只要一听到他那辆老旧的萨博敞篷车驶入车道，她就会急匆匆奔到洗手间里梳梳头，然后再倾听台阶上响起的他那沉重的脚步声；她逐渐爱上了信箱盖温柔的吱嘎声——因为这声音意味着，鲍勃正在打开信箱取信和杂志，再过上几秒钟，他的钥匙便会拧开前门的门锁。

难道她在担心自己对鲍勃的情愫会毁了安娜贝尔的家庭？（话说回来，鲍勃对她似乎也有几分动心）也有可能，她的潜意识里还笼罩着一层更加阴沉的迷雾。

“妈妈和我不太亲近。”艾比终于对辅导员说道，说完还挤出了一缕笑容，“其实这种说法没有把话说全，我猜……我与母亲之间很少交流。”

辅导员点了点头，等着艾比往下说。她是个体格魁伟的女人，长着一双清澈的蓝眼睛，圆脸上流露出平静的怜悯之意。艾比很少见到稳如泰山的人，但这位辅导员却相当镇定：她的手中静静地握着一支笔，双脚仿佛植根在地毯上，目光紧紧地盯牢了艾比，让艾比莫名想到了变色龙——它一动不动，却又洞悉一切。没错，辅导员活像只一脸慈悲相的变色龙，她的嘴角微微上扬，眼神中透出鼓励。

“大家都说，我和妈妈长得很像。”对于母亲，艾比绞尽脑汁想要找点儿别的话来说，“她，嗯，在银泉市一家小公司做人力资源管理，我爸爸则是一名政府律师。”

“你为什么觉得你和母亲不亲近？”

“她不……”艾比的声音越来越低，“毋庸置疑，她爱我。当我一天天长大，她每天都给我做好晚饭，也总是把我的衣服和各种零碎收拾得干干净净。她只是……她不……”

艾比费力地咽了咽唾沫，绞尽脑汁揣摩着措辞：要怎样才能说出那一直如影随形的不安呢——那就像她一直蹑手蹑脚地在一片刚打过蜡的地板上行走，脚上却穿了双滑溜溜的丝袜；又要怎样才能说出那种感觉呢——有时候，她感觉妈妈暗自期盼自己并不在这个世上。妈妈倒并非希望艾比受苦，但她盼着艾比从她的眼前消失。据艾比猜想，妈妈养育子女的方式恰似某些工人值班时的态度：她按要求进行操作，却并未从中感受到一丝喜悦。她的眼睛不时打量着时钟，盼着逃脱牢笼的那一刻——又有一餐饭要做，又要去学校出席一次会议，又有一件冬衣要买……为艾比所做的一切似乎并未给她带来丝毫快乐。

“她爱你。”辅导员又重复道，语调没有丁点儿的变化。

“我说不好。”艾比低声说。

恍惚间，她似乎听见了自己心碎的声音，她的眼泪顺着脸颊慢慢淌了下来。“有一次，在放学回家的路上，我从野地里为她采了几朵鲜花，那时我大约八九岁。我还记得，当时花上的一根刺扎了我的拇指，我把拇指塞进了嘴里，吮到不再流血为止，因为我不想问妈妈要创可贴，免得搞砸了那份惊喜。我把花递给妈妈，可她只是站在原地，她并没有伸手……抱抱我。有时候，我会见到朋友们跟父母在一起，而我总会注意到那些拥抱孩子的父母。我还记得，每次我和密友离开她家，就算我们不过出门一个小时，她妈妈都会说一句‘我爱你’。可我妈妈却从未真正……跟我亲热。”

“她为人冷淡吗？”辅导员问。

艾比耸了耸肩膀说：“我想是的。不过，她对我哥哥特里就要亲热些，有时妈妈还会对他露出微笑呢，她跟特里相处时会自如不少。”

艾比的声音越来越低。这是她最引以为耻的事，她一直背负着这副枷锁：“通常她只有对我才会这样。”

一时间，艾比又想起了特里学车的那段时光：父母双双带他出去练车，母亲还亲自开车送他去考驾照。但轮到艾比学车时，父母却一再推诿：他们要么累得厉害，要么必须工作到很晚。最终还是特里帮忙，带艾比去了一个又大又空的停车场，教她如何给车换挡，如何踩踏板。

辅导员把一盒纸巾朝艾比身边挪了挪，喋喋不休地讲起话来：也许她正暗自疑心，艾比费了全部心力才说出了这番掏心窝子的表白。“有些时候，人们对自己的孩子并非一视同仁，有可能你妈妈的亲生母亲对她关爱不足，而你妈妈在无意中继承了这种模式。她甚至有可能根本没有意识到这件事，也许她在你身上见到了自己当初的影子，因此不自觉地复制了该模式。”

艾比点点头，但她心里并不相信辅导员的话，毕竟这套说法听上去不太可靠。艾比读二年级的时候，外婆因癌症过世了，但艾比还记得外婆温暖的怀抱，记得曲奇的香味，也记得外婆用又轻又柔的声音告诉艾比——她真是个漂亮的乖宝贝儿。

“某些女性还嫉妒她们的女儿，尤其当她们年华老去，女儿们却变成青春少女的时候，她们会觉得自己的青春被人剥夺了。”辅导员还没有停嘴，“你在成长期间跟父亲的关系怎么样？”

“比跟妈妈的关系好一些，我想。我爸爸是个十分安静的人，经常读书读报。”艾比说，“跟妈妈一样，他在特里身边更活跃些。特里参加橄榄球比赛时，父母一场不落地为他欢呼加油，我记得，当时他们生气勃勃的模样让我大吃了一惊——我还从未想到父母会这么有朝气呢。我不觉得爸爸私底下希望我销声匿迹，跟他相处没有跟妈妈相处那么糟糕，但爸爸似乎也并未对我另眼相待。”

“跟我讲讲特里吧。”辅导员说。艾比闻言露出了一抹笑容——这还是她坐进那张椅子后第一次微笑。

“他是我最知心的朋友。”她说，“在我们小的时候，特里处处照顾我，现在他还是这样。有一次聚会，原本准备载我回家的人喝得没法儿开车，结果是特里来接我回的家。他还教了我几招，告诉我如果需要防身，应该踢男孩的哪些要害，他也……我想，他算是在我和父母之间斡旋的人。吃饭的时候，父母会过问他最新的赛况，他总是设法把话题引到我身上，比如问问我中意的摄影课，问问我看顾的宝宝，仿佛他在千方百计让我融入那个家，确保我得到大家的关注。”

艾比忍不住开始头痛，她只觉得精疲力尽，不堪重负。她盼着能往后一仰，躺在这张柔软的椅子上就此闭上眼睛。她还从未寻思过自己的家人是如何相处的，从未如此清楚地追寻过它的脉络，从未细细琢磨过家人的生活习惯和节奏背后有着什么样的动机。如今这一切，就像肉铺中的一块肉，正被缓缓切开。

辅导员在便签簿上写了几个字，嘴里说道：“至于恐慌发作，你可以去医生那儿开张处方拿些安定。不过，吃了安定不能驾车，安定片会让人头晕。”

艾比点点头——可吃了安定不能驾车，一番折腾不就白费了吗？

“与此同时，试着慢慢来，循序渐进。照你的说法，只有汽车才会让你恐慌，那就在你能做到的时候尽量接近它，把宝宝放在前院草坪临近汽车的地方，瞧瞧你是否能大起胆子钻进车里。你不必启动汽车，只要设法降低你的底线，免得自己陷进囚笼。”

一想到那一幕，艾比的心就不禁狂跳起来，但她仍然点了点头。“下周这个时候你能再来一次吗？”辅导员问道。

“当然啦。”艾比接过小巧的白色预约卡塞进钱包，起身告辞。她钻进自己的汽车，把头搁在方向盘上深呼吸，就这样过了好一阵子。她生活在一个绝口不提感情的家庭里，在这样一个家里，自省成了一种禁忌。然而此时此刻，回忆好像潮水般一波接一波地涌来，恰似艾比十岁时被困海中的情形：海浪一次次淹没了她，让她难以呼吸，她的鼻腔和喉咙都灌满了咸咸的海水，直到特里一把抓住她，把她拉回了岸边。

乍一眼看来，艾比的家似乎十全十美。这个家拥有一座漂亮的砖房，前院种着青翠的灌木；家中但凡有谁得空，一对三花猫就会舒舒服服地蜷到此人怀中；艾比的父亲喜欢烤自制的面包，因此屋里常常溢满诱人的香味。可在这表象之下，却有一股看不见的暗流，仿佛无色无臭的一氧化碳般偷偷潜入每间屋，没有放过任何一个人。

母亲从未爱过艾比，她甚至并不盼望艾比的陪伴。

在心底里，艾比一直偷偷知道这件事，眼下不过是她第一次大声说出口罢了。

# 第十三章
# 我的努力

显而易见，那位为《格罗斯》杂志专栏撰文的占星家十分钟爱老掉牙的词汇，正如她一心痴迷陈词滥调的套话。通常情况下，这倒没什么大不了的；换句话说，至少它算不上最让人头痛的麻烦事。可惜这一套在本月行不通。

蕾妮已经跟占星家在电话上谈了大约半个小时了，而她也特意将这篇稿留到了最后进行编辑。

“我只是觉得，我们也许能想出一个更妙的词。”蕾妮咬着铅笔头上的橡皮擦说，“也许……用‘出洋相’怎么样？要不然用‘栽了个大跟头’？”

“我原来的措辞有哪点儿不对劲儿？”占星家问道。电话那头遥遥传来狗儿的吠叫声——占星家的狗正在义愤填膺地为主人伸张正义呢。

“嗯，原词其实还是个俚语，有歧义。”蕾妮说，“你写了这么一句——‘诸位天蝎座，请务必留心，谨防愚不可及的大错’，可是读者也许会认为这句话是在说……嗯……”

“是在说什么？”

“‘愚不可及的大错’一词还可以指男人勃起的小弟弟。”蕾妮轻声说道。可惜显而易见，她的声音还是不够轻——顷刻间，临近格子间的挡板上已经齐刷刷地冒出了一颗颗脑袋。照此看来，蕾妮的话音还是飘进了同事的耳朵里。

“你说什么？”占星家说，“大声说！”

“勃起！”蕾妮几乎是在大吼，“勃——起——！”

这下可好，好几个家伙已经围着她的办公桌笑得花枝乱颤了。蕾妮捂住电话听筒，嘘了嘘那群看热闹的家伙：“你们还真会帮忙哪。”

“我们把这一句改成‘谨防出洋相’怎么样？”蕾妮问道，“能做这个改动吗？”

“如果你非要改的话，那只能由你。”占星家的口气仍然很硬，“我还是更喜欢‘愚不可及的大错’。”

“没错，嗯，我自己对这个词也十分中意。”蕾妮嗫嚅道。

她终于挂了电话，伸手去够办公桌上那碟用箔纸裹着的美食。“这些是我昨晚做的，原本打算跟大家分享哟。”她说着掀起箔纸，露出裹有黑巧克力酱的椰子杏仁饼。

“抱歉，”大卫说，“我们刚才笑你，真是犯了个‘愚不可及的大错’。”

蕾妮翻了个白眼儿，把碟子递给了他。大卫咬了一块儿，嘴里赞叹了几声。

“嗯，这些饼干在出炉的途中从未遭遇任何‘愚不可及的大错’，一路完美无缺。”又有人打趣道。

“快点儿闪开，”蕾妮下令道，“你们这群家伙，我要去工作啦。”一碟杏仁饼在众人手里转了一圈，又回到了蕾妮的书桌上。她将碟子推到一旁，开始在星座专栏上进行修改，然后又浏览了一遍。碟子里还剩下五块儿曲奇，金色的椰子圆饼裹了一圈黑巧克力——最近她的表现一直出色得很，难道不应该犒劳犒劳自己吗？

未及细想，蕾妮已经伸手拿起一块儿曲奇塞进了嘴里，并努力想要趁自己尚未后悔前嚼一嚼咽下肚去。可惜刚刚吃完曲奇，蕾妮就生起了自己的气：她真应该好好儿品一品曲奇的滋味——营养师们不都这样推荐吗？可惜刚才她几乎没有尝出什么滋味来，现在一心只想着再吃一块儿。

每天吃上一片减肥药，确实能帮助蕾妮控制饮食，可惜功效显然还不到位。就在昨天晚上，蕾妮打算借下厨放松一下，因此边烤杏仁饼边削好一碟胡萝卜和芹菜，供自己过过嘴瘾。可惜她的策略并没有奏效：那可是新出炉的椰子饼，她原本不应那么糊涂，而是应该早早对它的香味严阵以待。结果曲奇一出炉，她就一口气吃掉了两个。不过话说回来，至少蕾妮还没有狼吞虎咽地塞下半打曲奇，要是在几个月前，她恐怕早就这么干了。体重秤也跟以往一样不肯合作，仿佛卡在那个数字上一动不动，真是令人泄气得很。

蕾妮叹了口气，推开了曲奇碟子，伸手摸到鼠标，打开杂志主页，点击进入三位美容美妆编辑候选人的博客。博客页面分成了三列，蕾妮、杰西卡和黛安的照片高高地贴在顶部。蕾妮的这张照片很不讨她自己的欢心：当时编辑事先没有打声招呼，便派一名摄影师抓拍了三位候选人坐在自己办公桌旁的模样。不过，如果非要摄影师重拍一张的话，又颇有几分耍大牌的嫌疑。其他两位女孩对照片可没有什么牢骚，蕾妮只是觉得自己那天穿的衣服实在不上相。她当时没有意识到自己的裹身衬衫毫不留情地紧贴着腰腹，再加上她是坐着的，所以照片中的蕾妮看上去比真人更加臃肿，她简直可以清清楚楚地看到自己腰上的“游泳圈”。

读者正在博客上发表评论呢。蕾妮心想。单单昨天一天，她就收到了二十六条新评论！杰西卡和黛安各自收到的评论却还不足十条。蕾妮的心中不由涌起一阵满足感，她点开评论帖，准备跟读者互动几句。

爱死你的博客了！一条评论如是说（蕾妮边读边扬起了嘴角）。我以前倒是听过蛋黄酱亮发的招数，还以为是扯淡的无稽之谈呢，难道真的管用吗？

蕾妮滚动鼠标翻到下一条：在指导别人如何美妆美容之前，你也许该去减减肥吧。你算老几，凭什么给人支着儿？

蕾妮顿时觉得，电脑里仿佛伸出了一只手，狠狠地在自己脸上扇了一巴掌。

她读了两遍那条评论，然后又读了一遍。一时间，她几乎喘不过气来，却又只能眼巴巴地读下去。

下一条评论为蕾妮说起了好话：她的体重碍着什么事了？像你这种戴着有色眼镜的人，才是世界上最丑陋的家伙。

接着又有人扇了蕾妮一巴掌：她长了个肥屁股，说不定你也一样。

噢，上帝呀，评论栏里已经掀起了一场混战。一些人在大力支持蕾妮，另一个家伙（再加上发表该评论的人）却不停说着不堪入目的恶言恶语，一句句都像在蕾妮心上扎了一针。

《格罗斯》杂志的每个人都会看到这些评论——杰西卡和黛安会看到，奈杰尔会看到，蕾妮的朋友们也会看到。特里会看到吗？人们会不会把链接传来传去，那些评论也就嗡嗡地从一处飞到另一处，仿佛逐血的蚊子？这种倒霉事又不是没有发生过：《甜心宝贝》杂志的一名助理误把编辑的留言转发了出去，留言里提到该编辑打算辞掉一名撰稿人。结果短短一天下来，这栋大楼里几乎所有的员工都已经收到了这封电邮。当事的撰稿人雄赳赳气昂昂地迈进编辑的办公室，当场辞掉了工作。

蕾妮没法儿删掉那些评论贴，谁让她不是博客的管理员呢。怒意涌上了蕾妮的喉头，她一遍又一遍地读着那些恶毒的言辞，直到它们深深地烙在她心上。

她一把抓起钱包奔向电梯，可惜还没来得及跑到电梯旁，眼泪已经忍不住要掉下来了。她掉头进了洗手间，把自己锁在了一个隔间里。蕾妮放下马桶盖坐上去，伸出双臂搂着身子，一边前后摇晃一边呜咽着。如果在一个阳光明媚的日子赤身裸体地穿过中央公园，那种一丝不挂、完全暴露在光天化日之下的感觉也就与现在一样吧：一群素不相识的陌生人在直勾勾地盯着她腰间的赘肉，嘲笑她的大腿，还对她那圆滚滚胖鼓鼓的上臂议论纷纷。他们才不在乎蕾妮每天早晨都会在上班路上往一名流浪女子的讨钱罐里放进一美金呢——那是个牙齿都掉光了的流浪女子。蕾妮会在地铁上给孕妇让座，可惜这件事没人在乎；就在上周，蕾妮偷偷溜出酒吧将《格罗斯》的前台接待员送回了家——那女孩在同事聚会上喝多了，结果身子不舒服，可惜这件事也没人在乎。蕾妮的所作所为都没有人在乎，因为每当她映入人们的眼帘时，人们见到的只是一身赘肉：蕾妮是个丑女，并无多少价值。

她长了个肥屁股。肥……肥。

蕾妮在洗手间里待了整整一个小时，每当有人推开洗手间的门，她就把啜泣声憋回肚子里，她只觉得头痛欲裂，嗓子也又干又疼。她想偷偷溜回家，假装自己病了——可是这行不通，大家说不定会怀疑她为什么缺席，弄不好更加惹人注目。她必须回去上班，像个机器人一般直挺挺地坐在那儿，盼着六点钟早些到来。蕾妮不由想起了那位在“邮件风波”里辞职的撰稿人：当时整个办公室都在揣测她的命运，她是如何保住自己的尊严，熬过这场风波的呢？

蕾妮终于起身打开门，到洗手池洗了一把脸。她用纸巾蘸上冷水，在双眼上敷了几分钟，这才开始上妆。她先涂上一层厚厚的粉底，再涂上睫毛膏，仿佛这样一来自己就尽可以躲在这层假面背后了；随后她解开脖子上的围巾，设法用它裹住自己。

她伸出一只仍在颤抖的手，从化妆包里取出娜奥米留下的药，又拧开水龙头接起一捧水服下了一颗。那水尝起来有股金属的腥味。蕾妮犹豫片刻，又吞下了三片药。

她强令自己在办公桌旁熬到了下午六点钟，然后冷不丁从座位上一跃而起，走了整整三十六个街区后径直回了家。她倒不是想借此燃脂（当然了，有燃脂这种附带的好处也挺不赖），而是不得不想办法发泄一下全身蓬勃的精力。一口气走过八个街区后，蕾妮的双脚已经疼痛难忍；一口气走过十五个街区后，蕾妮的脚上已经磨出了一个水疱，破裂的水疱将鞋染上了鲜血，可是蕾妮并未停下脚步。回家后，她踢掉了脚上的高跟鞋，连身上的衣服也没有换，就风驰电掣地把整间公寓搅了个底朝天：她清理了冰箱和冷柜，擦洗了淋浴间和马桶，把橱柜里的家什一股脑儿翻出来擦了个干净——不管多么招人厌的苦活累活，蕾妮都欣然应对。

她还唰啦啦绘了一张图贴在卧室门的背后，上面列出了锻炼目标：每次只走两英里已经行不通了，她将绝不再容忍温暾水一样的锻炼方式！要走就一口气走上四英里！蕾妮一边把衣柜里的毛衣叠成一个个完美的方块儿，一边对自己发誓。

她简直安生不下来。她咕噜噜喝了一肚子冰水当作晚餐，并暗自希望它能扑灭心中熊熊的怒火与羞耻。那些在她博客上恶言相向的家伙全是些长着鼠胆、没心没肺的浑球儿，他们把自己的日子过得可怜巴巴，于是积了一身怨气，转头就到网络上四处耍横，把别人当作出气筒。这些人有朋友吗？不可能吧，他们哪来的朋友？这些家伙也许从来不洗澡，把破破烂烂的牛仔裤奉为流行圭臬，认定生活中至高无上的成就是在某款视频游戏中拿个高分。

怒火越烧越旺，烧干了蕾妮心中的羞耻，而她恨不得再给怒火添上几把柴——愤怒的滋味可比羞耻好受多了。此时此刻，她仍然能感觉到一条条评论正火辣辣地烙着自己的心，她明白自己永远也无法将那些字句从心中抹去。

她得漂漂亮亮地活给那些浑蛋瞧瞧，她得把一身赘肉减下来。一时间，蕾妮自觉所向披靡：破天荒第一遭，她心知自己办得到。从吃完早餐算起，蕾妮到现在只吃了几块儿饼干、喝了一杯番茄汤，可她竟然不觉得肚子饿！一念及此，她不由停了手——照这势头看来，娜奥米的药确实有效，只是蕾妮服的剂量还不够。

蕾妮把床单叠成豆腐块儿时，脑海中突然闪过一道灵光：要是在平时，受了这么一顿羞辱，她只怕已经直奔蛋糕和面包而去了。只要是又软又松、还可以塞进嘴里的食物，恐怕都逃不过蕾妮的魔爪。胡吃海塞能暂时让她忘掉痛苦，但事过之后，她却会更加恼恨自己。有了娜奥米的药，蕾妮总算不再重蹈覆辙了。她简直不敢相信以前从未有人向她提到过这种药，也许，其他女人不肯把这等秘密与人分享吧。

到了晚上十一点钟，蕾妮已经清洗了自己的化妆刷，还将各类书籍按字母顺序排成了整齐的行列。过了一会儿，她听见公寓门打开的声音，这才停手不再忙活。

“你还没睡？”凯特一边问，一边把钥匙叮当一声扔到了厨房台面上。她蹬掉两只鞋，一屁股坐进了双人沙发。

“没睡呢。”蕾妮说。她注意到凯特身穿一件黑白相间的条纹短裙——居然还是横条纹。只有最苗条的女郎才镇得住横条纹服饰，人们只怕都懒得为这种条纹短裙制造蕾妮这么大的尺码。“你去哪里找乐啦？”

“不是什么你感兴趣的地方。”

“好吧。”

凯特瞥了瞥蕾妮道：“刚才那话不过是吊你胃口而已。”

“抱歉，我走神儿了。那你究竟去了哪儿？”

“我跟罗宾的侄子相亲去了。”

“在我这辈子听过的话里面，这可能是最吓人的一句。”蕾妮说。

“那人的体质很容易过敏，”凯特向蕾妮打小报告，“他跟侍者聊了很久，盘问各种菜肴的成分。这事还挺逗，因为我们去了一家日本餐厅，侍者的英语说得不太溜。”

“真是招人爱呀。”蕾妮边说边用手指敲敲大腿。她的身体终于感觉有点儿累了，但她的思绪却仍在狂奔不已。她盼着凯特赶紧说完转身离开，好让自己再一头扎进厨房做清洁工作。

“奇怪的是，我压根儿不记得自己答应过要相亲。这个叫伊莱的家伙给我打了个电话，声称罗宾把我的电话号码给了他，结果等我回过神，就已经在一风堂①跟他见面了。”

“换了我只怕也是一样，”蕾妮坦言道，“我还真有点儿怕罗宾。”

---

① 餐馆名，经营日本料理。

“嘿，你昨天晚上做的曲奇不会还剩下几个吧？经历了刚才那番折磨，我得好好犒劳犒劳自己。”凯特说着伸直了一双长腿。

“没有啦。”蕾妮的口吻比预想的更加干脆利落。凯特那些话说得还真是轻松哪，蕾妮就从不觉得自己配得上用甜点来犒劳。

“好吧。”凯特打了个哈欠，“我最好还是去睡觉，不然的话，我在这里就要睡着了。”

“赶紧去！”蕾妮心中暗道，手指也敲得更快了。

凯特的卧室门终于关上了，蕾妮又奋战了一个小时，终于清理掉了烤面包机里的面包屑，并用海绵擦拭了厨房的墙。再过几个小时，她就得起床上班了，到时候情形会怎么样呢？蕾妮不知道。她总不能熬个通宵吧，那明天一定撑不住；她必须打起精神来。除了平日那些活，明天她还要给博客写篇新文章呢。再说了，万一奈杰尔提起那些匿名的评论帖，她可不能不堪一击。

她终于在化妆包里找到一瓶过去留下的安眠药，取出一片掰成两半，又用舌头把药含化——这样药效会来得快一些。安眠药有股苦味儿，蕾妮忍不住摆出了一张苦瓜脸。

“明天要早些吃减肥药，一起床就吃。”蕾妮一边钻进被窝掖好被子，一边下定了决心。也许可以先吃两片试试看：没办法，要想找准剂量，只怕得花上几天时间。躺在床上，蕾妮的一颗心却仍旧狂跳不已，她千方百计想要理顺心绪，一行滚烫的泪水却还是涌出眼角，沿着双颊淌了下来。此时此刻，有个词正在她的脑海中一遍遍地回响，仿佛一台唱针卡住了的老式唱机：**肥，肥，肥**。

凯特直勾勾地盯着电脑屏幕，瞪大了眼睛。

“哦，不是吧。”她低声说。

她一跃而起赶到蕾妮的格子间，座位上却还没有人影。眼下才九点过几分，蕾妮恐怕要再过大约一小时才会上班。凯特站在那儿，一时间不知如何是好。正在这时，办公桌中央放着的一张纸吸引了她的目光，纸上分明是蕾妮的笔迹：煮熟的鸡蛋，七十八卡路里……中等大小的苹果，八十五卡路里.....金枪鱼沙拉配低脂蛋黄酱，二百五十卡路里……

凯特顿时感觉胸中一阵翻江倒海：蕾妮正在关注饮食的热量，明显是铆足了劲儿在瘦身。眼下却有一帮不敢亮出真名实姓的浑球儿对她恶言相向，蕾妮一定伤透了心。那些恶评是昨天下午登上去的，也许蕾妮还没有看到——蕾妮昨晚的举止并没有什么反常，不过，今天她一上班可能就会去看博客。

凯特搭电梯来到大堂，到拐角处的星巴克咖啡店买了两杯香草拿铁。星巴克里排着长队，等她回到办公室，蕾妮已经坐在办公桌前敲字了。从她的模样看，一切似乎风平浪静。蕾妮脸色苍白，一双眼睛却显得炯炯有神。

“嘿，”凯特轻声说着把咖啡递给了蕾妮，“我给你带了咖啡。”

“谢谢。”蕾妮说着抿了一小口。

“我在想，不知道你是否愿意出去散散步……也许跟我聊一聊。”凯特说。她扫视了一下周围，以防有人偷听，不过此刻的办公室还人迹寥寥。“我看到那个浑蛋在你的博客里写了些……”

“哦，没错。”蕾妮目光仍然盯着键盘，耸了耸肩膀说，“做这份工作就避不开这些，对吧？我的意思是，有时大家的文章会写些私人情形，结果编辑就收到一堆不堪入目的信。你记得曾经有个女人谈到她得了暴食症，整整二十年不敢公之于世吗？还有人痛骂她是个被宠坏的富家女呢。”

“我想你说得没错。”凯特想要劝慰几句，但蕾妮也许真的不愿谈这个话题。

凯特尴尬地站了一会儿，蕾妮却仍然没有抬头看她。凯特多么盼望自己能找出几句话——不管说什么都行，让蕾妮心里好受些呀，因为此时此刻，蕾妮明显正在伤心。可惜在迈步离开之前，她死活只挤出了一句颇为无力的话：“如果你改主意的话，我随叫随到，好吗？”

蕾妮只是点了点头，并没有抬脸看一眼。

两天后（那真是漫无尽头、煎熬无比的两天，蕾妮时不时便打量一下办公室里众人的面孔，揣摩揣摩谁对博客上的恶评有所知情），蕾妮将体重秤搁在卫生间两块儿见证过她最低体重读数的瓷砖之间，屏住呼吸站了上去。这一回，她总共减了三磅。

四十八个小时，减了整整三磅！这纯属奇迹。

这似乎也是个好兆头。到目前为止，又有好几个人在蕾妮的博客上发表了评论，把那些恶评挤到了第二页。今天蕾妮还会在博客上发一篇新文章，那些恶评更会被人们抛到脑后。奈杰尔没有提起过这桩风波，他甚至有可能根本没有看到那些恶评。就算总编已经看见了相关评论，蕾妮也还可以设法挽回局面。如果她能换上一张新照片的话，读者就会发现她的体重下降得有多么快，就会注意到她是多么努力在瘦身，他们也许会因此站到她这边来，给她撑腰。

迄今为止，她已经摸准了减肥药的剂量：早上吃两颗，下午再吃一颗。蕾妮暗想：跟喝咖啡的频率差不多。那些减肥药不仅给她补充了精力，还让她情绪高涨，蕾妮只觉得自己活力四射。怎么这么多年她都被蒙在鼓里，根本不知道这种减肥药的神效?

她启动电脑，在网上找到了一家加拿大公司，他们出售娜奥米所用的这种减肥药。药价颇为昂贵，可是想想看，她省了多少购买美食的钱哪！蕾妮点击了一下按钮：这下子，一百颗减肥药即将越过边境，直接送到蕾妮的信箱里。

# 第十四章
# 怦然心动

凯特穿过走廊，经过编辑助理所在的十几个格子间，在一面巨大的布告栏前停下了脚步。布告栏上张贴着下期杂志的样张，一页接一页排成了长长的三行。编辑们只要扫上一眼，就可纵览整期内容，确保杂志有个合理的布局。比方说，如果该期杂志中有三篇文章都附了狗狗的照片，编辑一眼就能看出毛病，可以提早着手换上一两篇稿。

凯特先将下期的样张一页页分开看了一遍，又比照着一起看了一遍，并尤为留心了一下其中的特稿。她草草记下心得：有两条标题太过雷同；一名作者在文中自称“褐发女子”，结果配的照片却是个金发碧眼的模特儿。在此之后，她径直走到了一块空着的布告栏前方——这里原本应该贴着山姆笔下那篇一夫多妻制文章。凯特吩咐山姆在今天上午九点前重写一稿，眼下已经到了十点钟，山姆却还没有一点儿动静。

没错，凯特把瑞丝·莫斯那篇封面报道的截稿时间一推再推——整期杂志就靠那篇稿压阵呢；可要是有人为了一篇本可以在一周前就写完的稿子（也应该在一周前就写完）拖累整个流程，那就是另外一码事了。

“该不该言出必行，撤掉这篇稿呢？”凯特琢磨着。《格罗斯》杂志备有一些常备稿，那些常备稿什么时候用都挺稳妥，可以随时用来替换一些在最后关头告吹的稿子。可是凯特并不情愿用常备稿，常备稿确实稳妥，不过它们至今尚未发表是有原因的：常备稿一点儿也不惊艳。可是，那篇一夫多妻制的稿子却有可能写出一个抢眼的故事。

凯特回到办公室，用食指轻敲着下嘴唇。她寻思着发封电邮过去，但那样看上去很像软脚蟹，于是她拿起电话拨通了号码，心中暗自希望自己的声音中气十足。

“山姆，我是凯特，你能到我的办公室来一趟吗？”

等了好半天，山姆才道：“现在过去？”

“没错。”别说废话——凯特告诉自己。找借口没有用，百般解释也没用；她一定得掌控全局。今后她与山姆之间究竟谁说了算，就看今天这场角力了。

“我正打算去洗手间一趟，”山姆说，“我会尽快赶到你的办公室。”

凯特顿觉一阵忐忑——不消说，这就是山姆想要的效果。他这人到底有什么毛病？也许他当初想坐特稿编辑这个位子，也有可能他听信了简传开的八卦消息。

“等你去完洗手间，就请过来一趟吧。”凯特终于挤出了一句话。她还能怎么说呢？让山姆憋住不去洗手间吗？山姆挂断了电话，连“再见”也没有说一声，凯特感觉隐隐有些头痛，不由揉起了太阳穴。

正在这时，她的电话铃又响了。凯特边拿起电话边寻思：难道是山姆打电话来，又找了个理由不肯现身吗？不过传进耳朵的并非山姆尖细的嗓音，而是另一个低沉的声音。“有个坏消息。”特里在电话里劈头就说。

凯特立刻想到了艾比。

“她……”凯特刚开口，特里已经说道：“瑞丝·莫斯放我鸽子了，她取消了我的采访。”

凯特一屁股瘫在了椅子上。杂志在三周之内就会付印，撤掉那篇一夫多妻制稿件倒是无关痛痒，可瑞丝的报道是下一期的主心骨，摄影师已经交上了不少让人惊艳的照片。摄影师并未如大家所料让瑞丝穿上名牌服饰，面对镜头搔首弄姿，而是捕捉了瑞丝在一天之内的一系列镜头，因此看上去更像是摄影报道，而不太像是时尚摄影。这一系列照片不仅能让读者更加深入瑞丝的生活，还能让读者一瞥年纪轻轻的明星们是如何被推到聚光灯下的——无论哪位明星，都是从这条路上走过来的。从照片上看，瑞丝正在《早安美国》节目的休息室里，身边围着两名化妆师、一名发型师和一名美甲师，他们各自忙着为她打理一些细节（比如一条眉毛，要不然就是一片小指指甲），而瑞丝的经纪人正在一旁为她重温谈话要点。摄影师还拍下了瑞丝接受好几个外国记者采访的照片，在照片中，美貌纯真的瑞丝与那些皱纹密布、没精打采的记者形成了鲜明的对比。至于凯特最喜欢的一张，是瑞丝在劳顿一天后钻进一辆豪华轿车的照片。那轿车有暗色的窗玻璃，瑞丝的头靠在座位上，露出了修长的玉颈和浓黑的睫毛；她的眼下有黑眼圈，大腿上搁着两部黑莓（居然还不止一部）和一部手机；瑞丝身边坐着的公关人员还在一个劲儿地打着电话；豪华轿车外隐约可见疯狂的人群和狗仔队闪个不停的相机。相形之下，观者似乎更能体会到瑞丝是如何精疲力尽，又是如何不堪一击。

这么令人惊艳的照片，可不能白白地浪费掉。但凡有撰稿的机会，特里不仅会深入挖掘瑞丝的心思，还会检验在美国流行的“将名人捧上神坛，然后再拉下来摔个粉碎”的老套路。特里不会浮于表面，他会把瑞丝写成一个有血有肉的人，而非一位万事合乎标准的明星。眼下瑞丝可是大众的心头好，她究竟会步林赛·罗韩的后尘，还是会像泰勒·斯威夫特一样走上康庄大道呢？目前的瑞丝正在路口徘徊，每天所面临的种种决定要么会让她朝第一条路上迈个一小步，要么会让她朝第二条路上迈个一小步。如果能捕捉到她在这个关口的一举一动，那就会造就扣人心弦的新闻。

问题还不仅仅在于《格罗斯》杂志会赔上一笔——话说回来，把一个顶尖摄影师及其助理派去拍摄瑞丝一整天的行踪，那费用可是一笔大得让人咂舌的天文数字；问题的关键在于，对凯特上任后的第一期杂志来说，这篇稿子堪称定海神针，倘若它砸了锅，那凯特的下场也好不到哪里去。

凯特起身关上了办公室的门。“有补救的办法吗？”她问道。

“我倒是有几个主意。”一听特里这话，凯特顿时松了口气，身子也跟着放松下来。“瑞丝的日程全由她的公关人员打理。这就是症结所在。这样一来，我们就是在跟《名利场》杂志、西蒙·考威尔和斯皮尔伯格之类的大牌抢瑞丝的时间，因此不如走另外一条路试试。”

“你有主意了吗？”凯特问。通常情况下，集思广益拿主意的人正是特稿编辑，但眼下她的脑子里一片空白。话说回来，谁不知道特里是个中高手呢？比这敏感得多的题材他也处理过。他采访过恐怖分子、世界级政治领导人、美国陆军特种部队的指挥官，让他写这篇稿真是一个明智之举。

“找她的密友。”

“好。谁是她的密友？”

“她的室友。”

凯特眨了眨眼睛，问道：“她还有个室友？”

“我是在《丹佛邮报》几年前采访瑞丝的报道中读到的，那是她大红大紫之前的事情了。当时她争得了一个小角色，在电影中扮演克林特·伊斯特伍德的孙女，该报道算是一个本地女孩的成功故事。总之，瑞丝搬到洛杉矶的时候才十九岁，她的密友也跟着一块儿去了。我查了查资料，她在为好莱坞一位大牌电影人担任助理，很少有人清楚瑞丝这一路走来的风风雨雨，这位密友可能算得上其中之一。如果我跟她聊聊，让她明白我想写一篇什么样的文章，说不定她能帮我跟瑞丝搭上线。”

“你打算采访她吗？”

“采访已经订好了，现在只需要你开开金口，批准我的航班。”

“谢天谢地，没问题。”凯特叹了一口气，“特里……我感激不尽，真的。”

这时凯特的手机接到了一个电话，她赶紧瞥了瞥：来电人是妈妈。凯特原本答应今天早上给妈妈打电话，可惜刚才完全忘到了脑后。凯特听见那满载希望的手机铃声最终归于沉寂，不由涌起一丝心痛。

“嗯，我从泰国回来以后，艾比看上去似乎好了不少。”特里还在说，“眼下她会散散步，出门走走，也好歹透露了一些她的经历。很显然，她在替人家做保姆的时候爱上了宝宝的父亲，还害得自己伤了心。”

“他们之间……没出什么事吧？”凯特问道。这时她的脑海中闪过了一幕景象：蒂莫西站在讲堂前方，衬衫衣袖卷起，露着两条瘦削但强健的前臂写板书，接着转过身私下给了她一个笑容——凯特深知不能见光的恋情是何等滋味。她寻思着：究竟是男主人偷尝禁果后踹了艾比呢，还是两人被女主人抓住了呢？

“我还不清楚前因后果，”特里说，“可以这么说，我还有点儿庆幸自己正要去洛杉矶一趟。无论上次你们是怎样照顾艾比的……能拜托你们再照顾她一次吗？”

凯特刚想说“那是蕾妮的主意”，话到嘴边却又咽回了肚子：还是别让特里觉得她正在把蕾妮往他怀里推吧。

“当然没问题啦，你什么时候走？”凯特改口道。

“后天走，不过一大清早就要动身。那么，我明天晚上带她过去？八点左右行吗？这一次我只去两个晚上。”

“再好不过了。”说完凯特犹豫了片刻，接着还是下了决心。她有几分不好意思开口，但为了蕾妮，她仍然心甘情愿：“特里，带艾比过来的时候，你愿意留下来跟我们一起吃顿晚餐吗？”

她几乎能觉察到电话那一头的特里露出了微笑。“我很乐意。”他回答说。

“我会去叫几样外卖。”凯特说，“你爱吃印度餐吗？相信我，你绝不会喜欢我做的菜。”

“那可是我的最爱。”他说道。

“那到时候见。”凯特说。她挂了电话，呆坐了好一会儿，一双眼睛直勾勾地盯着空中。此时此刻，凯特确实露出了微笑——特里帮她救了场，说不定还帮她保住了饭碗，她只是为了这一点才露出笑容，再没有别的缘由了。

这时有人敲响了办公室的门，把凯特吓了一大跳。她抬头一瞧，原本好好的心情顿时烟消云散：山姆正站在门口，两只胳膊抱在胸前。

安娜贝尔十七个月生日那天，艾比与鲍勃第一次接吻了。

鲍勃下班回家时带着一只胀鼓鼓的纸袋。他进了厨房，然后一件一件往外取里面的生活用品。安娜贝尔把一辆玩具消防车开到了他的两脚间。

“你们俩今天干什么了？”他打开冰箱，将一块布里干酪放进搁奶酪的那一格。艾比与鲍勃的口味极其接近，近得几乎有几分怪异。曾经有一次，他们两个人聊了聊各自受不了哪些食物（沙丁鱼、牡蛎、带大粒花生碎的花生酱，再加上果冻），又极其钟爱哪些美食（虾、鳄梨沙拉酱、幼滑花生酱，还有胡萝卜蛋糕），结果发现他们俩的口味合得不得了。

“我们在公园里待了几个小时，”艾比说，“在那儿遇到了一个叫西莉亚的小女孩。她和贝拉真是一拍即合，一上午都在互相追着玩。”

艾比并未告诉鲍勃，西莉亚的保姆就一直坐在长椅上用手机闲聊，而艾比为安娜贝尔带的金鱼饼干和切好的香蕉，通通给那个有着一副伤感眼神的小女孩分了一半。西莉亚让艾比心里好生难过，她不由暗自琢磨：“当我还是个丁点儿大的孩子时，妈妈也是这样对我不管不顾吗？”

她也不能告诉鲍勃，能把车开到公园已经算是打了一场胜仗了。整整这一个星期，艾比都在为此努力呢。按照辅导员的建议，她在前院找了个靠近汽车的地方坐下，抱着安娜贝尔头晕眼花地熬了一会儿，接着钻进了车中。她逼着自己在座位上待得越来越久，一个星期后，她又将安娜贝尔系在座位上，在心里慢慢地数到六十后，才将宝宝放开。次日艾比便驾车向图书馆奔去，她的双手紧紧地握着方向盘，只觉得胸中翻江倒海似的难受，所幸她虽然有些担心，却并没有恐慌。尽管如此，艾比仍然免不了有些忐忑，深恐自己的毛病什么时候会再次发作。

“听上去过得挺滋润。”鲍勃边说边盯着冰箱，整理着冰箱里的食品，“嗯，有时我困在一大摊工作中没法儿脱身，只能整天直勾勾地瞪着电脑屏幕……那时我就会设想你和安娜贝尔在干什么：你们是在一起吃午餐呢，还是在读书？有时候，我还想象得出你推她玩秋千的一幕。”

艾比一口气提到了嗓子眼儿。“你随时可以打电话过来嘛。”她终于故作轻松地挤出了一句话。也许她会错了意……可刚才他明明说，他想着她们两个人哪。

鲍勃点了点头，接着低下头望着手中空荡荡的牛皮纸袋，仿佛吃了一惊——看上去，他压根儿忘了手里还拿着纸袋。

“给我吧。”艾比说着伸手去接纸袋，她打算把它折起来放在洗手池下面，那儿塞了一大沓牛皮纸袋，正等着跟旧报纸一起扔出去投入回收呢。谁知道，这时鲍勃却伸出了手，握住了她的手腕。有那么一会儿，他们只是互相凝望着。

安娜贝尔将玩具卡车开出了厨房，一路开向了客厅。

“嘿。”他嘴里说道，仿佛他才初识艾比，正在跟她打第一声招呼。他的声音颇为温柔。他握着她的手腕一步步走近她，另一只手则拂开了她脸上的发丝。有那么片刻，她隐隐担心此举不过是出自友善之情，而非缠绵之意（那还真是个让人心碎的时刻），接着他便俯身吻了她。

她深深地陶醉在那一吻中，一时间竟不知今夕何夕。与皮特的亲吻从未让她如此痴迷。他的双唇轻柔地抵着她的唇，温柔的手指一寸寸抚过她的手腕，情感一波波激荡着她的心弦。片刻后，他们分开了，眼神却一直锁在对方身上，艾比伸出指尖摸了摸自己的双唇，仿佛想要挽住那一吻的滋味。

“嗡嗡嗡”，客厅里清清楚楚地传来安娜贝尔那辆玩具卡车的声音，瞬间打破了眼前的幻境。艾比与鲍勃都笑了起来，笑得有点儿难为情。

鲍勃松开了她的手臂。“我很抱歉……”他开口说道。可是艾比打断了他的话。

“你无须抱歉。”

说完她立刻离开了那间屋子，而他压根儿没来得及回答。

# 第十五章
# 至少还有回忆

凯特居然忘了特里是多么光彩照人：他的气场仿佛镇住了整间屋子，好似时时都在拨动人的心弦。他俯身向她靠过来，她却呆呆地瞪了他片刻才回过神来：他是想要给她一个吻面礼呢。她赶紧向特里凑过身子——她的动作实在太慌张了，两个人差点儿撞了脑袋。凯特把眼神从特里身上转到艾比身上，发现艾比的气色看上去好了些。艾比的双颊终于泛上了一抹血色，但话说回来，这也许只是走了一段路的缘故。

“嘿。”艾比说。她犹豫片刻，还是俯身向前抱住了凯特。凯特拍拍她的后背，感觉到艾比的两扇肩胛骨又尖又细，仿佛两只纤小的翅膀。这个姑娘究竟遇上了什么事？她不禁再次暗自纳闷。

艾比松开凯特，举高了手里的一束鲜花——是贵得离谱、无比奢靡的黄玫瑰，至少有足足两打那么多，正在玻璃包装纸里怒放着。“送给你和蕾妮。”艾比说。

“哦，艾比。”凯特惊道。她心知艾比连份工作都没有：除了寥寥几件家当，眼下的艾比几乎是一无所有。凯特真希望艾比并没有如此破费，不过她嘴里说出的话却是：“花真是美极了。”

“也有特里的一份。”艾比说着露出了微笑，“其实吧，钱基本都是特里花的，但他非让我拿着过来。”

“嘿，我拿的东西可不少呢。”特里说着指了指艾比的背包，那只背包正搭在他的肩膀上，看上去小得有点儿滑稽，“你把我当作什么人差遣啦？你的脚夫吗？”

话虽这么说，他却还是赶紧低下了头，对凯特露出一缕难为情的笑容。凯特不由有些纳闷：这兄妹二人究竟是谁出的买花的主意呢？

“我去把这东西放到我的房间里。”艾比伸手拎起了背包，“我的意思是，放到客房去——总之不管大家怎么称呼那间屋子。”

“那就是你的房间。”凯特说。艾比的脸上惊鸿般掠过一缕灿烂的微笑。

“屋里可真香。”特里说。

“我已经跟你说过啦，我可是打理外卖餐的行家里手，你真该看看我拨起外卖号码来有多么快。”凯特说。

他笑了：“你真有高招儿。”

凯特不明白：那句玩笑话怎么一不小心就从自己嘴里溜了出去？她甚至连腹稿也没有打。特里这家伙究竟有什么魔力，竟然能让她心如撞鹿的同时，却又让她轻松自如？

“要喝啤酒吗？”凯特问道，“不然喝点儿葡萄酒？”

特里举高了他带来的那瓶酒说：“如果你中意红酒的话，我可以开这瓶。”

“太棒了。”凯特说。她走进厨房，将玫瑰摆在洗手池旁边。她从柜子里找出了两只酒杯，又费力地想在柜子的更高一层多找几只（她家这间公寓实在是寸土寸金，但凡日常不太用得着的家什，只要能塞进哪个角落，就会被塞进哪个角落，根本不管用起来时会有多么不便），可惜她的手实在够不着。

“我来吧。”特里说。他走过来挺直腰（特里压根儿无须踮脚），眨眼间手中便已握了两只酒杯。特里拧开酒瓶盖，给自己和凯特各倒了一大杯。“如果口味儿还行就告诉我，以前我还没有尝过这一款呢。”他说。

她呷了一小口道：“味道棒极了。”

帮忙取到了酒杯，特里却并未走开。他站得十分近。他一边凝视她的双眼，一边喝了一小口红酒说：“滋味还不错，对吧？”

绽放的鲜花、交会的目光，再加上若有若无的暧昧——眼前的一切居然颇有几分约会的气氛。蕾妮还在卧室里梳妆打扮（凯特听得见远处隐隐传来吹风机的轰鸣声），可是此时此刻，收下玫瑰、跟特里一起品尝美酒的人不应该是蕾妮吗？凯特请特里来，原本是为了蕾妮。

她是为了蕾妮才请特里来的吧？

凯特低头望着杯子，晃了晃杯中红宝石色的醇酒。好吧，特里确实让她倾倒，她无法否认这一点。凯特回想着特里是如何为自己救了场——她那篇报道得以死里逃生，全都是拜他所赐，就连她的职业生涯说不定也要感谢特里相助。人们纷纷认定特里是个花花公子，可看他护着艾比的劲头，凯特却不由犯起了嘀咕。在心底深处，特里是个重情之人，一个好人；也许她是自作多情，但她分明感觉特里对自己也有几分动心。

但话说回来，蕾妮已经先一步跟特里交往了；更重要的是，蕾妮对他仍然余情未了。凯特赶紧定了定神：痴心妄想什么呢，居然觉得自己真能打动特里的心吗？实在荒唐至极。曼哈顿的女人只怕有一半在做此等白日梦吧。一定要打住——不管她做的是个怎样的白日梦，都得赶紧画上一个休止符。

“我去告诉蕾妮，你们俩已经来了。”凯特脱口而出。

特里退后了一步。等他再次开口时，那种暖融融、略带戏谑的口吻已经无影无踪了。这么说来，他心里明白跟蕾妮的室友暧昧乃是大忌，他心里也觉得此举颇为不妥。凯特没有看走眼，特里确实是个正派人。

“棒极了。”他说着转过身，伸手满上了另一杯酒。

为什么到了特里身边，蕾妮就变得大惊小怪呢？凯特有些纳闷。对他们俩之间的纠葛，凯特倒是心知肚明。某天晚上凯特与蕾妮一起出门寻欢作乐的时候，蕾妮已经把他俩最后一次约会的惨状一股脑儿告诉了凯特，并且还把那段经历当作笑料呢。上次特里来家里做客，蕾妮的表现倒是挺轻松自如，可眼下的她似乎十分焦躁，简直一点儿也沉不住气。

她居然连美食都没有碰。蕾妮往自己的碟子里舀了几勺印式咖喱鸡块儿，却只是摆弄着鸡块儿，根本没有咽下肚。凯特恍然记起了蕾妮博客上的毒舌评论，不由感觉一阵心酸。今天晚上，一定要找个法子跟蕾妮谈谈心，告诉她一个道理：在网上匿名大放厥词、恶言恶语的人是最不堪的胆小鬼。在她们俩点中餐的那个晚上，凯特曾见过蕾妮是如何努力地抵制美食的诱惑；而在最近一阵，凯特又见过蕾妮是如何走路上班的——显而易见，蕾妮正拼尽全力在瘦身呢。话说回来，蕾妮也确实显得瘦了些，不过凯特觉得以前的蕾妮看上去已然艳光四射了。

当初遇上简的毒舌，正是蕾妮帮了凯特一把；眼下，凯特真希望自己也能帮一帮室友。“嗯，第一步就是乖乖地跟特里保持距离。”凯特边想边抬头望了望特里，却正好撞上了他的目光。她特意转过了身，脸上没有一丝微笑。

“当初开口邀请特里过来共进晚餐，真是蠢到家了。”凯特暗自心想。蕾妮显得很不自在，凯特自己也感觉如坐针毡。眼下特里坐在凯特的对面，也就是说，只要她一抬头，视野中便会出现他的身影。凯特一直在挖空心思找话跟艾比说，可惜对艾比来说，人们聊天时常会谈起的话题都变成了提不得的忌讳——凯特不能向艾比打听工作上的事，不能问她有没有交往对象，甚至不能跟她谈起家乡——哪个话题都有可能勾起痛苦的回忆。

凯特咬了一口萨莫萨三角饺，可它似乎堵在了嗓子眼儿，她喝了一大口水，才好歹咽下了它。

“再添点儿水吗？”蕾妮问着，呼的一下站了起来，这已经是第五或第六次了。蕾妮已经添满了艾比的玻璃杯，多取了些餐巾来，还给特里添了一回酒。

“不用了，多谢。”凯特说。她本想多说几句话，比如“坐下来好好缓口气吧，你已经服侍我们一晚上了”，可是回头一想，大家要是因此注意到蕾妮正局促不安，那情况只怕更加难以收拾。

大家都不吭声，席上再度沉默起来，只听见银制餐具敲得碗碟叮当响。后来还是特里开了口。

“我有没有跟你们提过，再过几周我要去采访一个家伙？”他问道。

“没有。”蕾妮说，“让我猜猜：此人是徒手跟大白鲨搏斗过呢？还是在熊窝里过了夜？”说完她放声咯咯大笑，笑声又尖又响——就冲这句打趣话，怎么也不用笑成这样吧？结果凯特也逼着自己大笑起来。

“其实吧，你的第一种猜测差得不远。”特里放下叉子，用餐巾擦了擦嘴，往后一仰倚在椅子上说，“那人到处追逐巨型乌贼，并且沉迷其中。他有一条破船，而那家伙会带着特制的网驾船入海，千方百计想要捉到那些近乎神话一般的怪兽。倒是曾经有人一口咬定自己见过巨型乌贼的真容，从其中一人的照片看来，他的网里似乎捉住了一条看似巨型乌贼的怪兽，可惜最终还是让它溜掉了——从未有人捉到过它。”

“你打算上这家伙的船？”凯特问道。

特里点点头道：“在船上待三天。为了写这本书，我采访过不少人，其中大多数人在体能方面都面临着令人难以置信的挑战，不过这个人让我很感兴趣，因为他还得熬过心理上的逆境。他独自一人在船上待了大半年，孤零零地随波逐流，寻找一种也许压根儿就不存在的怪兽。时间拖得越长，风险也就越大。他曾经两次在暴风雨中被掀下了船，差点儿淹死。还有一次，他在太平洋中心地带患了重病，连站都站不起来，于是用一条皮带把自己绑在了方向盘上。这是他与大海之间的殊死搏斗，可眼下他正一步步落入下风。下个月他就要满六十五岁了，看上去却更加铁了心要捉到巨型乌贼，这种执着……会要了他的命。”

“就为了区区一只乌贼？”蕾妮皱起了鼻子，“我的意思是说，他要是真抓住一只，那乌贼也得进水族馆。值得花那么多时间吗？”

“是为了拔得头筹，为了征服，为了坚守信念，为了信念有所回报。”特里说道，“这正是我在这篇文章中追求的主旨。为什么有些人一心执着，而有些人却并非如此？如果人们从不知执着为何物，我们的社会又将如何？”

“那我们就不会有莫扎特，不会有灯泡等东西。”凯特说。

“我也这么想。”特里说着又起身从艾比的碟子里拿走了一块印度烤饼。

“在我们小时候，要是我吃不完晚餐的话，特里总会为我代劳。”想起过去，艾比的脸上露出了微笑，“不管剩下什么，他都会吃下肚去，即使那些不好吃的食物也照吃不误，比如卷心菜啦，扁豆啦。”

“我还替你包揽早餐和小吃呢。”特里说，“不过你应该谢我才对，多亏有我，你才保住了这副苗条的身材。”

乍一看，蕾妮闻言后并没有任何反应，凯特却隐隐感觉到她心念陡转——那变化好似游丝一般难以察觉。过了片刻，蕾妮再次一跃而起：“还有人要添咖啡吗？”

特里也站起了身，伸出一只手搭上了她的肩膀。“容我效劳吧，”他说，“有人想添酒吗？”

“不用了，多谢。”蕾妮赶紧边说边坐了回去。她的目光追随着特里的身影一路进了厨房，凯特则旁观着眼前的一幕。“拜托，请你回应她的一片痴心。”凯特在心中暗自恳求特里。

蕾妮死守着一条规矩：决不许自己回想与特里的第三次约会——那也是他们的最后一次约会。倘若她还希望跟特里之间有点儿戏唱（还用说吗，她心里可是千盼万盼），那就必须把当天每一个丢脸的镜头统统忘到九霄云外。可就在今天晚上，当特里问她是否要添些酒时，回忆却好似潮水般涌了上来，那么猛烈，那么分明，仿若昔日重现……

第二次约会大约一周后，特里打来了电话，约她一起喝一杯。“我想我还是能挤出点儿时间来的。”她打趣道，随即起身在四下里踱开了步子——她心里乐开了花，实在是坐不住。

“下周六七点钟在莫雷尔斯见面？”他问道。莫雷尔斯是位于曼哈顿中城东区的一间酒吧，它的门口摆着木质吧台，深处则配备了一些小桌。整个酒吧的气氛显得亲密而不张扬，是个颇为舒适的地方。

“棒极了。”蕾妮说，“我得挂电话啦……”（骗人的鬼话！）她心里一千个一万个愿意跟他煲一晚上电话粥，“我们到时候见。”

蕾妮感觉到，就在这个晚上，他们俩的情缘将迈出重要的一步。前两次约会时，蕾妮的身上都紧裹着一套弹性塑身内衣，那玩意儿从双峰下一路裹到了膝盖上几英寸，从根子上防止了她和特里毛手毛脚，或一不小心过了火——蕾妮怎么也不会容许他看见自己裹得好似一具木乃伊的样子。那套塑身内衣堪称一根保险绳，蕾妮要靠它以防万一呢。

可是这次约会……嗯，她和特里会早早地趁着傍晚在一家酒吧见面，这意味着他们俩有一整个晚上的时光可以消磨。“倘若他有意的话，我会答应去他家的。”蕾妮一边暗下决心，一边取出一套套内衣摊在床上，并从中挑了最美丽的一套——那是淡紫色蕾丝边儿胸衣配上同色系的丁字裤。

蕾妮为这次约会做了精心准备，其认真程度恰似一位长跑选手在筹备第一次马拉松比赛：她将几缕发丝挑染成了金色（就为了这几缕发丝，她可花血本掏了足足两百美金），每天拜读《纽约时报》的头版头条，拼命喝水，早早就寝，脑子里整天想着的都是特里。她屡屡梦到他俯身向自己靠过来，一双明目中闪耀着一腔痴情，可惜往往还没有等到他近身，蕾妮就已经冷不丁醒了过来，然后便躺在一片漆黑中，似傻瓜一般笑着，一直挨到起床。

她在七点零十分踏进了莫雷尔斯酒吧的大门（没错，迟到十分钟正是她的神机妙算），特里正坐在酒吧前方的一张凳子上，而不是待在酒吧深处的桌子旁边。蕾妮设法不露声色——她的心已猛地往下一沉：跨坐在一张酒吧凳上，可远远比不上在烛光摇曳的桌边相依相偎来得浪漫。

“你看上去真是美艳照人哪。”他边说边站起身，吻了吻她的脸颊。他的身上有股酸橙和古木的气味，下颔上露出一道细微的伤痕——一定是剃须刀闯的祸。编织波斯地毯的巧匠故意在美轮美奂的地毯中留下些微缺憾，以免巧夺天工的佳作冒犯了神灵，特里身上的伤痕恐怕也是同样的道理。蕾妮心想。

“我们要找张桌子吗？”特里问。

“当然啦。”她淡淡说道，仿佛这根本就是无关痛痒的鸡毛蒜皮。特里拉出椅子让她坐下，两人的脑袋凑到了一块儿，聚精会神地端详着长长的酒单。

“我们不理这玩意儿，瞎蒙着点酒喝？”特里低声说。

蕾妮不禁笑出了声，又往他身边靠了靠，她感觉自己那刚挑染的一缕金发正拂过他的面颊。

“点解百纳总是万全之策。”她说。

“是吗？还有这个规矩？”

“现在不就有了吗，我才立了这条规矩嘛。”蕾妮说道。他则放声大笑。

“你饿不饿？”

“我总觉得饿。”话一出口，蕾妮不禁打了个寒噤：这是什么蠢话，干吗不干脆敲锣打鼓地招呼特里端详自己的粗腿？

但特里只是咧嘴一笑，点了一瓶酒、一碟水果和奶酪。“来跟我讲讲你的生平，”他说着用手肘撑着桌面，靠过了身子，“我知道你来自堪萨斯城，是什么风把你吹到纽约来的？”

“我到纽约来，因为我想在杂志业就职。”她说，“选纽约再合理不过了。”

“之前你来过纽约吗？”他问道。

“只来过一次，”蕾妮说，“当时我还是个小孩呢，不过我爱死纽约了。”

“有什么典故吗？”

特里是个出类拔萃的记者，而其缘由正是：他从不接受浮于表面的回答。他的目光十分真诚，他确实想要了解。

蕾妮深吸了一口气。“在我八岁的时候，父母带我到纽约过周末。”她说，“当时正值圣诞期间。”

这时侍者倒上了酒，蕾妮歇了歇，喝了一口。酒味醇厚，略带暖意。邻桌坐着三位美艳的女郎，其中一个不停地扭过头端详特里，但他看上去并没有留心；蕾妮觉得自己似乎稍稍松了一口气。

“我们把游客常玩的景点都玩了一遍——到洛克菲勒中心溜冰啦，到梅西百货逛商店啦。一天下午，我们买了几杯热巧克力，到中央公园散步去了。那时我正疑心世上是否真的有圣诞老人，当然我还没有把这一想法告诉父母，不过我心里确实将信将疑。我们一家子沿着中央公园的一条小径往前走时，我正想着圣诞老人的真假呢，突然之间，尽管身处我一生中最棒的两天，我心里还是感到非常难过。当时我真心希望世上有圣诞老人……我想，在心底深处，我依然希望相信奇迹。”

蕾妮深深地沉浸在回忆中，一时间居然把特里忘到了脑后。她能感觉到自己一双暖融融的手正戴着暖和的羊毛连指手套，手里捧着一杯香甜的可可，可可上还点缀着松软的棉花糖；她能看得见父母正在前方几步开外，手里拿着一本旅游指南、拎着几只红色的大购物袋。

“那时突然下起了雪，是那种鹅毛大雪，大片的雪花会粘在头发和睫毛上，知道吧？我停下了脚步，一动不动地站在那儿。当时我身处一座公园里，周围有树木、小鸟和松鼠，但我仍然可以望见世界上最高的一群楼，它们就在我的身旁。这一切仿佛不像人间，倒像是我不小心踏进了一片施了魔法的森林。紧接着，我就听见了那个声音。”

“什么声音？”特里问道。

“雪橇的铃铛声，极轻极轻地叮当作响。现在回想起来，那一定是一辆马车载着乘客穿过公园呢——现在我一天到晚都听到这种马车铃声，可在当时那一刻……我只觉得那是纽约的魔力，纽约是奇迹成真之处。”

“你现在还这么想吗？”特里问道。

“有时候吧。”她回答。她抬头凝望着他，刚想伸出左手打个手势，却冷不丁打翻了特里的酒杯，酒全洒在了他的衬衫上。

“噢，上帝呀！”蕾妮惊道，“我很抱歉。”

她甚至不明白这是怎么回事：她并没有看见那只酒杯，也没有想到自己手上居然用了劲儿，能把酒杯碰翻。侍者一溜烟儿带着餐巾纸赶了过来，可是特里挥挥手，让她不必担心。

“这模样看上去其实挺棒。”他边说边擦拭着衬衣——当然啦，他身上穿的是一件白衬衣，“大家会以为我挨了一枪，而我只是掸了掸衣襟泰然处之。我会赚来不少名声的。”

“对不起。”蕾妮说。她的双颊发起了烧，再说邻桌的女郎正在往这边看呢，其中一个还咯咯地笑了起来。难道她们正在纳闷，这样一位丰神俊朗、风流倜傥的帅哥怎么会跟她掺和在一起？“我真是笨手笨脚到家了。”

“拜托，别这么说，”特里说，“你才不笨呢。”

她居然搞砸了锅。她那么努力，一心想要表现得优雅迷人，而且也确实成功地撑过了二十分钟。天杀的，她为什么不提议点瓶白葡萄酒呢？

“对不起。”蕾妮又说了一遍。她压根儿不知道该说些什么，因此便呆呆地坐在那里，千方百计不让自己哭出声来。

她的对策完全不对路——片刻之后，蕾妮才意识到。她本该打趣开个玩笑，而不该自怨自艾。她和特里原本可以将这事当作一则笑谈。可惜每当他的身影映入眼帘时，她却只看到那件沾上了污渍的衬衣。穿着它一定感觉湿漉漉的，很不舒服，可特里看上去压根儿不介意，蕾妮的心中不由更添了几分内疚。

“你知道我为什么会来纽约吗？”他问道。

她摇了摇头。她一句话也不敢说，不然的话，她也许会忍不住流出眼泪。特里边开口边给她满上了一杯葡萄酒——他的胆子还真大。

“我也不知道，”他说，“当初我只知道自己一心想奔赴某处。我从小在华盛顿郊区长大，非常钟爱城市。我想过去洛杉矶，但纽约离我更近些，当时我压根儿没有谱。我在一个朋友的沙发上将就了几个星期，他正千方百计要当一名出人头地的演员，于是我跟他一起去试了几次镜，可我老记不住台词。其中有个角色是记者，该角色要去采访一名囚犯，结果我发现自己打心眼儿里喜欢问问题。”

他耸了耸肩膀，将一片奶酪摊在一块饼干上。“后来我走访了一家真正的监狱，采访了几个人，撰写了一篇文章卖给了《纽约时报》，讲述我如何通过假扮角色学到了实实在在的道理。”

“多亏你当初扮演的不是囚犯一角。”蕾妮说，“要是你一心迷上了囚犯的角色，那又怎么办呢？”

特里闻言哈哈大笑（他笑得还真是开心），蕾妮心里总算好过了一丁点儿。也许这一晚终究还有得救，她还能力挽狂澜。

她也确实有可能力挽狂澜——要是她没有将第二杯酒喝下肚，要是她没有灌下第三杯，接着又从第四杯里喝了好几口，那就太好了（一念及此，蕾妮恨不得找个地缝钻进去，以便赶紧消失踪影）。此前她曾设想过那一晚的每一步，可惜她没有想到不能贪杯，而紧张之下，她居然一口气灌下了好几杯。蕾妮一向不胜酒力，两杯下肚就会整个人飘飘然，三杯下肚就会醉个云里雾里。

踏出莫雷尔斯酒吧时，蕾妮已经紧攥着特里的胳膊了。刚到晚上九点钟，对纽约来说，算是时间尚早。特里那件沾上污渍的衬衣被外套遮得严严实实，蕾妮竟感觉万事皆有可能，正如多年前中央公园的那一幕。不过，眼下施展魔法的人却是特里，正是他大展神通让美梦成真的。再说，特里比圣诞老人帅多了。蕾妮暗自心想，还咯咯地笑出了声。

“真是良辰美景。”她说道。她对着路上遇到的每一个人微笑；她自觉热情奔放，妩媚迷人；她只希望红葡萄酒没有弄脏自己的一口贝齿——整整一个星期，她都在用美白牙膏呢。

“我们走这边，好吧？”特里说。

她点了点头——不管去哪儿，她都会跟随他的脚步。他领着她走过一个街区，接着又穿过几个街区，顷刻间就到了中央公园的入口处。此时夜色已经降临，因此他们两个人并没有走太远，只往公园里走了五十码左右。特里环顾着四周，蕾妮则直勾勾地凝望着他。

“跟我的经历相比，你跟中央公园的初遇要美好得多。”他说，“你知道我第一次到中央公园的遭遇吗？当初我来这里跑步，一不小心被岩石绊了一跤，结果扭伤了脚踝。对了，等我一瘸一拐地走回家，路上还一脚踩到了狗屎。”

蕾妮笑了，但她并没有把话听进去。她的眼神在他的面孔与宽阔的双肩上流连。她真是迷死他那挺直的鼻梁、迷死他那浓眉丰唇了；她回想着他如何倾听她细诉多年前的旧时光，如何在她弄脏衬衫时开起了玩笑。此时此刻，他竟然带她到了这里，到了这个美梦成真之地。

他真是完美无缺，挑不出一点儿瑕疵。

一时间，她再也拦不住自己的心声，心底的话脱口而出："我一直一直深爱着你。"

她被自己的声音吓了一大跳：那声音中满载着深情。特里顿时退后了一步，看上去无比震惊。要是换一种场合的话，他脸上的那副神色只怕还有点儿好笑呢。

"哦，我的天哪。"蕾妮心想。令人飘飘欲仙的醉意立时变得无影无踪。就为了这件事，她曾经信誓旦旦地向自己打过包票，如今居然还是犯了禁。跟刚出口的那句话比起来，泼特里一身酒又算得了什么呢。要是能张开嘴把那句话活生生地咽回去，那就太好了。一定得找些话来救场！说什么都行！

"我只是……我不是当真的。不过，你也知道，我对你十分倾心。我有点儿醉，毕竟喝了那么多酒。"

他重又迈近了一步，脸上的神色却已经有所改变。"没关系，我对你也有几分动心。"

倘若此话是为了表明心迹（算不上爱，但有几分喜欢，甚至有几分意乱情迷），那此刻的一吻就再应景不过了。可惜他的一番表白不过是为了宽慰她，他并没有将她拥进怀中。

"说话呀。"蕾妮给自己下令道。她的心跳骤然快了几拍。一定要让他把她刚才那句话抛到脑后——那句话正像一条横幅一般大剌剌地悬在两人之间呢。可是酒意和恐慌害得她脑子里一团乱麻，根本理不出一丝头绪。

“越来越冷了，我们还要继续往前走吗？”特里终于开口道。他正故作轻松，可惜这一晚已经覆水难收。从他端起的肩膀上，从他别扭的话语中，蕾妮读得出他的心思。现在他已经心知肚明：蕾妮一直在演戏呢，她压根儿不是装出来的那副模样；她已经把他吓得落荒而逃了。

“我一直一直深爱着你。”谁会在不当真的约会上说这种傻话？

一眨眼，两人已经到了她的公寓大楼前，蕾妮却还在绞尽脑汁想要力挽狂澜。“你不想进来待一会儿吗？”她开口问道，一滴眼泪顺着脸颊流了下来——她实在忍不住了。倘若刚才还不算砸锅的话，那眼下可真是全砸了。她又鲁莽又烂醉，还动不动就哭哭啼啼：真是男人们的梦中情人哪。

“蕾妮。”特里伸出双手捧着她的脸。她的脸颊是如此冰冷，他的手则带来了一股暖意。他手掌上的茧子摩擦着她的面颊，不知为何，她哭得更伤心了。“我觉得你很棒，但我不想要……眼下我无法跟人认真交往。”

“不一定要多认真。”她脱口而出。她说的是真心话，无论特里怎么安排，她都心甘情愿：无论是每周约会一次，还是每隔一周约会一次，或是午夜“约炮”——怎么都行，她只想跟他牵上一缕情丝，因为一缕情丝也许会牵动……只有一件事她受不了，那就是完全失去他。真可悲啊。

“你找得到更好的人，”他说，“我原本不知道你的感受……我还以为……不管怎么说，我不是你的真命天子，我觉得眼下跟谁都无法真心交往。”

“错不在我身上，在你，对不对？”她说。她千方百计想要露出笑容，可惜看上去更像一脸苦相。她简直从头错到了脚：倘若她轻轻松松，开开心心，不把一切放在心上，一切本该水到渠成。可惜的是，蕾妮行事没有中间档。她做事总是做过头：吃得太欢，喝得太猛，还管不住自己的嘴巴。为什么她就不能变一变，就为了今晚呢？尤其是今晚，今晚至关重要。

“嗯，我只是喝得有点儿醉，通常我不是这副模样，我也不会再犯了。”只要能留下他，不管说什么她都心甘情愿。

“你很棒，”特里说，“天哪，蕾妮，我真是个混账王八蛋，我不知道……”

“你不知道我是如此倾心于你？”谁还管她现在说什么——反正一切为时已晚。她的眼泪更加澎湃，连鼻涕也快管不住了；特里说不定正迫不及待地想要甩手走开。

正在这时，蕾妮身上某种根深蒂固的生存本能浮出了水面。尽管来晚了整整一个小时，但它好歹帮她给这一夜画上了句号。“回头见吧。”她总算说出了一句没那么可悲的话。

蕾妮穿过大门进了公寓楼，上楼用颤抖的手指开了房门，她走进厨房，站在窗边俯瞰着街道。特里还站在人行道上，双手插在衣兜中。

至少她还有回忆，还有这微不足道的珍藏。

# 第十六章
# 隐秘地下情

艾比和鲍勃很小心。他们从不给对方发短信——短信怕是会留下证据；他们聊天时绝不说漏嘴——眼下安娜贝尔学人说话学得可快了；他们也从来不碰对方，除非安娜贝尔已经进入了梦乡，即使在这种时候，两人小聚片刻后也会逼着自己分开。诱惑实在太大了，两个人心知肚明：他们正身处同一所房子，也就是说，他们可以在鲍勃清早上班之前偷偷吻上一吻，白天互发短信倾诉思念之情，趁安娜贝尔打盹儿时在艾比的床上共享云雨之欢——一边翻云覆雨一边把宝宝监控器放在一旁，这样一来，她只要一醒过来，两人就能听到……他们可不能冒险行事。

但接吻风波过了两周，在一个周三的晚上，乔安娜居然六点钟就回了家。当时鲍勃已经做好了晚餐，安娜贝尔则洗过了澡，正穿着黄色的毛绒睡衣裤，那套可爱的睡衣后背印着一幅鸭子图案。跟往常一样，艾比在六点半去上了晚间课程。二十分钟后，鲍勃的那辆萨博车驶进了一个停车场——这个停车场通向公园里的一条林荫小道，鲍勃的车则停在了艾比的那辆本田车旁。

“她相信你的话了？”鲍勃刚打开副驾驶一侧的车门钻进本田车，艾比便开口问道。鲍勃原本打算告诉乔安娜，有位客户遇上了电脑死机，打了个紧急电话找他。

可鲍勃并没有回答艾比的问题。艾比不清楚是因为他不想提起乔安娜，还是因为他一刻也等不了了。他伸手将她搂到身旁，他的双唇又软又暖，艾比只觉得自己融化在了他的怀中。鲍勃探手进了她的衬衣。车窗蒙上了一层薄雾。

“天哪，我真想紧贴着你。”他在她的嘴边低声说。他的一双手正从她的小腹往下探。她能感觉到他在颤抖——要不然的话，浑身发抖的人是她？对她来说，他是如此熟悉，却又如此陌生。她深知他爱在咖啡里加奶精和许多糖，深知他在沙发上打盹儿时看上去是多么年轻，还深知他在读童书时会发出好笑的怪声，但是，他尝起来是什么滋味，他的二头肌摸起来是什么感觉，她却是头一次知晓。一时间她只觉得心醉神迷。

“我也想啊。”她说。声音听上去如此沙哑，简直不像出自她的嗓子。

他缩回了手，战栗着吸了口气，用一只手梳理着头发。“艾比，我不知道这是怎么回事……我从未料到会有这种感觉。”

“嘿。”她轻声说。他正紧盯着风挡玻璃，但她伸出手握住他的下颌，将他的脸扭了过来。她的指尖轻触着他摸上去跟砂纸一样粗糙的肌肤。“我觉得，我们两个人都没有猜到会有今天。”

“我无时无刻不在想你，”他急切地说，“连工作都没有办法安心。

我吃了午餐，可两个小时后就压根儿不记得自己吃了些什么，甚至不记得自己究竟有没有吃。就在昨天，一位同事让我去她的办公室一趟，我答应把上衣搁到自己办公室后就过去，可我接着就把这件事忘到了九霄云外。等她来找我的时候，我正坐在办公桌旁边，直勾勾地盯着半空。”

“我也无时无刻不在想你。”艾比说。她没有告诉鲍勃，昨天她晃悠到了他的衣橱间里，就为了闻闻他的气息。屋里各处摆放着他的照片，而她已经细细地端详过了，她尤为珍爱其中寥寥的几张童年照。她还目不转睛地盯着他结婚那天的照片看了许久，心中好奇当时的他是否真的幸福。

“昨天我和男朋友分手了。”艾比凝望着鲍勃的面孔，揣摩着他的反应。皮特感觉一头雾水，还生了一肚子气，可艾比已经一心恋上了鲍勃，没有办法再跟他继续交往了。艾比想开口向鲍勃问起乔安娜，她不顾一切地想知道他是否仍然爱着自己的太太，但她并不愿意把乔安娜的名字说出口，其中有几分是出于内疚（她正吻着另一个女人的丈夫哪！她怎么能做出这种事？），也有几分是因为她难以容忍乔安娜打扰这一刻——这一刻只属于她和鲍勃。

“我该回去了。”他说。

“鲍勃，你只出来了半个小时。在外面待的时间太短，她会起疑心的。”

“你说得对。”他说。他望着她，眼中满是痛楚。“我还从未……从未做过这种事。”

“我明白。”她说，“我也没有遇到过。”

“我吓得不得了，根本想不通接下来会发生什么。”他说。

艾比刚刚伸手去握他的手，却听见有人猛地敲响了她身边的车窗。艾比的一颗心差点儿蹦出了胸膛，她赶紧理了理自己的衬衫。难道乔安娜一路跟着他们？

就在这时，她透过窗户一眼望见了一个魁梧的人影，外加一套蓝色制服和一顶帽子：来人是个公园警察。

“一切都还好吧？”艾比摇下玻璃，警察问道。

“是的，警官，一切都好，我们不过是在聊天。”艾比答道，因为鲍勃看上去似乎说不出话来。他正直直地盯着前方，呆呆地一动不动。倘若艾比是那位警员的话，她只怕会搜一搜汽车——鲍勃的模样实在太可疑了。但警察只是点了点头，匆匆地表示他颇为满意，随后走向了自己的汽车。

“你没事吧？”艾比说着又摇上了车窗玻璃。

他点点头：“我们再也别这么做了，艾比。”

即使是在他说这句话的那一刻，她也心知他们定会再次犯禁。

# 第十七章
# 一切都会好的

凯特简直不敢相信自己把事情搞成了这个样子。她的脑子里一团乱麻，记挂着瑞丝·莫斯那场夭折的采访；记挂着自己对特里越来越多的倾心；记挂着山姆不仅没有按时提交一夫多妻故事的稿件，反而找了些荒唐的理由来搪塞……结果她倒彻头彻尾忘了一件事：艾比搬来公寓的那一天，正巧也是妈妈应凯特的邀请来访的日子。

凯特是如此期待与蕾妮和艾比一起共度一阵子闺密时光——开上一两瓶霞多丽葡萄酒，舒舒服服地过上一晚。她一心想告诉她们山姆如何耍花招，奈杰尔又如何色眯眯地来找她。闺密们会想些招数为凯特出气：比如凯特一不小心撞翻了一杯热气腾腾的咖啡，那杯咖啡又恰好摆在奈杰尔的屁股旁边；或者等到他的身子往后一仰靠在她那张办公桌上时，一只吸满了墨水的笔便会沿着他的裤子滴溜溜地滚下去……

要是妈妈在这幕闺密情里插上一脚，那该是什么场面呢？凯特想象着：妈妈会好心好意地给每个人冲上杯热可可；只要时机得当，她会适时评点几句或开口问些问题（妈妈可不是个煞风景的人）。不过这样一来，周末的闺密时光只怕就要变味儿了。凯特、蕾妮和艾比才刚刚对彼此敞开心扉，妈妈会在不知不觉中搅了局。

于是凯特拿起电话，拨通了那个熟悉的号码，开口问道："你不介意我们改改计划吧？"

此时此刻，美铁列车员正在大声宣告："下一站，费城三十街火车站！"凯特把笔记本电脑包和旅行袋往肩上一挎，下了火车，抬眼就瞧见妈妈正站在那儿打量着熙熙攘攘的旅客呢。还用说嘛，妈妈当然会来接她，尽管凯特已经说过自己可以搭出租车。

"你要叫辆出租车？我的女儿才不会乘出租车回家呢！"当时妈妈说。听她那副难以置信的口气，仿佛凯特准备找一头倔脾气的骡子骑了回家。

凯特挥了挥手，可惜妈妈并未发现女儿的身影。她只是站在那儿，一会儿消失不见，一会儿又随着人潮重新现出了身影，仿佛只能在汹涌的海浪中随波逐流的泳者。妈妈换了个发型，头发剪短了几英寸，变成了齐肩的款式。她穿着一条深蓝色休闲裤，搭配着一件又笨重又不讨好的白色麻花针织毛衣。跟几个月前比起来，妈妈的眼周似乎又多了几条皱纹。妈妈的模样忠实地透露出了她的本色：这种女人会买打折货，喜欢自己在家里烤饼干；就算子女们已经长大成人，无法回家过圣诞节，她也仍然会在壁炉旁边挂上一双双圣诞袜。凯特突然感觉一阵羞愧——自己居然还老是对妈妈不耐烦呢。

"妈妈！"她大喊了一声。

“宝贝儿！”妈妈的眼睛亮了起来。凯特急匆匆赶上前，久久地搂着她，闻着妈妈身上那股旁氏冷霜的味道。美容美妆编辑会定期在《格罗斯》杂志的免费赠品区里搁上一些昂贵的护肤品，凯特给妈妈寄了好几盒，妈妈却一直对旁氏护肤霜忠心不贰。

“你看起来美极了，宝贝儿。”妈妈边说边后退一步，端详着凯特，“可你是不是瘦了？”

“只瘦了几磅。”

“在你明天离开之前，我一定让你把这几磅长回去，我做了巧克力豆棉花糖甜点。”

还用说嘛，妈妈当然会准备巧克力豆棉花糖甜点，她明知凯特爱死这道甜点了。除此之外，她还会做凯特最爱的柠檬烤鸡当晚餐呢。妈妈说不定已经打扫了凯特的卧室，在她的床头柜上放了一壶水和一只玻璃杯。凯特眨了眨眼睛，憋回了冷不丁冒出来的眼泪，又捏捏妈妈的胳膊。“谢谢你烤了巧克力豆棉花糖甜点，”她说，“我简直想不出更妙的美味了。”

出了火车站，又过了一刻钟，她们在自家的房子前停下了车。凯特正是在这里度过了童年时光。这是一栋殖民建筑风格的砖房，位于一条死胡同的尽头，后院有个玫瑰园，毗邻一座古老的木质游乐设施；看上去，那玩意儿仿佛猛一推就会散架。这个小区正在改头换面之中：空巢老人越来越少，一家家年轻人正在逐渐接手他们的住房，在通往凯特家的途中，可以看见许多小孩的三轮车与许多篮球筐。

凯特不假思索地蹬掉了脚上的一双鞋，在前门旁边放下鞋，又将行李搁在了楼梯平台上。她伸出一只手轻抚着楼梯的栏杆，回想着当年是怎样与克里斯托弗一起从亮闪闪的木头扶栏上滑下来，然后落到铺在地板上的一堆沙发垫子上。她仿佛见到了儿时的自己，甩着一头如瀑布般的长发，正一边尖叫着，一边从后院洒水器的水帘中奔过。那时她有辆粉红色的自行车，配备着一个香蕉形椅座，车把上还垂着一条闪闪发光的银色缎带；她的一整间屋里摆放着各种游戏设施，比如“扭扭乐”；每逢星期六下午，她还会跟全家人一块儿去当地电影院看电影。凯特有一个幸福的童年，因此她从来没有为父母的婚姻操过多少心，直到有一天，父亲打电话告诉她，他要离开了。

凯特坐在最底层的台阶上，双手托腮，回想着那一刻。当时她已经搬到了纽约，下了班走在回家的途中。凯特在纽约还是孤零零一个人，因此见到手机上显示着熟悉的号码，她便面带微笑地接起了电话。在电话里，爸爸问她是否有空聊一聊。

“当然啦，我正在回公寓的路上。”她说。

他犹豫了片刻。“要不，等你到家后再打给我吧？”他最终提议道。

不过是简简单单的一句话，凯特听了却一阵心惊肉跳，一双手似乎瞬间失去了暖意。凯特紧紧地攥着电话，在人行道中央停下了脚步。“出了什么事？哦，上帝呀，妈妈还好吗？”

“妈妈很好，”他说，“瞧，宝贝儿，我真的觉得你应该待会儿再打给我……”

“爸爸，告诉我。”凯特说。她原以为自己说出口的是平常的语调，但她一定是当场喊出了声，因为两个路人闻言转头瞪着她——不过话说回来，也许他们只是眼睁睁地看着凯特在电光石火间变了一张面孔，满脸的开心变成了一脸惊恐，因此双双呆住了。

父亲清了清嗓子：“你知道，妈妈和我都非常爱你，非常爱克里斯托弗。”他接着讲了好几分钟，才说到了正题：他正打算离开家，搬到镇子的另一头。实际上，他已经搬离了那个家。在他开口说出第一句话的时候，凯特就已经停下了脚步。她只是站在那儿，纽约的万般色彩和千种声响都渐渐从身边退去（汽车喇叭声、闪烁的霓虹灯、喧闹的人声），将她独自一个人留在了那座冰冷灰暗的孤岛上。

凯特原本暗自希望，父母不过是暂时分居而已。可六个月后，母亲在一天晚上打电话给她，抽噎得几乎喘不过气来。凯特简直无法相信：父亲竟然已经交了一个女友。要不然的话，也许他在私底下一直都有个女友——凯特的脑子里居然冷不丁冒出了这么一个可怕的想法。

她用力地摁着手机键，拨打着父亲的新号码。她实在是太用力了，一根指甲居然应声折断。凯特差点儿就希望接电话的人是父亲的女友，她要用粗口一股脑儿骂她个七荤八素，吵得她耳根不得清静，谁让她活生生拆散了一个家呢。为了一场中年危机，她的父亲竟然要抛弃一宗长长久久的婚姻。他是个聪明人，一个正经人，凯特从未料到他会落进这么可悲的老一套。

可是电话铃刚响第一声，父亲就接起了电话，平静又庄重地说了一声“嘿”，仿佛正在等她的电话。说不定，他真的是在等她打电话。很有可能，他把交女友的消息捅给了凯特的妈妈，随后便等着她告诉凯特，再等着凯特打电话过去。

“我简直不敢相信。”凯特说。她的手紧紧地攥住手机，手指已经没有了知觉。“我只想知道一件事：你是为了她才离开妈妈吗？”

“凯特，”爸爸一向低沉的声音竟是如此疲惫，“我搬出家门几个月后才遇见达琳。你心里一定也清楚，你母亲和我之间的关系早就已经破裂了。”

那女人叫作达琳？凯特想象着一个双峰饱满、咯咯直乐的金发女郎——恰好跟妈妈截然相反。爸爸是个傻瓜，凯特容许他在一个月之内浪子回头，手里拎着行李箱乖乖回来，难为情地低着头。不，只给他一个星期。

“实际上，你和克里斯托弗离家以后……我开始意识到，我和你妈妈之间唯一的纽带就是你们两个孩子。”

凯特原本想反驳几句，她早就做好了回嘴的准备。她在心中反复琢磨着爸爸的话，想要找漏洞驳一驳，一举击垮这些鬼话，可就在这时，她发现自己竟然办不到。爸爸说的都是真话，因此难以撼动：父母从不外出约会，从不一起去度浪漫的假期；到了晚上，他们两个人各坐一张扶手椅看着电视，而不是在沙发上相依相偎；就算在全家福照片里，她的父母也总是各占一头，把自己的孩子夹在中间。

凯特再次开了口，说出来的话却吓了自己一跳：“可是，妈妈怎么办呢？”

凯特的怒火并没有灼伤父亲的心，这个问题却让他心碎了。他的声音颤抖起来，擤了一把鼻涕才开口道：“我希望她找到幸福，凯特，我真心这么希望。我还爱你妈妈……不过再不是夫妻之爱了。”

此时此刻，又回到儿时的家中，又想起过往的一幕，泪水再次灼痛了凯特的双眼。

一个月后，父亲并没有跟达琳分手，眼下他还在跟她交往。风波过后几个月，凯特曾经见过她一面，当时父亲带达琳到纽约来过周末、购物、看百老汇的演出。达琳确实是一位双峰饱满的金发女郎，但绝不会咯咯傻乐。她是个冷面笑匠，还是个专利律师。看到父亲跟另外一个女人在一起，看到他为她开门，看到他落下半步走在她的身后，把手搁在她的后背上，凯特感觉有些反胃；可是话说回来，她确实很喜欢达琳。父亲几乎变了一个人，如今他搽着古龙水，换了一款更短的发型，点菜之前还要看一看酒单——以前他可是开口就点一瓶百威啤酒。爸爸一定察觉到凯特感觉多么别扭，等到女儿回费城度假时，他总会抽出时间单独来见她。有时候，达琳会驾车把他送去餐厅，顺便跟凯特打声招呼，不过她似乎还是尽力保持低调——因此，凯特也就更加喜欢她，尽管内心有点儿不情愿。

不过这次回家她见不到父亲，因为他和达琳正趁着周末在巴巴多斯度长假呢。

这时耳边传来了妈妈的声音，凯特赶紧用食指抹掉了眼角的泪水。

“宝贝儿？”妈妈从厨房走了过来，“你在这里干什么？”

凯特摇了摇头，从台阶上站起身说：“只不过是在回想，想着我和克里斯托弗当初如何从这道栏杆上滑下来。”

妈妈笑出了声，把一只手轻轻地搭在凯特的肩上。“你们两个小捣蛋第一次这么闹的时候，我差点儿被吓出心脏病来。”她站在那儿，凝望着楼梯扶栏说，“这所房子里有许多美好回忆，对吧？”

突然之间，凯特明白了妈妈不肯搬家的原因：妈妈已经失去了许多东西，她害怕那些记忆会随着搬家烟消云散。

凯特本不想提起父亲（在过去的几年中，她和妈妈已经一遍又一遍谈过这个话题了），可就在晚餐快吃完的时候，妈妈却偏偏提起了爸爸。还真是妈妈的一贯作风哪，她苦苦地等到这个时候，以免扫了凯特的兴，让她没有办法享受美食。倘若母亲当初曾为自己着想，曾经逼着丈夫带自己去酒店共度浪漫一夜，曾经开口说出自己的需求，而不是担心其他人的话……不，凯特无法把离婚怪在母亲的头上。全是爸爸的错；要不然的话，也许是谁也没有错——想到这一点，还真是让人伤心得很。

“前几天，你爸爸打过电话来。”母亲开口道。她伸手端起酒杯，抿了一大口。“他想告诉我，他要订婚了。他准备在巴巴多斯向她求婚，我们说话这会儿，说不定他已经求了。”

凯特猛地吸了一口气。

“他原本打算打电话给你，不过我说服他让我开口告诉你，反正你也要回家一趟的嘛。”

凯特端详着妈妈的脸，她原以为那会是一张五味杂陈的面孔——有悲伤，有怒气，还有妒意，可妈妈的神色显得风平浪静。

“你觉得怎么样？”凯特柔声问道。

妈妈叹了口气：“我已经料到了。你爸爸不喜欢孤零零一个人，再说他也算得上一个如意郎君。”

“可是，你没事吧？”

“确实挺难过，我也不会装作若无其事，不过我已经有所准备了。你爸爸和我每隔几个星期就聊一聊，他想跟我做朋友。他还问，等我告诉你之后，明天他能不能给你打个电话。宝贝儿，我知道这件事会让你吓一跳。”

凯特不知道，妈妈是否还在一心庇护着女儿——即使到了这一刻，妈妈是否还对她自己的感情不管不顾，一心只关注着凯特的感受呢。

“真是怪得很。”凯特说。她感到胸中有如翻江倒海，片刻之前，柠檬烤鸡的香味还无比诱人，此刻却变得让人难以承受，她只觉得一阵阵反胃。“我不应该这么惊讶，对吧？我只是不敢相信他就要另娶了。”

她倒希望妈妈让爸爸亲口说出这个消息，而不是设法充当和事佬。突然之间，凯特想要听到爸爸亲口保证，保证他仍然会爱她——有点儿犯傻气，没错。她遥想着爸爸和达琳手牵着手在沙滩上漫步，碰响香槟酒杯，开启一段新生活。此时此刻，他正在旅游度假，而他与妈妈只在多年前才一起共享过这种假期，那时他们的子女尚未降生。等到度假归来，爸爸很可能会搬进达琳那所位于利顿豪斯广场的公寓。凯特将不得不容许达琳踏进家门，下次见到爸爸时，她会坚持让他带上自己的新未婚妻。如果不设法与达琳交好的话，她可能真的会失去爸爸的心。

凯特望了妈妈一眼，发现她碟子里的食物几乎没有动过。这一点她也从妈妈身上继承过来了：一旦有压力，就没有胃口。

“你没事吧？”妈妈问道。怎么这么客气，实在是太客气了！难道妈妈不想砸几个碗碟，嚷上几声，把结婚照一股脑儿剪个粉碎吗？达琳就会大喊大叫——突然间，凯特恍然大悟。她还记得，在纽约的那家餐厅里，达琳还没有吃完甜点，侍者就想把碟子端走，结果达琳一把攥住了他的胳膊，开口说：“年轻人，这个碟子里明明还摆着提拉米苏呢。给你个豹子胆把它端走，只怕你小命难保哪。”侍者扑哧笑出了声，达琳则尽情品尝了最后一口，夸张地翻了翻白眼儿，表示心里乐开了花。爸爸忍不住哈哈大笑，端起黑尔乐葡萄酒敬了达琳一杯。要是换了妈妈的话，只怕当时就会一声不吭地让侍者端走盘子，压根儿不好意思闹上一场。

“只是需要点儿时间来消化消化。”凯特说着推开自己的碟子，妈妈精心烹制的美食此刻好似千斤巨石一般压在她的胸口。“克里斯托弗知道吗？”

“爸爸会在周末打电话给他，我也会跟他聊一聊。不过他跟我们毕竟有时差，所以总有点儿棘手，可能要拖上几天才能联系上他。”

凯特点点头。这周她倒是给身在香港的哥哥打过电话，世上也只有他能够一丝不差地理解她的感受。她费力地咽了一口唾沫：哥哥住在地球的另一端，现在爸爸也往前看了。她原本还偷偷存了一丝指望，希望父母能破镜重圆，现在看来只怕终究还是白日梦一场。不过说实话，凯特自己也在迈步向前：既然刚刚升了职，她在短期之内恐怕是不会离开纽约的。倘若想在杂志业里打拼，她还得坚守在那里才行。

“你一定孤单得很。”凯特脱口而出，“妈妈……我很抱歉。”

“噢，事情远没有那么糟。”妈妈说，“我还有读书会和教会花友协会呢，我们办了不少婚礼，再说收拾这个家也要花许多功夫，原本由你爸爸来做的一切——拾柴火准备过冬啦，保养汽车啦……”

“你想做些别的事吗？比如兼职，要不然做义工？”

“看我这把年纪，谁还愿意雇我？”妈妈想要放声大笑，可惜有几分勉强，“我也没有一身本事。”

“可是你很有本事呀。”凯特说，“你可以辅导小朋友读书，你还出得了差。大家不总是需要人帮忙救灾吗，比如石油泄漏的时候，那么多鸟儿遭了灾，志愿者不是帮忙救了它们吗？做这些你肯定很拿手。”

有那么一会儿，妈妈没有吭声。接着她叹了一口气，声音轻得几乎无法察觉：“我想，我还是没有回过神来……不只是离婚，还有……慢慢变老。你不会相信时间过得有多么快，凯特，一年更比一年快，哧溜一声就没影了。我感觉我才刚刚去医院生下了你，结果一眨眼你就要离开家门去上大学了。每一天都忙忙碌碌，没有空闲，可一眨眼的工夫，时光就过去了。”

凯特伸出手，握住了妈妈的手。妈妈的手摸上去娇小而瘦削，仿佛一只困在笼中的鸟。妈妈心境消沉。凯特突然恍然大悟，这并非抑郁症，也不到卧床不起的程度。不过有可能，她的心中时常下着寒冷的细雨，情绪常笼罩在一片沉重的阴霾中。

“亡羊补牢永不嫌晚。”凯特说，“你想去香港探访克里斯托弗吗？他说他很乐意请你去。为了你自己着想，为什么不去呢？”

“他倒是一直让我去，我想……也许是时候了，也许我真的会去。”

不过凯特说不准妈妈是否真会去：妈妈动摇不定的决心会不会像指缝里的水一样哗哗溜走呢。要是妈妈有个铁杆儿密友就好了，这么多年来，凯特总会跟妈妈的密友熟识起来，那眼下就可以打电话给她，请她多留神，哄着妈妈每天出门散散步，趁周末去远足。不过话又说回来，倘若妈妈一路走来曾经精心浇灌过友情之花，而非仅仅为家人而活的话，只怕今天也不会有这般景况了。

当然了，妈妈也跟其他家长在橄榄球比赛上聊过天，当初还偶尔陪着爸爸与其他夫妇一起出门共进晚餐。不过，他们交往的大多数夫妇都是爸爸圈子里的人，凯特这才意识到，那些夫妇要么是爸爸的同事，要么是他在大学里的室友，要么是他的网球搭档；凯特还从未真正察觉到妈妈的生活是多么古井无波。

“你有没有去看过医生？”凯特问道，“跟人聊聊天可能对你有些好处。”

“找医师吗？”妈妈点点头，“我倒是考虑过，只是……我想我还是抽不出空去找医师。”

“让我来吧，”凯特说，“让我为你找位医师，再给你订一张飞往香港的机票，好吗？”

妈妈的眼中涌起了泪水：“你真是个好女儿，凯特。”

“我也会尽量多回家瞧瞧。”凯特说。她还没有想好怎样才能办到，但她一定会想出个法子来。

母女二人待在厨房里，又聊了一个小时，随后凯特去了自己的卧室，准备打开行李冲个澡。可进屋以后，她一屁股坐在那张窄窄的单人床上，盯着墙上的月影：月光正透过后院那棵老橡树的枝丫，在墙上投下一幅幅图画。凯特的心中涌起了许多回忆。曾经有一次，降雪居然史无前例地达到了三英尺（近一米），爸爸、克里斯托弗和她一起用雪堆了一座冰屋，然后带着刺痛的脚趾和红扑扑的双颊回到了家，大口大口地吃完辣椒和蜂蜜玉米面包，接着就在炉火前方的地毯上呼呼入睡了。这条街上的积雪大约一周才清理干净，因此全家人搜罗尽了储藏室里的食品来做晚餐，而他们做出的晚餐一次比一次搞笑，最后全家还投票选出了最佳美食——罐装玉米羹上撒碎麦片——突然间，凯特记了起来。她仿佛看见自己在厨房里，把麦片放在一只塑料碗里用擀面杖研碎，爸爸摆好餐桌，妈妈则搜罗了一罐菠萝汁给大家喝。紧接着，爸爸为他们读了《纳尼亚传奇》系列的第一册，凯特则躺在沙发上，书中的故事一句句流进她的心田，一时间她感觉心旷神怡，仿佛一条魔毯暖暖地裹住了她的心。

凯特感觉一滴眼泪顺着脸颊流了下来。她还自以为了解自己的家，可那其中究竟有多少是幻象呢？

正在这时，耳边传来一阵铃声，冷不丁将她从沉思中惊醒。她把手袋翻了个遍，总算找到了正在嘟嘟响的手机。电话是特里打来的。

“嘿，”他说，“我刚刚打电话到你公寓去了，得知你已经回家度周末。一切还好吗？”

“我回来看望妈妈。”凯特心知自己的声音听上去没精打采，于是设法打起精神说，“我都忘了我们还有安排呢，不过眼下蕾妮正陪着艾比……”

“是啊，她们两个人处得很好，我跟艾比说话，她居然哈哈笑出声来了。”

凯特也露出了微笑，千方百计不让那种落单的感觉往心里去。

“不管怎么样，”特里接着说，“我想跟你说一声，对瑞丝室友的采访十分成功，搜罗了不少了不起的好料。还有一件事你可能猜不到，采访结束的时候，她给瑞丝打了个电话，帮我美言了几句，瑞丝答应给我一次采访机会。”

凯特顿时感到一阵宽慰，身子软成了一摊泥。“多谢。”她吸口气说道，心中涌起了难以言表的感激之情。

“别担心。”他说，“只要一做完采访，我可以尽快写出稿子来。”

“你刚刚保住了我的饭碗。”凯特满心感激地说。她的家也许正在分崩离析，但至少她的职业生涯还能保全。

“哦，实在言重了，只不过是一篇稿子。要是某个阴晴不定的名人放了你鸽子，谁能把错怪在你的头上呢？这种事又不稀罕。”

“我只是……我真心希望这一期能上得了台面，情况很复杂。”她边说边想着山姆和那篇一夫多妻制报道。要是只有一篇稿子砸了锅，那凯特还能挺过一劫；如果两篇稿都砸了锅，那凯特在众人眼里就会变成一个扫帚星。从洗手间回来以后，山姆已经到凯特的办公室去过一趟（那还真是世界上耗时最长的洗手间之行哪），他告诉凯特，他一直在病中，因此还没有来得及重写稿件。

*你到底是哪根筋不对啊？*当时凯特差点儿想冲他这样嚷。不过，她说出口的话却是：“周一早上十点钟交稿。如果到时不交，那我们就不会再用这篇稿了。”说完后，她拿起电话开始拨号，心中暗自希望山姆不要发现她的手正在颤抖。紧接着，她抬头望了山姆一眼，两条眉毛挑得老高，仿佛根本没有料到他还站在那儿，结果生生地吃了一惊。

当时耍这一招，是因为凯特希望让山姆觉得：她实在忙不过来，压根儿无暇担心他那篇稿件，以防他看透了真相——实际上，凯特还真不乐意跟山姆开战，她压根儿拿不准结果会是谁赢谁输。

“你确定一切都还好吗？”特里说，“你的声音听上去很没精神呀。”

“我刚刚得知我的父亲要再婚。”凯特脱口而出。

“抱歉。”特里说。

“不，我已经不再是个小孩了，对吧？我不该如此心烦意乱。”

“我觉得，父女情永远也不会过期。”特里说。凯特能听见电话另一头遥遥传来摇滚音乐声，眼前不禁浮现出一幕景象：特里正在他家客厅的一把大椅子上坐着，双脚跷在那张年深日久的小桌上。“不管你长到多大年纪，这都不是一件容易的事。”

“你父母在一起吧？”她问道。

“没错，不过他们是一对奇怪的夫妇。我不觉得他们深爱彼此，我觉得他们……跟对方处得挺愉快。”

凯特深知他这句话是什么意思。“我主要是为妈妈感到难过，”她压低声音说，以防妈妈上楼听见，“再说了，改写自己的历史也让人感觉别扭。小时候，我还以为自己有个十全十美的家庭呢，结果事实证明，一切不过是海市蜃楼。”

凯特清了清嗓子。她得赶紧挂电话；她不该跟特里说这些。“不管怎么样，我真的很感激你打电话过来告诉我稿件的近况，终归少了件烦心事。”

“凯特，”他开口说道，那温柔的语调让她一时喘不过气来，“会好起来的。”

她明白此刻他所说的并非稿件。她用双手紧紧地攥住手机，一心想要相信他的话。

# 第十八章
# 总还有希望

艾比尖叫着醒了过来。

有人受伤了。鲜血四溅，惊呼不断，还有人发出了长长的绝望的哭号，救护车尖厉的笛声夹杂其中；遥遥传来了一阵歌声，随着这歌声，一股彻骨的寒意从她的脚底一直往上升："公交车轮子转呀转，转呀转，转呀转……"

艾比必须找人帮忙：有个人正躺在地上，一动不动……她得想点儿办法！

"你不会有事的。"有人出声打破了艾比的梦境。那人向她伸出了双臂，将她搂进怀里。

"安娜贝尔！"艾比哭道，"她在哪儿？"

"没事了，"蕾妮说，"你刚才只是做了一场噩梦。"

艾比战栗着吸了一口气，泪珠沿着她的面颊滚落下来。她的耳边还回荡着那声哀号，回荡着那骇人的痛苦之声，梦中支离破碎的一幕幕再次涌上了心头：汽车的刹车声嘎吱作响，有人发出一声声惨叫。“不。”艾比呜咽着说。

“嘘，”蕾妮说，“我在这儿陪着你，你不会有事的，艾比。”

“是个梦。”艾比结结巴巴地说。

“只不过是个梦。”蕾妮附和着，理了理艾比的头发。

艾比高一声低一声的呼吸渐渐平顺下来。蕾妮伸出手，啪地打开了床头柜上的灯。“要我给你端杯茶来吗？”蕾妮提议道，“要不然你想继续睡觉？”

“不！”艾比脱口而出，一把攥住了蕾妮的手，“别走，求你了。”

“我不会走。”蕾妮满口答应着，爬上床蜷起双腿说，“我哪儿也不去，好吧？我会留下来，你要我待多久，我就待多久。”

“多谢。”艾比低声说。慢慢地，她理出了头绪：她正身处纽约；她已经将马里兰州甩在了身后，只带着钱包、手机和换洗衣服，一溜烟儿逃离了那个地方。“我不能再打那份工了。”她几乎是在对自己说。

蕾妮点点头，轻声开了口：“特里说，你原本在照顾一个小女孩，她的名字是叫安娜贝尔吗？”

“我在做她的保姆，”艾比说得很慢，“我非常爱她，可有些事……没有人知道我的那些事，我造的孽。我必须离开。”

“艾比，我简直想象不出你能做什么坏事。”蕾妮的声音带着一派安抚的口吻，起的却是反效果。

“但我偏偏造了孽！”艾比说着泪水奔涌而出，单薄的肩膀也抖个不停，“我不是故意的，我原本不知道会出那种事，我只是……我只是……”

她的话淹没在一片啜泣声中。蕾妮拍着她的后背，嘴里喃喃地哄着她，但艾比哭得刹不住。她的眼泪流得更凶了，她简直喘不过气来。艾比不知道自己如何承受得起眼前的一切：她的生活已经毁于一旦；没有工作，辍了学，还失去了鲍勃和安娜贝尔。她是如此想念那个小宝贝儿，只感觉胸中隐隐作痛。她实在受不了，她不能……

有人开口打破了她的思绪。“跟我讲讲安娜贝尔吧。”蕾妮的声音坚定得出奇，“艾比，来跟我说说，她身上有哪些地方招人爱。说一处就好，现在就说。”

艾比闻言又颤抖了一阵，随后稳住了身子。她记起了安娜贝尔将胖乎乎的小手搁到自己手中的感觉，小宝贝儿对艾比可是一片忠心呢。她几乎可以摸到宝宝那光滑柔嫩的肌肤，看见宝宝那灿烂的笑容——小宝贝儿要是笑起来的话，会露出丁点儿大的贝齿。“我爱死她念我的名字了，”艾比终于用嘶哑的声音说，“她把我叫作‘比比’。”

“还有呢？”蕾妮问。她从床头柜上的纸巾盒里抽出几张纸递给艾比。“再跟我说说，你喜欢她哪一点。”

“我喜欢读书给她听，那时她会蜷在我的怀里……蜷得舒舒服服再好不过了。我们每天晚上都读《晚安，月亮》和《猜猜我有多爱你》。还有，她身上的味道真好闻……她很喜欢我为她洗头梳头发，我把她叫作我的小公主……”

“你们俩很爱彼此。”蕾妮的口气软了下来，“安娜贝尔还喜欢做什么？”

梦魇中的景象又在心中蠢蠢欲动，艾比却把它们抛之脑后，千方百计想着安娜贝尔的模样。“她喜欢游乐场上的秋千，”艾比说，“天气暖和的时候，我们每天都去那儿。”

“她也喜欢滑梯吗？”蕾妮问道。艾比明白蕾妮的用心：蕾妮正在引她开口，借此逼着她坚守当下，她们两个人正尽力防止艾比再次陷入恐惧之中。

“喜欢，不过她只喜欢那架小滑梯。”艾比边说边设法遥想着那个游乐场，“游乐场上有两架滑梯，对安娜贝尔来说，其中一架实在是太高了。有一次，我帮她爬上了滑梯顶，接着去滑梯底部准备接住她，可是宝宝怕得很，死活不肯下来……这时有个小男孩到了她的身后，结果安娜贝尔退也不是，进也不是。”

“你爬上滑梯去接她了吗？”蕾妮问道。

“没有。”艾比摇摇头，“我正要去接她，可她不肯动，所以小男孩推了她一把。安娜贝尔伸出手抓住滑梯边，但这样一来就翻了个身，变得面孔朝下了。我心知她很可能会一个跟头栽下滑梯，还会摔伤。她哭叫着……一声声叫着我的名字……”

艾比沉浸在回忆中，有片刻没有吭声。“我知道我够不着那么高，没法儿抱住她，又有些孩子堵住了滑梯的台阶，因此我没有办法从台阶那边及时赶到安娜贝尔身旁，因此我径直从滑梯上跑了上去。”

蕾妮笑了：“活像在登山？只不过缺了攀岩装备吧？”

“没错。”艾比说。那一天的景象浮现在她的脑海中，艾比记得：听到安娜贝尔的叫喊声，她顿觉全身热血沸腾，仿佛瞬间变成了神通广大的女超人。她的眼睛一直紧紧地盯着安娜贝尔，几乎是飞一般地冲上了高高的塑料滑梯。安娜贝尔刚刚松开滑梯的边缘，艾比便一把接住了她。

孩子们还堵着滑梯的台阶，于是艾比将安娜贝尔抱在腿上，伸出双臂搂住她，从滑梯上滑了下来。有艾比在，小宝贝儿倒并不害怕。艾比回想着安娜贝尔那双胖乎乎的小胳膊搂住自己的脖子，阳光暖暖地照在自己的面颊上，一旁还有个保姆亲眼看到了这一幕，她拍着手为艾比欢呼道：“干得好！”

安娜贝尔连哭也没有哭一声。

“你救了她，”蕾妮说，“要不是你，安娜贝尔会受伤的。”

艾比点了点头。她几乎说不出话来——流了那么多眼泪，她的喉咙疼得很。她是如此想念安娜贝尔，心中一直伤痛不已，但此时此刻，一片漆黑中亮起了一点微光，痛苦中总算渗进了一丝别样的滋味。

艾比伸出手握住了蕾妮的手。“谢谢你。”她低声说。

在艾比落难的时候，蕾妮倒是稳住了阵脚，眼下却慌了神。现在是清晨四点钟，艾比终于再次进入了梦乡，手中还紧攥着一张皱巴巴的纸巾。蕾妮轻手轻脚地从她的床上溜了下来，以防吵醒艾比。她为艾比掖好蓝色的被子，站在那儿凝望着熟睡的小姑娘。即使在梦乡之中，艾比的面孔仍然流露着几分忧心，身子也不时打个寒战。

蕾妮曾经读到过一些文章，其中谈到了患有创伤后应激障碍的退伍军人，其症状似乎跟艾比眼下的情形差不多：噩梦、颤抖，还有抑郁。艾比肯定有过什么痛彻心扉的遭遇。

至少现在她愿意开口了。蕾妮心想。她瞥了瞥床头灯，决定继续把灯开着：要是艾比醒过来，还是别一睁开眼就一片漆黑。蕾妮挪了挪胳膊，冷不丁将一沓文件碰到了地板上。弯腰捡起文件后，她才发现那是一沓信，封封都是写给安娜贝尔的。

“哦，艾比呀。”蕾妮叹息着仔细地将信收了起来。一定不下十封信呢！这么说，自从抵达纽约之后，艾比就一直在给安娜贝尔写信，也许艾比的秘密就装在这些信封里。

蕾妮蹑手蹑脚地穿过屋子，设法不把地板踩出吱吱声。刚要关上艾比的房门，她又突然改了主意，把门半掩着——以防万一嘛。

今天晚上，事情总算有了些许进展，真希望艾比不要再退回壳里去了。也许下次她会多开开口，蕾妮也就能了解她的一些经历。刚才艾比居然说，她曾经造过孽——蕾妮心知艾比和男东家之间有些纠葛（凯特倒是曾经提过），但事情远非这么简单。难道艾比怀过孩子吗？

要是眼下凯特在这儿，而不是在费城探望母亲，那就太好了，蕾妮一定很乐意跟她聊一聊。蕾妮走进自己的卧室，低头望着床——昨天铺好的被子还没有打开睡过呢。刚才她毫无睡意。她做完了一百个仰卧起坐，正打算服些镇静药，艾比的尖叫声就透过墙壁钻进了耳朵里。这一阵，蕾妮每晚都得服下一颗苦苦的橙色镇静药才能睡着，醒来时却总是感觉脑袋隐隐作痛。尽管她吞下了两颗泰诺，喝下了一杯杯冷水，把药咽进了肚里，头痛却一直没有办法根除。

蕾妮意识到，眼下是来不及服用镇静药了。再过三个小时，她就必须起床，打起精神去上班。还不如熬个夜，先撑过一个白天，晚上早点儿上床睡觉呢。蕾妮心知自己办得到：尽管身子有些困乏，她的心跳却还是比平常快一些，再说她正思绪奔腾呢。减肥药似乎为她补了补脑力，她的思维变得更加迅捷，这也是她钟爱减肥药丸的另一个原因。

蕾妮洗了个澡，吹干头发，披上一件旧毛巾布长袍，又做了片刻白日梦，遥想着当上美容美妆编辑后会买一件多么奢华的新长袍，这才打开手提电脑，浏览着博客网页。几天前，凯特曾经给蕾妮出了个主意：从《格罗斯》杂志的免费赠品区里拿些东西给博客粉丝当甜头，借此吸引人气。公关公司时常给《格罗斯》杂志送来一大堆礼品，以供宣传之用。有些赠品确实冒着傻气，要不然就微不足道，比如巧克力豆上赫然印着一家地板砖公司的大名。不过话说回来，免费赠品区通常还是摆放着像模像样的礼物，比如能发出白噪音[①]、具备安神功能的闹钟，还未正式上市的精装书，香气四溢的蒂普提克牌蜡烛……

“真的吗？”蕾妮问道，“你觉得这法子行得通？要是《格罗斯》杂志的同事也想要那些赠品怎么办？”

“可是你自己说的，奈杰尔让你天马行空地尽情发挥。”凯特说，“你是想让杂志的某位撰稿人再多带一管贵得离谱的眼霜回家，还是想要那份美容美妆编辑的工作呢？”

“说得好。”蕾妮连话也没有说完，便一溜烟奔到了免费赠品区，搜罗了一个讨人喜爱的沙滩包——里面装着具有防晒功能的美黑乳液，以及欧克利牌太阳镜。

此时此刻，蕾妮一条接一条读着博客上的评论，又查了查黛安和杰西卡的博客粉丝：她的粉丝比她们俩几乎多出了一百个！如果奈杰尔果真按社交媒体上的人气来选拔美容美妆编辑一职的话，这个头衔已经差不多是蕾妮的囊中之物了。

蕾妮决定再去称一称体重。几天来，她一心期盼着要去称一称，但还是一直忍了下来。有时候，她似乎能感觉到身上的脂肪正在燃烧，而一件件衣服也随之变得宽松。为了不吵醒艾比，蕾妮悄无声息地走进了浴室，然后脱下长袍。一站到体重秤上，她就不由自主地收了腹，接着低头往下瞧。她竟然又瘦了三磅——蕾妮的心跳漏了一拍，她总共瘦了六磅！

一时间，蕾妮的满心忧虑都烟消云散，轻飘飘好似魔杖幻化出的一个

---

① 白噪音，一种功率频谱密度为常数的随机信号或随机过程。一些专家认为它有一定的治疗作用。

个气泡。有生以来头一次，蕾妮的减肥目标似乎变得触手可及！再过一个星期，她就会切切实实地见到节食的效果，她会想出个理由，在Facebook和博客都贴上新照片。突然之间，贝卡的来访也变得不那么骇人了。

还有特里……一旦目睹她的大变身，他会对她另眼相看吗？最近他经常造访这间公寓，还带来了那些黄玫瑰——尽管他假装玫瑰是出自艾比之手。蕾妮不记得曾跟他提过黄玫瑰是自己的最爱，但说不定她曾经提过，而他竟然记得。也许他们正在又一次向对方靠拢，不过靠拢得很慢；早在初次交往的时候，蕾妮就已经本能地发现应该走这条路。眼下他们做起了朋友，友谊说不定能开出爱情之花呢。

蕾妮一把推开了浴室的窗户，探出头温柔地吁了一声。她猛吸了一口冰冷的空气，感受着寒气扑面、随后一口咽下肚的滋味。在这光芒四射的一刻，她感觉自己无所不能——她会打开窗户展翅高飞，在纽约的摩天大楼之上腾云驾雾，要不然就跳上一宿舞，然后再跑上一段漫漫长途。虽说脚下的纽约是座不夜城，此时此刻，她却感觉举世皆睡，唯她独醒。

她从未感觉如此生气勃勃。

# 第十九章 汹涌而来的压力

艾比深知嫉妒的滋味。高中时代，她暗恋的那个男生居然邀请她最亲密的好友共赴毕业舞会，而艾比一直没有对他表明心迹。表明心迹有什么用呢？她陪着密友一起去买衣服，帮她挑了一款蓝色细肩带裙，自己则跟着物理课上的一个男孩一起去了舞会。她原以为自己已把事情处理得妥妥当当，可惜正跟男伴随着芝加哥乐队的一支曲子翩翩起舞时（艾比的男伴叫内德，他满手是汗，脖子上更是汗如雨下），她却一眼瞥见密友在与自己的心上人亲热，互相不老实地动手动脚。艾比只觉得胸中气血翻涌，居然切切实实地不舒服起来。即使到了今天，每当从电台里听到那首歌，她也会赶紧换个台。

但跟眼下的感受比起来，那场面不过是小巫见大巫。

只要鲍勃和乔安娜在一起，艾比就没有办法待在他们的身旁。可就算并未待在他们身边，她也受不了他们在一起。他们向来不是一对格外恩爱的夫妻，但不少场景时时都在拨动艾比的心弦，害得她心中剧痛——比如鲍勃和乔安娜在一起商量某一天的安排；要不然就是艾比走过那两人空荡荡的卧室，好把安娜贝尔放进婴儿床打个盹儿的那一刻。有一次，东家的卧室门敞开着，艾比发现床单皱巴巴的。想到鲍勃和乔安娜共眠的一幕，艾比只好停下脚步，屏住了呼吸。他们是紧紧相偎呢，还是各睡一头呢？她无法想象他们两人仍有鱼水之欢：鲍勃怎么干得出这种事？但她也心知肚明：如果鲍勃突然间变得意兴阑珊的话，乔安娜一定会起疑心的。

这么说来，他们一定还在一起颠鸾倒凤。想到这一点，艾比便一头扎进了死胡同：难道他们会在夜里共赴巫山，而她就在两层楼下？难道鲍勃在与乔安娜缠绵的时候，会把她当作艾比？

想象中的一幕幕令她痛苦难当：这真是最不堪的一种折磨。她想要开口质问鲍勃，却又无力承受真相。再说了，她和鲍勃难得相聚一次（他们时不时偷偷见一会儿），她实在不愿意把良辰美景浪费在吵嘴上面。

于是她开始在夜半时分醒来，拼命按捺住内心汹涌澎湃的冲动——她一心想要偷偷地溜到楼上，瞥一瞥他们的卧室，瞧瞧那两个人是不是正相依相偎。如果两人醒来把她当场抓住的话，那她可以赖在安娜贝尔的头上，声称自己听见小宝宝在哭喊。她到底该不该这么做？

曾经有一次，大约凌晨三点钟，艾比竟然走到了通向东家卧室的楼梯脚下。她站在一片漆黑之中，屏住呼吸，凝听着声响——一点儿动静也没有听到。

要是赶上更心平气和的时候，艾比便说服自己他俩并未同床共枕。鲍勃说不定声称自己很累，要不然就随口胡编些借口。可惜不到一眨眼的工夫，她又动摇起来了：他们可是结了婚的夫妇。要是鲍勃的态度大不如前的话，只怕会招来一场口角，而艾比觉得鲍勃还压根儿没有准备好呢。

不能再琢磨下去了。下次再有机会和鲍勃单独谈话时，她会把这腔心思都告诉他，他们得弄清楚这段地下情会朝哪里走。倘若他要离开乔安娜，也许艾比应该辞了保姆的工作。她仍然可以继续照顾安娜贝尔，但会找个借口辞了全职工作。是时候跟鲍勃谈一谈了，艾比必须开这个口。

但艾比还没来得及找机会告诉鲍勃她想聊一聊，一个周五的上午，一场风波就发生了。当时乔安娜和鲍勃正在往马克杯里灌咖啡；艾比则已经接过了照顾安娜贝尔的担子，正哄着小宝贝儿吃草莓酸奶。

“呜噜噜……”安娜贝尔学着火车的声音说——这声音表示她想跟艾比玩游戏。于是艾比捉着勺子在厨房里东奔西跑，嘴里还学着火车的呜呜声，直到把安娜贝尔哄得哈哈大笑，而艾比趁机眼明手快地将一勺草莓酸奶塞进了宝贝儿嘴里。

乔安娜望着这一幕，摇了摇头。“我不知道你怎么能一整天都这么干。”她说。她的话兴许带着几分恭维之意，但听上去却更像有几分无礼。

艾比咬紧牙关，笑了一笑。最近乔安娜的脾气特别火爆，难道她留意到了艾比和鲍勃之间一触即发的火花？这时宝宝探身想要讨一个吻，艾比打心眼儿里笑了出来：安娜贝尔真是最快活、最柔情蜜意的小孩。

“比-比。”安娜贝尔嘴里叫着。艾比蹭了蹭她的鼻子，闻见了一股草莓味儿和安娜贝尔身上的体香。

“我们得走了。”乔安娜说着将胳膊伸进了大衣的衣袖，又俯下身来说，“亲亲妈妈好吗？”

可安娜贝尔却转开了小脸，脸上还挂着灿烂的笑容。艾比明白，刚刚学步的小朋友大多心思善变，他们的忠心好似风一般来去无踪；只要一个十美分的棒棒糖，说不定就能讨得他们的欢心。可她并未开口告诉乔安娜。“你活该。”艾比心想。

“嗯，宝宝不理我。不过我想，一个家总得有人出外挣钱，养家糊口吧。”乔安娜说。艾比从她的口吻中听出了哽咽，不禁为她难过起来，可是鲍勃偏偏在这时接过了话头。

“嗯，于是我就操持家务。可你从来都不会让我忘记，我才是家里的大男人呢。”他打趣道。

“这你可没说错。”乔安娜的语气很是缠绵。紧接着，就在厨房的正中央，她伸出双臂搂住鲍勃的脖子，当场给了他一吻。

艾比顿时如遭电击。她扭过脸不看乔安娜，手里却还在喂着安娜贝尔。

几分钟后，乔安娜和鲍勃双双出门上班了，艾比胸中的怒火却越燃越烈。她跺着脚在厨房里走来走去，差点儿忍不住把乔安娜的咖啡杯扔进水槽。难道这个贱人就不能自己洗杯子吗？难道她还指望艾比来干这等活？好呀，做你的大头梦去吧。

再说鲍勃——他还真是个窝囊废。就在刚才，他居然不顾艾比有多么委屈，竟然回吻了乔安娜，想要息事宁人。艾比原本一直颇为推崇鲍勃的处世之道：面对千钧一发的局势，鲍勃却一溜烟儿地赶上前去，想方设法平息事端。就在她当上鲍勃家保姆后不久，鲍勃曾经陪艾比和安娜贝尔去过公园一趟，以便给她指路。那里有个小孩正哭个不停，因为他不喜欢保姆给他带的零食。结果鲍勃走过去，拿出一小袋金鱼饼，提议跟小孩换一换。还有一次，建筑承包商在改造楼上那个洗手间时切错了管道，害得水不仅淹了整个二楼，还顺着一架灯具滴进了厨房。结果鲍勃似乎更担心那家伙火冒三丈的老板会不会赶他走人，而不是家里的那堆烂摊子。

“这个没头脑的白痴！”见到家里的一团糟，乔安娜不禁嚷了起来。

“乔安娜，他还是个孩子呢，放他一马吧。”鲍勃说，“他们会修好的，看上去会像新的一样。”

艾比原以为，这一切证明了鲍勃是个好人，可现在她才回过神来：鲍勃不过是害怕争端而已。他曾经告诉艾比，他父母在离婚的时候闹得势如水火，害得他伤痕累累。他声称自己讨厌吵嘴，这一点实在奇怪，因为乔安娜一心钟爱口舌之争。倘若不得不跟某个记者唱对台戏，或者炮轰某个给参议员抹黑的家伙，那她简直如鱼得水。这对夫妻堪称两极相吸的典范，要不然就是，在乔安娜的身上，鲍勃发现了一个又一个平复争端的机会，他因此摇身变成了“和平使者”，而当年他却无力为自己的父母充当这个角色。

鲍勃身上这种和平使者的品质曾经很讨艾比的欢心，可此时此刻，这一点在艾比心里彻底变了个样，成了一个短处。就在刚才，他没有为她遮风挡雨，他并未捍卫与艾比的这段情。

艾比的心中冒出了一个念头。她拿起手机，拨通了皮特的电话号码。

“我一直在想你。”她说。

皮特顿了片刻，随后开口说：“我也一直在想你。”

“要不今晚一起出门吃顿晚餐，好好谈一谈吧。八点半左右，你能来接我吗？”自己居然在利用皮特——艾比的心中涌起了一丝歉意。可正在这时，她又瞥了瞥咖啡杯，望见了乔安娜在杯沿上留下的一个口红印，心中不由又升起了一波妒意，燃起了一股怒火。

艾比心知今晚鲍勃会待在家里：如果他和乔安娜准备出门的话，照惯例来说，两人早就会让她照看孩子了。接下来，艾比做了一连串准备：她洗了安娜贝尔的一堆衣服，把自己最爱的那条牛仔裤也顺带扔进了洗衣机。趁着宝宝打盹儿的时候，她飞快地冲了一个澡，吹干了一头光泽的长发，还每隔几分钟就关掉吹风机，听一听安娜贝尔是不是醒过来了。她穿上牛仔裤，配上一件米色露肩乡村风情衫，一双棕色麂皮及膝高筒靴，又花半个小时精心地上了妆。等到鲍勃回家时，艾比将安娜贝尔递给他就匆匆忙忙地下了楼，并装作没听见他在身后叫她。

到了晚上八点半，艾比准时听见了一阵门铃声，不禁露出了微笑。她并未告诉皮特要绕个弯到地下室门口来找她；艾比知道，皮特自己是不会想到这主意的。

“艾比？有人来访，找你的。”鲍勃的喊声传到了楼下——真是妙极了。

她立刻现了身，把手袋挎在肩上。

“皮特。”艾比感觉有些喘不过气来。艾比原本打算表现出几分心慌意乱的模样，以防鲍勃看出这是她设的局。可是一见到正站在客厅里的皮特，艾比就已经知道无须再演戏了——她感觉十分不对劲儿。她不该给皮特打电话的；她一心想要与之相守的人是鲍勃，她想要依偎在他的胸口，让他轻抚着她的秀发。她能闻见鲍勃备下的晚餐正在散发香味——空气中弥漫着一股肉桂和香菜的味道，也就是说，他很有可能做了一顿印度餐，没有哪家餐馆的珍馐能与之媲美。艾比顿时感到一阵心痛。

“嘿，艾比。”皮特俯身过来，吻了吻艾比的面颊，她花了好大力气才忍住没有往后缩。正在这时，乔安娜一步步下了楼梯，艾比吃惊地抬起了头——她根本没有听见乔安娜的车开回家的声音。不等众人介绍，乔安娜已经径直向皮特伸出了手。今晚的她看上去有些异样，漂亮了几分，一头秀发显得长了些，一条旧牛仔裤无比贴身。乔安娜花在锻炼上的心血没有白费，她的身段跟妙龄十八的少女一般活力四射。

“玩得开心点儿，你们俩。”她说着用肩膀轻轻地挨了挨鲍勃，放声笑了起来。“还记不记得，以前我们一起出门，压根儿没有提前一周安排妥当的时候？”

鲍勃微笑着低头凝望乔安娜，艾比突然感觉胸中一阵翻江倒海。难道鲍勃不在乎她跟另一个男人在一起吗？他只是站在那儿，双手插在衣兜里，仿佛一个逍遥自在的家伙，除了该看哪个付费电视节目之外别无其他烦心事。他和乔安娜会不会一起蜷在沙发上，她还把头搁在他的胸前呢？

“我们该走了。”艾比感觉自己的双肩没精打采地垮了下去。她原本应该跟鲍勃交心，向他吐露心声，结果她却像一个初中生一样耍起了小性子。她活该受罪。

紧接着，正当皮特为她开了门，站到一旁让开道的时候，艾比犯下了那个大错。

“别等我了。”她扭头高喊了一句。她原本想装作开玩笑，没想到，这句话却似往鲍勃的心窝狠狠地戳了一刀，恰恰击中了要害。她眼睁睁地看见鲍勃脸上骤然不见了笑容，而乔安娜正好在这时扭头凝望鲍勃。乔安娜直勾勾地瞪着他，随后又瞪着艾比，最后再扭头对着鲍勃。

那一夜，艾比曾经在脑海中一次次地重温着那一幕，琢磨着自己究竟做了些什么。

周一早晨，凯特在黎明时分醒来，一溜烟儿跑了三公里，不到八点钟便已迈步踏进了办公大楼，跟保安员打了个招呼。电梯间里只有她一个人：也就是说，眼下时间还早着呢。搭乘电梯上了二十七楼，凯特又打开了上锁的双层玻璃门。

她一步步穿过黑暗的走廊，经过了一个个空荡荡的格子间——在担任助理编辑的时候，她就曾经在这些格子间里工作。她在自己用过的办公桌前停下了脚步，回想起那些独自在办公室里度过的清晨，那时她正设法先行一步拔得头筹——不只为那一天开个好头，还要为她的职业生涯开个好头。当时她的工作还比较容易，任务都一条条定得清清楚楚，好似晨跑的终点线。如果想出了一条绝妙的标题，从名人动向和新闻发布会中翻出了一个富有新意的故事，那她就算摘得了胜果。可眼下她坐上了特稿编辑的位置，也就意味着，肩上的担子再也不是清楚明了的条条框框了。要说准某个故事是否还有改进的余地，那真是难上加难。如果凯特能够找到一条魔线，把那些看得过眼的文章与绝妙无比的文章截然分开，那岂不是妙事一桩。

凯特踏进办公室，伸手开了灯。这间办公室算不上格外宽阔，也算不上格外奢华，但很合她的心意。房间的一角有两张低矮的椅子，都没有扶手，正对着彼此——恰是两个人聊天的好去处。凯特并没有在办公室的墙上挂太多画作，也没有配备太多装饰品，因为这间屋子有一扇巨大的窗户，正俯瞰着五十四街，日新月异的城市景观大可尽收眼底。对面的一堵墙边立着排排书架，摆放着一沓沓《格罗斯》杂志的往期刊物。凯特的办公桌上则堆满了文件，其中一些是即将登载在杂志前半部的文章，还需凯特最后再过一次，另一些则是对手杂志的近期刊物，外加一堆经过挑选的期刊和报纸——这些东西真是没完没了。

凯特拿起了一份《纽约时报》，一边浏览着头版头条，一边呷了一口热气腾腾的拿铁咖啡。紧握时事脉搏是从事这份工作必备的素质，作为一名特稿编辑，凯特面临着一项重要的挑战：找到大众热议的话题，然后再玩出一些独家的花样来。不过，一期杂志从制作到出版需要很长一阵子，这也就意味着，凯特的着眼点需要保鲜好几个月，免得其他媒体在《格罗斯》上市前抢先用上了那些点子。这份工作必须掌握精妙的平衡术，不过凯特打心眼儿里爱着它。她喜欢遍寻各家报刊和网站，琢磨着如何把头条新闻大卸八块，就此写出特稿来。比如说，今天的报纸大张旗鼓地刊登了一名政客的风流史：他背着太太劈腿，跟一名应召女郎有了外遇。故事本身倒算不上多么新奇（凯特还想知道：这世界上还有哪位政治家没有把应召女郎的号码放在快捷键里呢？），不过这种故事居然在《纽约时报》上占了如此大的篇幅，则意味着凯特不该掉以轻心。一定找得出某个角度，把这件事跟《格罗斯》的读者联系起来。

她伸手取出铅笔和黄色便笺簿，草草地记下了几笔。“身为女儿。”她写道，还在这些词下面划了两条横线。《格罗斯》杂志号称自己拥有男性读者，也拥有女性读者；实际上，该杂志的大部分读者是二十五岁至四十九岁之间的女性，因此大多数文章都向这个群体倾斜。

如果自己的父亲被牵扯进了一桩这样的桃色丑闻，女儿们会随之卷进什么样的风波呢？凯特用铅笔敲着下唇，琢磨着这个问题能否引出一则故事。两个小时后，她那张黄色便笺纸上已经写满了各式各样的主意，办公室也逐渐骚动起来。走廊里弥漫着新鲜咖啡的味道，同事们一个接一个地经过，还各自聊着自己的周末。凯特抬起手腕，特意看了看表——眼下正是十点钟。

当你获得梦想中的晋升时，人们不会告诉你随之而来的阴暗面。凯特根本不知道该如何应付山姆。她意识到自己必须表明立场，倘若现在松口登载山姆的文章，她将永远摆脱不了“软柿子”的标签。

十点一刻。

当然啦，铁血手段也有问题。山姆在《格罗斯》杂志可不是孤家寡人，他在这儿已经工作近十年了，一年会有四五次担纲重点文章，而奈杰尔显然也很看重他。跟山姆走的最近的人是谁呢？蕾妮应该知道这类小道消息，可惜凯特现在已经来不及问她了。

她也没有时间来料理这个烂摊子。这篇文章得在她前去参加国家杂志奖颁奖礼之前完稿，而今天下午凯特要开一大堆会，因此她特意留出了一上午，用这段时间编辑山姆的文章。这一点，山姆是心知肚明的，凯特也已经跟他交代得很清楚了。

十点二十五分。

山姆竟然真的错过了截稿期限，凯特实在难以置信——这已经是她设下的第三个截稿期限了。凯特受够了。抽一篇常备稿填补空缺吧，从此以后再尽量绕开山姆。仅凭这区区一次风波，凯特可能还没有办法炒山姆的鱿鱼，谁让山姆的表现素来不错呢，不过她可以不把封面故事分派给他。她简直不敢相信山姆摆了自己一道，难道他真以为凯特会乖乖地忍气吞声吗？

凯特刚刚打开电脑，打算写一封邮件给克里斯托弗，告诉他母亲访问香港的事情，耳边却听见一片沙沙声逼近过来。她并没有从电脑屏幕上挪开眼神，手上也没有停，仍然继续敲着字。

“抱歉！”山姆说着冲进了她的办公室。

凯特写完一句话，这才抬起头来。“早上好。”她说。

“稿子在这儿。”山姆打开了公文包，取出一沓纸递了过来。他的脸上挂着微笑，凯特一眼瞧见他的门牙之间嵌了些渣子。“我也会把电子版发给你。”他补充道。

凯特看了看表：眼下是十点五十分。

“现在交稿，可能来不及了吧。”她耸了耸肩膀，将那沓纸扔到办公桌上离她最近的一摞文件里。稿件飘到了地板上，凯特却并没有俯身将它拾起来。

"开玩笑吧？"山姆居然露出了一脸假笑，"你瞧，我按你的要求重写了稿件，我只晚了不到一个小时，还是因为火车今天早上出了故障，我们在路上等了好一会儿。为了这种事，你就要撤掉我的稿吗？"

我太清楚你在打什么小算盘了。凯特想要尖叫着说出这句话，可最终却还是管住了自己。难道山姆乘坐的火车真的出了故障?

当然不是。

"你瞧，我有一大堆工作要做，"凯特说，"我的进度已经跟不上计划了。"她刻意顿了顿，让山姆回味着这句话，"回头我会再联系你，谈谈这篇稿件。"

这下轮到山姆如坐针毡了，这下轮到他去琢磨自己是否太过火了。等到山姆走出办公室，凯特才起身绕过办公桌，拾起了地上的稿件。她拿着那支用于批注的蓝色铅笔，坐下深吸了一口气。私心里，她几乎有些期盼这篇稿件写得一塌糊涂。

至少那样一来，她就清楚该出什么招。

在读大学一年级的时候，蕾妮有个室友每晚只睡六个小时。每逢周末，宿舍里的年轻人通通睡到早上十点、十一点，才迷迷糊糊地起床，甚至有人一觉睡到午时，独独埃洛伊塞总在日出时分就已经起床了。

"难道你不累吗？"有一次，蕾妮在床上翻了个身，一眼看见埃洛伊塞正在读书，一盏小灯悬在厚厚的小说上方。

埃洛伊塞摇了摇头："不累呀，我的体力就这么好，我的爸爸也是一个模子塑出来的。"

"真羡慕死我了。"这句话蕾妮打着大大的哈欠只说了一半，随即翻了个身又睡着了。

想想吧，要是无须睡那么久，那可以做成多少事呀。当时蕾妮曾经这么想过。埃洛伊塞从来无须开夜车准备考试，从来不在早晨的课上打盹儿，也从来无须在头上盖一顶棒球帽，以免让人发现她压根儿没有时间洗澡。

蕾妮爱死睡觉了。即使在最穷困潦倒的时候，她也在互联网上到处搜罗价格优惠的高密度床单，洗涤床上用品时还会在洗衣机里滴上薰衣草精油。她有三个又蓬又软的枕头和一条羽绒被。躺在她的床上，简直就像一脚踏进了一朵云。每逢周日下午，蕾妮酷爱裹着被子窝在床上，床头柜上还搁着一本爱情小说和一杯甘菊茶。阴雨天则更添几分逍遥；但有时遇上阳光明媚的周末下午，当其他人都出门慢跑或扔飞盘的时候，蕾妮却流连着自己的安乐窝——那可真是堕落的日子呀。

眼下，蕾妮已经揭开了埃洛伊塞的秘密，手上突然多出来的时间则意味着：每天早上还没有踏进办公室，她就已经做完了不少事。换上三四套衣服，拉直头发以后，她居然还有时间步行去上班！这一切堪称奇迹。她意识到自己的身子越来越疲惫，通身正在涌起一种刻骨的倦意，但蕾妮知道自己只需要再坚持一阵子。如今她已经能穿上小一号的衣服了，如今的蕾妮正在日渐化身成为梦想中的形象——井井有条、活力十足，而且善于自律。

今天早上五点钟，蕾妮就已经冷不丁睁开了双眼，仿佛耳边突然响起了闹钟的尖叫声。有那么片刻，她不禁怀念起了那些旧时光：那时她懒洋洋地在床上翻着身，把被子一直拉到耳朵上，身子蜷成了一团。曾经，她一心钟爱在朦胧的梦乡边缘游荡，在半梦半醒之间流连。可如今的蕾妮再也不想赖床了，她简直受不了赖在床上。

眼下才到午餐时分，蕾妮一口气赶完的工作量却比以往一整天都大，她甚至还为“热点风尚”页面列出了好一串备选项。《格罗斯》杂志每月都会评出六大产品、时尚潮流和娱乐风尚，而负责列出备选名单的人正是蕾妮。有时候，备选项根本不用动脑子：比如据预测，某部电影将于本月成为票房大片，那就登一张该片的明星照；碧昂斯发行新专辑，那就登一张她在舞台上摇摆的照片。不过，有些备选项就得花点儿心思了，比如要记得两位女艺人都曾经在照片里穿着长围巾搭配毛边牛仔短裤——这样一来，蕾妮才可以理直气壮地将“长围巾搭配毛边牛仔短裤”当作一种潮流。奈杰尔喜欢为“热点风尚”页面列出十五个备选项，以便在落选的那些倒霉蛋上面画个大“×”：这个举动还真隐隐透出几分施虐狂的气息。不过，本月蕾妮一口气为他列出了二十二个备选项。

她站起身，伸了伸懒腰，瞥了瞥窗外。这一天冷飕飕又灰蒙蒙，但蕾妮还是换上了自己一直藏在办公桌下的平底鞋下了楼。她穿过一扇扇玻璃门，绕着这个街区走了起来。走下五十四街，迈向第六大道时，她看了看表。沉沉的空气略带雨意，但蕾妮一心只想着打破自己的纪录：在一小时内走上十四圈。在多年逼着自己锻炼以后，蕾妮已经摇身变成了她一度艳羡的女人：如今的她已经离不开走路锻炼了。偶尔跟人一起会面吃午餐时，她会一边在自己的碟子里来回扒拉着沙拉，一边在餐桌下的地板上不停地悄悄踏着脚，仿佛那双脚正在排练，只等着再次带她前进的那一刻。

她穿过人群，人们一个个从她的身边经过，一张张面孔也逐渐淡出眼帘。她已经走了十三圈了。蕾妮瞟了瞟手表，加快了脚步。她还有八分钟，她能破纪录！她的心脏怦怦直跳，一口接一口地喘着气。风势渐渐变猛，蕾妮低下头，迎着风奋力甩动着双臂。

绕过拐角，开始走第十五圈时，一滴雨溅在了她的头发上。蕾妮才迈出了十几步，雨点已经哗啦啦地下个不停。在蕾妮四周，人们纷纷用报纸遮住了头，要不然就撑开了雨伞，她却把头埋得更低，继续迈步往前走着。她不能现在回头，她马上就要破纪录了。蕾妮把胳膊甩得更快了些，大口地吸着气。路上经过一个热狗摊时，缕缕蒸汽袅袅地飘到了她的身边，她吸进了几口熟肉的味道，顿时想起：自己曾经爱把热狗当午餐吃，那粉嘟嘟、有嚼头的肉上面盖着一层厚厚的芥末和佐料。一时间，蕾妮感觉差点儿呕吐。她又继续向前迈着步子，沾了雨的脸颊变得滑溜溜的，头发也一团糟，她却一心关注着手表的秒针和面前灰扑扑的人行道。

紧接着，人行道冷不丁向她的脸贴了过来。她眨了几下眼睛，随后回过了神：她正躺在地上，右手臂别扭地弯在身下。

“你没事吧？”有个女人开口问道，声音听上去似乎很遥远。蕾妮可以瞧见自己的周围聚起了一双双鞋，有黑色高跟鞋，花花绿绿的运动鞋，还有闪亮的正装男鞋。

一个男人在她的身边蹲下了，蕾妮感觉到他的一只手搭上了自己的胳膊：“你是不是患有癫痫？要不然你怀孕了？”

蕾妮刚刚摇摇头，却又顿觉后悔起来。她努力想要站起身，但两只手掌痛得很，根本不听使唤。于是她翻了个身面朝天空，换成了坐地的姿势。

“先不要忙着站起来。”那人说，“我是看着你摔倒的，依我看，你并没有撞到头，不过你还是该去查一查。”她又眨了眨眼睛，那人的面孔逐渐变得清晰了：一头灰白的头发配上灰白的大胡子，架着一副黑框眼镜，正用一把红伞遮着他们两个人。其他人发觉风波已然平息，已经一个个走开了。

“我的手袋。”蕾妮的话似乎在嘴里打转，舌头又僵又不听使唤。她的包飞到了前方几英尺外的地方，包里的物件一股脑儿散到了人行道上。

“我去拿来给你吧，我有个女儿跟你差不多年纪。”那人说道，仿佛还得哄哄蕾妮，才能让她相信他。蕾妮差点儿笑出了声：如果他真是个贼的话，说不定会被她钱包里那张皱巴巴的五美元和一堆优惠券害得失望透顶呢。但这时疼痛一波波席卷了她，嗓子眼儿里还有种作呕的感觉。蕾妮擦伤了膝盖，扭了一只脚的脚踝，浑身关节也疼痛不已，这情形仿佛表示她不仅一跤跌过了人行道，还一跤越过了时空，突然间摇身变成了八十岁的老人家。

男人把蕾妮的东西放回她的手袋里：她的太阳镜、钱包、一管管化妆品、一个白色塑料套包着的卫生棉条（明眼人一瞧就知道是个什么东西），还有她的药瓶。他的手分明犹豫了片刻，蕾妮发现他将药瓶凑近了仔细打量着。

“你是不是忘了吃药？”他一边问，一边走回去帮她站起身，随后举起药瓶晃了晃，“你要吃片药吗？”

“不，不用。”蕾妮说。她还有些站不稳，幸亏刚才换上了平底鞋，真是谢天谢地。“这只是减肥药。”

那人把药瓶放回了她的手袋。“说不定就是这些药闯了祸，害你晕倒的。”他说。

“我不过是绊了一跤。”蕾妮说起了谎话，“真的，我没事。”她露出灿烂的笑容，接过了手袋。

那位路人摇摇头，刚要开口说句话，突然又改了主意；当然，或许他根本没有空聊天。他把手袋递给她，片刻之后，这位路人和他那把鲜艳的伞便消失在了横穿五十四街的汹涌人潮中。

蕾妮回到办公桌旁，在双膝贴上了创可贴，又补了补妆，这才意识到一件事：自从昨天下午以来，她还没有吃过一点儿东西呢，难怪会晕过去。于是她去了餐厅，直勾勾地盯着正在加热的汉堡包和比萨饼，却无法想象自己怎么能把如此油腻的东西吃下肚去。最后她点了一碗鸡汤面，逼着自己吃得一滴不剩。从现在开始，她得提醒自己要进食了。

她在心中反复咀嚼着那句光彩逼人的话，细细品味着每一个字：“我得提醒自己要进食了。”

回格子间的路上，蕾妮不禁回想起自己曾经浪费了多少时间一心想着各种美食（如果把那些时间加起来，恐怕是好几个月呢），回想着因为无法控制食欲，自己曾经是多么憎恶自己。有多少个早晨，她在体重秤带来的坏消息中开启了新的一天；有多少个夜晚，她一边沉入梦乡，一边为一勺冰激凌或一大碗意大利面备感自责——她的生活原本可能是另一副模样。这些让人骨感又快乐的药丸真是一个奇迹。

蕾妮在办公桌旁坐下点击鼠标，擦破皮的膝盖也跟着动了动，她不禁疼得龇牙咧嘴。电脑屏幕从休眠状态中激活，弹出了十几条新信息，其中包括一条贝卡发来的讯息，还附有一趟从堪萨斯城起飞的航班的链接。这趟航班直抵肯尼迪国际机场，起飞时间在几个星期以后。贝卡准备于周四下午抵达，会一直待到周日傍晚。

*这个计划妥当吗？*贝卡在信中写道，*如果妥当的话，你能推荐一家酒店吗？*

*当然妥当。*蕾妮回信道。她附上了几家中等价位酒店的链接。贝卡要住三个晚上，也就是说，蕾妮将承担的费用接近四百美金。她想象着打开自家的大门一眼望见贝卡站在门外的情景，不禁寻思她们两个人怎样才能一起熬过那么多个小时。贝卡是打算独自一个人探索这座城市，还是希望蕾妮请假一直陪着她呢？蕾妮的假期已经不多了，再说她还要留着假期回家过节呢。另外，眼下她基本算是承担了两份工作：她想要把推特、Facebook和博客一个不漏全都打理好，因此，她在社交媒体的活动上花的时间也越来越多。她得想个法子出来，要么早点儿收工，要么跟贝卡共进

午餐，也许还可以偷偷地把贝卡带进某场新闻发布会。她还要为那个周末想出一串又省钱又好玩的活动，比如游览观光、买打折票去外百老汇[1]看表演等等，这样一来，万一两个人聊天时跟电话上一样尴尬，那她们总算还有别的事可以忙。

蕾妮揉揉太阳穴治了治头痛，又逼着自己继续工作。她浏览着杰西卡在Facebook上的主页，注意到了一件事：迄今为止，她有一百二十六个好友。今天早上，杰西卡更新了状态，让大家说一说手袋里总会带着哪种美容产品。她只收到了三条评论，其中一条写着："带着凡士林，因为该产品对付干裂的嘴唇真的很有效。我的评论给你帮上忙了吗？爱你的姑妈瑞伊。"

想到奈杰尔在读到这条评论时会摆出一张什么样的臭脸，蕾妮咬着嘴唇憋住了笑：可怜的杰西卡呀。

页面一角的某样东西吸引了她的目光。那是一条引人注目的广告语，其标题黑底红字，字体显得颇为优雅：您一心痴迷美容吗？请点击此处。

蕾妮乖乖地点击了一下，发现自己已经链接到了黛安的Facebook页面上。黛安已经有六百一十七个好友了，几乎是蕾妮的两倍。

蕾妮一屁股坐回椅子上，直勾勾地盯着屏幕。这么说来，黛安居然在Facebook上打了广告，她一定是自己掏腰包付的钱。蕾妮知道，黛安那位身为华尔街交易员的未婚夫刚购进了一套两居室的公寓，黛安已经搬进去与他同住了。因此，就算蕾妮和黛安的薪水一样多，黛安可花的钱却比蕾妮多得多。蕾妮又想到那场眼影刷新闻发布会，回忆起了自己望见的一幕：黛安站在室外，戴着一副超大型名牌太阳镜，叫了一辆出租车回到

---

① 原文为off Broadway，即百老汇以外之意，泛指在百老汇以外纽约其他地区上演的戏剧。

《格罗斯》杂志社。蕾妮眼睁睁地看着她钻进那辆黄色出租车，自己则掉头走了三个街区去搭地铁。

论财力，蕾妮拼不过黛安；论计谋，蕾妮也比不上黛安，因此她只能使劲儿干活，借此超过黛安。蕾妮将手伸进手袋，取出一颗止痛剂吞下，又取出一颗减肥药吞下——倒不是因为她又有了胃口，而是因为她需要补补脑力。一定得写出一篇绝妙无比的博客文章和一篇Facebook帖子，掀起一场热热闹闹的讨论。或者，也许她应该先料理Facebook，设法灭一灭黛安的气焰？

要是脑袋不再这么疼，那就太好了。

蕾妮想起了上周末在杂货店里见到的一位妈妈，那位妈妈正千方百计想让拼命挣扎的宝宝乖乖地坐在购物车里，同时却还要将另一个幼子从糖果旁边拉开。只要那位妈妈放开男孩的手，往购物车里装些东西，那孩子就一溜烟儿奔向付款通道旁边摆放的糖果。妈妈迈开脚步跟着他追，可购物车里那个蹒跚学步的小家伙又试着想要站起来。那位妈妈总算制住了两个捣蛋鬼，正伸出手打算取一盒米，却一不小心把好几个盒子碰到了地上。

“住手！”那位妈妈终于忍不住喊出了声，她看上去显得如此不堪重负，“大家都给我住手！”

此时此刻，蕾妮深知她的感受。

# 第二十章
# 焦虑的出口

泰式咖喱鸡好端端地吃到一半，艾比的良心却浮出了水面。

皮特正谈着他们俩如何到加勒比海度假，并描绘了一幅幅美好的景象，比如潜水、沙滩、在日落时分品味菠萝鸡尾酒。艾比却只是机械地点点头，几乎一声不吭。她的眼前反复浮现出乔安娜脸上的表情——乔安娜先紧盯着鲍勃，随后又盯着艾比。毋庸置疑，乔安娜一定起疑心了。也许艾比潜意识里就想走到这一步：她正变得越来越不安分，再说她很讨厌自己必须藏起对鲍勃的一片痴心。倘若不爱乔安娜的话，那他必须做出抉择——艾比绝不会变成那种跟已婚男人纠缠不休的女人，也不会为了一个空头支票似的未来虚掷多年时光。

轮到艾比推动下一步了。

“也许到春天。”皮特还在说。对他而言，他们两个人仿佛从未分过手，他似乎并不想盘问艾比为什么提分手，也不想问今天晚上她为什么又突然想见面。曾经，艾比感觉在电影话题上跟皮特说不到一块儿去，而此时此刻，这种隔膜感更加强烈：她觉得自己十分孤独。

“到时候那里还冷得厉害，我们那一趟一定去得很值，因为不会有太多人。”皮特说。他的下巴上沾了一小滴橙色沙爹酱，看着它，艾比忍不住感觉阵阵心酸。皮特是个好人，而她竟然如此待他。

“滋味不错。”他靠在椅背上，拍了拍肚皮，“你不饿吗？你几乎没怎么吃呢。”

她忍不住流出了眼泪。

“哇，宝贝儿。”皮特说。他把自己的餐巾递给她，谁知餐巾上也沾了污渍，于是她哭得更厉害了。“你没事吧？”

“我受不了了。”她这句话指的是所有的一切——跟皮特约会、与鲍勃偷情，还要苦苦忍受鲍勃和乔安娜翻云覆雨的场景。

“艾比，你是什么意思？”皮特皱起了眉头，“如果你不想去度假的话，我们并不是非去不可啊。”

“不是那么回事。”她说。

一名侍者上前收拾了他们俩的盘碟，瞥了瞥两人的面孔，抬脚走开了。

“那是怎么回事呢？”他眯起了眼睛，“出现了第三者？”

艾比闭上了眼睛。“没有。”她撒谎道。

皮特开车送她回家，两人又在车里聊了一小时。他的皮卡一直没有熄火，就在屋前歇着。皮特一遍遍地盘问着她，活像一名检察官千方百计要从证词里找出漏洞。

“你还爱我，”他说，“你不是这么告诉我的吗？”

“可我并不爱你。”艾比绕开了问题。

他用两只拳头捶打着方向盘——他下手并不重，不过那手势意味着满腔怒火，她还看见皮特脖子上有根血管正在抽动。“刚才你打电话过来的时候，你说今晚想要见我，你明明还说你一直在想我，你为什么这么说？”皮特质问道。

“皮特，很对不起。”艾比只觉得嗓子哽咽了。她曾经在皮特的身上百般找碴儿，因为他未曾读懂她的心，可是此时此刻，她却在狠狠地蹂躏他的一颗心。“我真不该打电话给你，当时只是一时冲动，是我考虑不周。”

“告诉我为什么，”他说，“给我一个理由。你是想结婚成家吗？”

“是的。”艾比心想，“但新郎并不是你。”

她终于伸手打开了车门，皮特从座位上蹭过来，用双臂拥着她。艾比转身任由他给了一个吻，却并未回吻他。

“艾比。”他说着用前额抵着她的额头，“我不能失去你，我需要你。”

在他对她说过的话之中，这也许是最情意绵绵的一句，但她能闻出他的呼吸里带着泰式菜的味道，所以突然之间竟想作呕。她再次伸手去拉车门的把手，但他俯身又吻了她，嘴唇狠狠地抵着她的唇，她感到一阵疼痛。

“皮特，停下。”她说着挣脱了身子。

“跟我回家吧。”他说。他大口喘着气，攥住她的一只手，她想要抽回手来，但他攥得实在太紧了。“就今天晚上。我们已经很久没有在一起了。”

难道他真以为一夜风流就能解决眼前的问题？即使并未倾心于鲍勃，她也绝不会与皮特厮守终生。他那有力的手将她的手指捏得逐渐麻木了。“我得走了，”她叫道，“皮特，放开我！”

他低下头，露出了一脸惊讶，仿佛才发现自己正握着她的手。他放开艾比的手，宽阔的肩膀无力地耷拉了下去。他脸上的表情是如此黯然，她不由补了一句话：“明天我会给你打电话的。”

这真是最不堪的承诺——她明知自己不应该拖泥带水——但眼下总得想个法子下车吧。

“艾比。”他说。她打开车门回头望了望，却并未看懂他那双黑眼睛里的神情。“如果真有另一个男人的话……我会为你而战。”

她关上车门，想要加快脚步，可惜靴子的高跟陷进了草坪的软泥里，仿佛它也站在皮特那边，正千方百计想要挽留住她。她总算来到了屋前过道。她迈步走向房屋，又拐上了通往地下室入口的小道。就在这时，她抬头望了望鲍勃和乔安娜的卧室窗户——艾比敢发誓，在那一瞬间，她望见窗帘动了动，仿佛有人正站在那儿凝神观望。

凯特心里寻思着即将来临的一夜，俯身贴近了镜子，用一只睫毛夹夹住一排上睫毛——这只夹睫毛的玩意儿看上去还颇有几分中世纪刑具的韵味呢。几小时前，她已抵达了华盛顿，准备出席国家杂志奖的颁奖典礼。真是谢天谢地，奈杰尔乘坐的是稍晚一点儿的一班火车。不过几分钟以前，他发了一条短信给凯特，提议她到他的房间去，在“赶赴盛宴之前喝上一杯”。她赶紧回了条短信，声称自己刚从酒店健身房回来，只怕少不得要冲个澡。

不过说实话，眼下她已经穿上了那条深蓝色的缎子紧身连衣裙。当初这件衣服挂在衣架上，看上去深具迷人的奥黛丽·赫本式气质。女店员热情得不得了，结果凯特当真把这条裙子买回了家，尽管她有点儿担心：这条裙子是如此素淡，遇上大场面的话，可能会显得过于朴素。除了热情的女店员，当时还得加上一条：凯特打心眼儿里讨厌购物（她可从未向杂志界的同事们透露过这个风声）。倘若可行的话，她宁愿穿牛仔裤，配上柔软的旧T恤过一辈子。为了弥补礼服的不足，凯特今晚的妆容比平常要浓一些：在眼部画上了烟熏妆，双颊扑了一抹古铜色，将弯弯的睫毛涂上了睫毛膏，再给双唇抹上浅粉色唇彩。

她细细端详着镜中的身影，又用纸巾擦了擦眼线。说起来，凯特并非化妆品的狂热拥趸，不过她要是胆敢走漏这个口风，只怕会被整个杂志界敲锣打鼓地轰出去。要不然的话，至少会被逼着跳槽到《家居与园艺》杂志吧。

晚餐时段是无法躲开奈杰尔了，颁奖礼无疑会一口气开上几个小时。凯特突然极为渴盼打电话请个病假，把今晚余下的时光都消磨在W酒店这间豪华客房里，一边观赏黑白老电影，一边将迷你吧里的美食当作零食吃掉——破天荒第一遭，腰果、巧克力豆和亨弗莱·鲍嘉的组合显得如此诱人呢。

可她偏偏是堂堂的特稿编辑，就算担不起这个头衔，一时间又不在状态（尤其因为那些事情），她也必须尽职尽责。她要去与人握手结交，发一沓名片出去，也收一沓名片回来，脸上挂着微笑，熬过这一夜。在那之后，再想法子处理山姆的稿件吧。

山姆的稿件并非十全十美，却还算得上不错，凯特也就更加为难了。他在稿件中仍然保留了太多统计数据，但也按照凯特的要求，加写了那位妻子的个人经历。这篇稿子原本有可能被看作一种折中，凯特也许能凑合过去，只可惜那样一来，就意味着她不作声地原谅了山姆误时一事。

要编辑完山姆的稿子，至少还需要一个星期。到时候，为了一丁点儿修改，她和山姆只怕会不可避免地争个头破血流，凯特可实在不愿意陷入这样一场苦战之中。也许还是撤稿，再换上一篇常备稿才能一了百了。倘若不表明立场的话，山姆会一直把她当作“软柿子”捏，说不定最后会害她丢了这份工作。

还有一件事凯特不愿意承认：她实在拿不准自己的判断是对是错。这个故事究竟该不该多放一些统计数据呢？那位妻子的个人经历是否占了太重的篇幅呢？山姆居然害得她质疑自己，凯特打心眼儿里不喜欢这种事。

她伸手揉了揉脖子——显而易见，憋着的一肚子气已经害得她全身不舒服了。不管发生什么事，那篇关于瑞丝·莫斯的报道都将是下一期杂志里最抢眼的文章，它必须挑起大梁。上帝呀，这次特里可一定得拿出一篇让人惊艳的稿件。

凯特叹了口气，拿起珠绣钱包，蹬上高跟鞋，对着镜中的自己望了最后一眼：镜中人挽起了一头秀发，裸露的香肩上方摇荡着一对耳环。凯特将一张信用卡、房间钥匙、手机和香奈尔唇彩通通放进了手袋，拿起披肩乘电梯到了大堂，闪身钻进了一辆正在等待的出租车。

一刻钟后，出租车停在了万豪酒店门前。凯特迈步踏进了接待处，几名摄影师咔嚓咔嚓对着她猛拍了一阵。别臭美了，这些照片绝不会登在报纸杂志上——凯特心知肚明。摄影师们大驾光临，是为了抢拍即将出席颁奖礼的明星，这地方可有不少有头有脸的明星呢。凯特放眼扫视着人潮，发现一群群人正簇拥着芭芭拉·沃尔特斯、波姬·小丝、阿伦·索尔金和瓦莱丽·伯提内莉。有个身材高大的金发男子看上去略有几分眼熟，凯特终于想起自己曾在某个电视节目中见过他；还有一个女演员，凯特曾经看过她演的电影，因此眼前不禁闪过了她在剧中充满激情的床戏。要是因为某个角色拍了裸戏的话，从此以后，不管遇上谁，对方都会不由自主地想：“我见过你光身子的模样！”他们边想边傻笑，而你又心知肚明——

那种感觉一定很怪吧。

凯特不停打量着整间屋子，感觉自己满心羞怯。这里有这么多人，一个个看上去都聊得入迷。房间两头各有一个大吧台，提供葡萄酒、马提尼酒和威士忌。侍者穿过拥挤的人群，手中的托盘盛着酸橙汁腌海鲜，香煎扇贝，还有浇上了树莓酱、只有丁点儿大的烤布里乳酪。凯特逼着自己抬起下巴，迈步走下台阶，施施然来到一个吧台前端起一杯饮料，暗自希望发现几张相识的面孔。凯特正站在台阶底，突然一眼瞧见了大卫——大卫是《格罗斯》杂志的摄影师，正是这家伙在特里举办宴会那晚从蕾妮的屁股上揩了一把油，当时艾比才刚抵达纽约。似乎已经过去很久了。凯特心想。她抬起一只手向大卫挥了挥，他便甩掉了身边的人群，朝凯特迎了上来。

这是当晚第一个让人称心的惊喜。

颁奖礼并不像凯特预料的那么糟糕。她原本准备应付一道道难吃的菜肴，还有一串没劲儿透了的演讲，但席上的烟熏味辣椒蟹饼尝起来松软柔滑，侍者来来往往，端着一盘盘灰雁马提尼酒。没错，凯特只能坐在奈杰尔身旁，幸好他正忙着讨好坐在右侧的嘉宾——对方是来自通用磨坊公司的广告大主顾。至于凯特，她和《格罗斯》杂志的其他雇员一边品尝着道道佳肴，一边谈笑风生。

当《名利场》杂志力压《格罗斯》杂志获得杰出杂志奖时，凯特礼貌地鼓了鼓掌；当《格罗斯》杂志赢得简介类杰出写作奖时，凯特鼓掌鼓得更加用力；当宣布杰出报道奖的入围者，主持人提到特里的名字时，凯特差点儿把杯中的饮品泼出来。特里入围的那篇文章描写了一名徒步旅行者在长达一百英里的独自跋涉中摔倒，因此扭伤脚踝而受困的故事。

还用说嘛，特里当然会出席。在过去的三四年中，他只怕每年都荣获提名。凯特记得他过去至少得过一次奖，尽管她不敢肯定。特里大步流星地上台领了奖（那奖杯是个大号的金属物件，看上去活像一件武器，或者像现代艺术博物馆里的一件展品。当然，那玩意儿也有可能身兼两职），凯特便一个劲儿地鼓掌，直到手痛方才罢休。

又经过了几轮演讲，颁奖礼才好歹结束了。人们从一张张圆桌旁站起身，房间前端那块巨大的电视屏幕原本亮着入围者和最终获奖者的名字，现在则变得一片漆黑。凯特本来挺怕这一夜，谁知它却如此虎头蛇尾，她不禁暗暗期盼回到自己的房间。眼下还不算太晚，她可以享受一个暖融融的泡泡浴（她在酒店浴室里瞧见了泡泡浴用品呢），再读会儿书，美美地睡上一觉。明天早点儿醒来去慢跑，一路跑到华盛顿纪念碑，沿着花园周边几何线条般的小径直奔国会大厦。也许，在城市的心脏地带，在那精心设计的建筑中，她能理出点儿头绪，想清楚如何处理山姆的文章。

正在这时，奈杰尔向她俯过身来，凯特从他的呼吸中闻到了威士忌和香烟的酸味。她躲了躲，但他并没有察觉。“我们要去大堂旁边的吧台喝几杯。”他说。

通用磨坊的那位广告大主顾正听着凯特的回答呢，他的太太也一样。

“太好啦。”凯特说着挤出了一抹微笑。

她跟着奈杰尔出了宴会厅，穿过宽阔的大堂，到了吧台。周遭的光线暗得让人吓一跳，那光景活像有人在酒店灯火辉煌的入口旁挖了一个洞，又摆上些矮桌和充当座椅的皮革小方块儿。奈杰尔将众人引到了深处的一个卡座，他走到一旁让凯特先落座，还把一只手搁在了她的后背上。

凯特顿时感觉浑身起了一层鸡皮疙瘩。奈杰尔的手只在她的背上搁了几秒钟，但她感觉得到那只手留下的烙印。奈杰尔动身去吧台点酒水，那位广告大主顾则向凯特扭过了头。此人名叫罗恩，是个膀大腰圆的家伙，长着红彤彤的双颊。

“刚才在那边，我们几乎都没有什么机会聊天。”他边说边松开了领带，“再跟我说一遍吧，你在杂志担任什么职位？”

“我是特稿编辑。”凯特说。

“真了不起，你还这么年轻！”罗恩的太太黛比接过了话头。她身材娇小，长着一头黑发，嗓音低沉，笑口常开，凯特一下子就喜欢上了她。

凯特压根儿不知道如何回答黛比（是不是该应景点上一杯跟童星秀兰·邓波儿同名的饮品呢），因此换了话题。

“你们住在纽约吗？”她问道。

“住在新泽西州的梅普尔伍德。”黛比说，“罗恩时常出差，他在城里有间办公室，不过一周大概只在那儿待上一天。我们的邻里关系很和谐，有个大花园和院子。我家有四个十多岁的孩子呢，那个院子可真是少不了，相信我。”

“听上去真不错。”凯特说的是真心话。一屋子的孩子，一个开满鲜花的花园……她也想在将来的某一天过上这样的生活。

奈杰尔端着饮品回来了。“你喝的是金汤力？”他把一杯酒递给凯特，嘴里问道。

“其实这是我的酒，你点的是星钻鸡尾酒，对吧？”罗恩将星钻鸡尾酒递给凯特，又伸手去接她另一只手中端着的金汤力。正在这时，她注意到了罗恩手上硕大的毕业银戒。凯特直勾勾地盯着那枚戒指，好一会儿没有挪开眼神。

“俄亥俄州立大学，”罗恩追随着她的目光，嘴里说道，“今年春天，我们就要开第二十五届同学会啦。”

“我们怎么变得这么老了？”黛比边说边笑，“我们就是在大学里相识的。”

“是吗？”奈杰尔一屁股坐在凯特身旁。她稍稍向一旁挪了挪，想要离奈杰尔远一些。

“当时的情形还蛮有趣……”罗恩开了口。

“我们第一次见面的时候，我可真是打心眼儿里恨他。”黛比熟门熟路地插了嘴——这个故事显然已经讲过许多遍了。

“可等到我们第一次约会结束的时候，她就已经逃不出我的手掌心了。”罗恩打趣道。黛比闻言翻了个白眼儿。

俄亥俄州立大学。凯特尽力不露声色。奈杰尔不会记得她在哪里上大学，对吧？也许她该说几句话：万一他确实记得她的母校，却发现她一声不吭，心里一定会纳闷儿的。黛比和罗恩比她大了十岁还不止，他们与凯特永远不会有什么交集。再说他们上学那会儿，蒂莫西还没有教书呢，他自己还在当学生……哦，上帝呀，他说不定跟这两人同班。他们会不会认识他？关于蒂莫西的流言会不会从一个同学传到另一个同学，一路传到了罗恩和黛比的耳朵里？

不，这个念头纯属犯傻，俄亥俄州立大学可大着呢。不过，她还是必须让他们换个话题。

“听上去似乎很有意思。”奈杰尔说着呷了一口酒，伸出一只手臂摊在卡座上。他并未挨到凯特，但那姿态仍然显得太过亲热。凯特的身上泛起了一层鸡皮疙瘩，感觉自己的双颊有点儿发烧。此时她待在卡座的角落里，身边就是墙壁，真是进也不是，退也不是。她离奈杰尔的腋窝只有几英寸，而罗恩每次端起酒杯时，手上的戒指便耀花了凯特的眼睛。她端起自己那杯鸡尾酒，喝了一大口：如果她三两口就结果了一杯酒，也许其他人会跟着她学，这场酒会也就能早些收场。

“现在你一定要跟我们讲讲，”奈杰尔说，“初次见面时，你是怎么得罪黛比的呢？”

“哦，你站到她那边去了，真是理所当然哪。”罗恩说着露齿而笑，“其实吧，我也经常站在她那边。结婚二十二年以后，你就学到了一些道理，这一条可是响当当的头号准则。”

“太太永远是对的？”奈杰尔打趣道。

“我还真喜欢这条准则。”凯特淡淡地说，“顺便说一声，有谁读过特里·沃特金斯获奖的那篇文章吗？眼下他正在为我们杂志写一篇稿呢。”

话头转得确有几分突兀，但凯特再也没有别的招了。她好歹将谈话导入了正轨，还让罗恩知道《格罗斯》杂志差遣了一名人气正旺的记者——奈杰尔可挑不出什么刺来。可惜奈杰尔举起了一只手，仿佛在让她住口。“等一下，凯特，我想先听听罗恩的故事。”

“大四那年，我住在学生宿舍里……”

“在一场联谊会上，他居然从女舍监那儿借来了一条看上去可怜巴巴的比格犬……”

黛比说着狠狠地拍了拍罗恩的肩膀。罗恩怜爱地说：“那条狗可招小妞喜欢了。”

“当时我也养着一条狗，是几个星期前在街上发现的一只流浪狗，名叫玛姬，是条混血犬。”黛比说，“我把它藏在宿舍里，准备熬到回家度假的时候，冷不丁把它塞给我父母。”

“她的小狗没有绝育，”罗恩接口说，“被我的比格犬……发现了。”

“结果呢，我对他说的第一句话就是：‘你的狗在调戏我的狗！’他只是哈哈大笑！”

“确实很好笑，”罗恩说，“我那条狗的个头大约只有她那条狗的四分之一，当时它正对着人家狗女士的脚踝意图不轨呢。”

“那条可不是你的狗。”黛比一针见血地说，“它是你的泡妞搭档，你拿人家当枪使呢。”

奈杰尔闻言哈哈大笑，笑得不得不放下了手中的酒杯，凯特也逼着自己加入了他们的行列。

“于是她气势汹汹地冲过来，嘴里还骂我：‘让你的狗把它那口红一般细的老二乖乖收回去！’结果那条狗和我直勾勾地瞪着她们的背影，我们两个都被迷得神魂颠倒了。”

“当天晚上，他们就到我的宿舍来了。他给我带来了一束雏菊，至于他的狗——他从别人那儿借来的那只狗，给玛姬带来了一块骨头。”

“三年后，我们两个人结成了夫妇，玛姬走过红毯，脖子上的丝带系着一对戒指。”罗恩说。

“妙极了。”奈杰尔说。

“天哪，我真怀念大学。”黛比说，“我们家的老大明年就要去上大学了。”

“俄亥俄州立迎来了新一代？”奈杰尔问道。

凯特感觉自己活像被牢牢绑在了一辆汽车的副驾驶座上，正眼睁睁地看着它沿着一条不归路高速奔驰，却压根儿无力阻拦。看来是休想摆脱“俄亥俄州立”这个话题了，自个儿迟早要落个粉身碎骨。凯特发觉自己的手抖得厉害，杯中的冰块儿正在小声地咔嗒作响。

谁知奇迹般地，黛比摇了摇头说：“她会去茱莉亚音乐学院，她学的是钢琴。”

“棒极了！”凯特脱口而出，声音无比响亮，在座所有人都扭头盯着她。“我真是打心眼儿里钦佩音乐家，”她说，“我，啊，一直希望自己能有这样的才华。”

“我叔叔是一名萨克斯管演奏家，”罗恩说，“我们觉得她是从我叔叔那里继承了才华。”

凯特一屁股瘫倒在卡座上——这可绝非明智之举，因为眼下她离奈杰尔的胳膊又近了几分，他的手臂不时拂过她的秀发。“我去再叫一轮酒来，”他说，“凯特，再喝一杯星钻鸡尾酒吗？”

她点了点头。她还有的选吗？罗恩和黛比的人品好得不得了（身为有钱有势的人，他们显得十分坦诚低调），可凯特一心盼着就此收场。累积的压力已经变成了一副重担，她只觉得筋疲力尽，就算是才跑完一场马拉松也不会这么累。就在刚才，蟹饼尝起来还显得新鲜清淡，此刻却似乎变成了千斤巨石。

“其实，我们这就要告辞了。”罗恩边说边瞟了瞟黛比，她点了点头。“今晚过得十分愉快。凯特，非常荣幸与你做伴。”他又说。

众人纷纷握手道别，罗恩和黛比起身离开，奈杰尔也跟着溜出了卡座。凯特作势要跟他一起去点酒，他却说“星钻鸡尾酒，马上就来”，随后走向了酒吧。

不可能这么倒霉吧。她还以为自己总算逃过了一劫，谁知天上又降下了一场横祸。对凯特来说，天底下最讨厌的一件事就是坐在奈杰尔身旁，还要忍受他使出并不高明的手段，试图让人拜倒在他的魅力之下。奈杰尔是她的顶头上司，凯特不得不受这份苦，不过她暗自发誓，只要奈杰尔稍有不轨，她手里的酒就会毫不客气地泼到他的脸上。

奈杰尔回来了，他并没有坐到凯特对面的空座上，却再一次挨着她坐了下来。这一次，凯特故意往旁边挪了挪，把钱包放在了两人中间。

“干杯。”他说着跟凯特碰了碰杯。

“特稿写作奖真是让人激动啊。”凯特把话头转到了工作上——本该如此嘛。

奈杰尔点点头，又喝了一口。今晚他喝了多少杯？如果他在宴会前就已经喝过几杯，那他一定已经喝五六杯了。凯特又往一旁挪了一英寸。再也挪不成了，她已经抵上墙了。她还从未犯过幽闭恐惧症，但此时此刻，她几乎有些惊慌失措。她心中有股冲动要推开奈杰尔，穿过酒店大堂，一路奔出门，奔进清新的夜晚空气中，但最终还是努力按下了这个念头。她再次想起了山姆的文章，又想起奈杰尔在她俯身越过办公桌时那声暧昧的低吟，不由得双手生汗，差点儿摔了拿着的玻璃杯。她做不到，她无法安坐在他身旁彬彬有礼地聊天，她无法……

“嘿。”

听到这熟悉的声音，凯特猛地抬起了头。

奈杰尔站起身，伸手拍了拍特里的肩膀说：“恭喜！奖杯在哪里呢？”

“我把它放在房间里了，那玩意儿看上去像一件要人命的武器，我担心带着它四处晃悠会被抓起来。”特里说。凯特闻言眨了眨眼——他这句玩笑话居然跟她刚才的想法不谋而合。

“跟我们一起喝一杯吗？”奈杰尔问。

“通常情况下我乐意之至，可我原本希望能把凯特劫走，聊一聊我们正在撰写的那篇稿子。”特里说，“我倒很想请你跟我们一道，但我知道格雷顿·卡特正在吧台那边，他刚刚还问起过你。”

堂堂《名利场》杂志的编辑居然在到处找他，奈杰尔不由得意起来。“特里，我会组织一个宴会，借此庆祝得奖。我会给你送份请柬，毕竟你在为我们杂志撰稿。”

“听起来很棒。”特里说。

“等你们聊完之后再来找你，好吗，凯特？”奈杰尔边说边站起身。

“当然啦。”她撒了个谎。

就这样，奈杰尔迈步离开，凯特又安全了。

特里俯身在她耳边低语道：“据我猜，他跟格雷顿·卡特聊完再回来的时候，估计你不想还待在这儿吧。顺便说一声，格雷顿·卡特并没有真的问起奈杰尔。”

“你怎么知道我的心思？”凯特问道。

“看你的脸色呀，”他说，“我在吧台那头端详着你呢。”

凯特点点头，没有理会他的弦外之音——他一直在“端详着”她呢。

“不过我倒真的想和你谈谈那篇稿子，”他说，“我们搭辆出租车离开这儿，怎么样？”

她又点点头，跟着他穿过了房间。特里边走边跟人打着招呼，接受着人们的恭贺，却压根儿没有停下脚步。

片刻后，他们到了酒店外，凯特尽情呼吸着一心向往的新鲜空气。

“乔治城有一家很棒的小酒吧，距此只有短短几分钟路程，听起来还行吗？”他说。

她又点了一下头——今夜她感觉心潮澎湃，因此实在不敢开口讲话，生怕自己会忍不住流出眼泪。特里叫了一辆在路边排队等候的出租车，跟在她身后钻了进去。他的块头真大，长条车座生生被他占去了一半以上，每逢出租车急转弯或驶过坑洞时，他的腿就轻轻地蹭着她的腿。

凯特只觉得喉咙发干，心中又冒出了一个念头：她刚才的想法压根儿就是错的；她并不安全，一点儿也不。

# 第二十一章
# 转折的时刻

“哇噢，小妞，你是不是瘦了？”

在餐厅里，《甜心宝贝》杂志的撰稿人凯西隔着几张餐桌对蕾妮低低地吹了声口哨，蕾妮冲着这位朋友露出了一张笑脸。

“只减了几磅。”蕾妮感觉到自己站得更直了。她已经至少一周没有见过凯西了，看来凯西觉得她变化很明显，蕾妮心里不由乐开了花。

“说真的，你看上去美极了！老实交代，有什么秘诀？”

凯西望了望蕾妮正端着的餐盘：上面有一瓶水和一盒低脂香草酸奶。她笑了：“不用了。我想我猜得出来，是饥饿节食法的功劳吗？”

“差不多，”蕾妮说着把托盘搁在餐桌上，拉出了凯西旁边的椅子，“听上去有点儿像自我吹捧，不过还靠黄昏时进行长距离散步。”

“你做女人做得比我称职呀，”凯西说着，将一块苏打饼掰碎放进一碗辣椒里，“我就从来没有这样的意志力。”

来餐厅的路上，蕾妮曾特意路过《格罗斯》杂志的厨房，好考验一下自己。今天员工们照着格温妮丝·帕特洛的最新食谱做了一款早午餐，蕾妮深深地嗅了嗅：那是肉桂法式吐司（如此松脆浓香）、水果沙拉（简直是无上的美味），还有裹上巧克力酱的草莓。当然啦，格温妮丝才不会把这些美食吃下肚呢，而现在蕾妮也绝不会吃上一口。她会端详着那些珍馐，拜倒在它们的颜色和纹理之下，仿佛它们只是一件件艺术品，随后再施施然走开。

“哦……快瞧瞧正走过来的是哪一位，人家的眼睛可直盯着你呢。”凯西说，“算你走运，你今天看上去真漂亮，骨感美妞。”

就这样，凯西把几乎还满着的辣椒盖上盖子，站起身来。

“嘿，蕾妮。”特里说。她闻言抬起头，想要摆出一副惊讶的神色，可惜三流女演员只怕也会对她的演技嗤之以鼻。

“如果乐意的话，就坐我的座位吧。”凯西对特里说，“我得回去工作了。”

这才是真正的朋友哪，蕾妮边想边露出了微笑。凯西则迈步向电梯走去，一只手还端着辣椒。她并没有回头，却将一只手举过头，挥挥手指以示告别。

“恭喜你，得了国家杂志奖。”蕾妮说。

“哦，多谢。”特里说。他看上去累得很，蕾妮边想边把自己的酸奶推开。在跟特里说话的时候，怎么能吸溜吸溜地吃这东西呢？

他并没有多说，因此蕾妮又开了口：“当天晚上有意思吗？凯特也在那儿。”

“是啊，我，嗯，遇见她了。”特里说着清了清嗓子，“我只是想感谢你，艾比告诉我，她吓坏了，你却帮了她一个大忙。”

“噢！”蕾妮说，“特里，你不必谢我。这阵子她挺难过，我很遗憾。”

蕾妮敢发誓，她的确看见特里的眼眶湿了。“眼下她的担子太重了。”特里说。

“凯特告诉了我一些情况。”蕾妮说，“她跟男东家之间有了纠葛？”

特里点点头：“我觉得她爱上他了。”

“而且她真的很想念她曾经照顾过的小女孩，她叫安娜贝尔。”

“是啊，我想她还受了些别的打击。”特里说。

“你瞧，我真的很喜欢你妹妹，”蕾妮老老实实地说，“我们的公寓随时欢迎她，不只限于你不在的时候。你是否希望我给她打个电话，看看她本周是不是想跟我们待在一块儿？”

特里凝望她的神情里充满感激，满是希望，害得蕾妮的心跳都漏了一拍。

“蕾妮，有件事我一直想对你说，已经等了很长一段时间了。”他开口道。

她的白日梦百分之九十九都有个这样的开头；其余百分之一则干脆省掉了这些废话，梦中的特里一把将她扛在肩上，那架势活像未开化的野蛮人，随后将她扔到了床上。

“我们上次一起出去……我觉得我对你的态度不太好。”他说。

“难道用酒泼了你的人不是我吗？”蕾妮说。她简直不敢相信自己居然在拿这件事打趣。特里放声大笑起来。“我倒忘了这回事。”他说。噢，太棒了——她居然提醒了他，实在妙得很。

“不过说真的，我绝不希望你认为问题……出在你身上。”他说，“你是个非常出色的人，我打心眼儿里不愿伤害你。”

“特里，没关系。”她说。她拍了拍他的胳膊，因为他看上去深受折磨，蕾妮几乎为他难过起来。

“我觉得我们之间的友情也日渐深厚，不仅仅是你和艾比之间，还有你我之间，”他说，“我很喜欢这种局面。”

让他们的情缘重新扬帆，此时将是一个绝妙的起点。“我也很喜欢现在的局面。”她说。

特里把椅子往后挪了挪，仔仔细细地打量着她。“嘿，你没事吧？”

“当然没事。”蕾妮说，“我好着呢，你怎么这么问？”

“你看上去……我说不好，有点儿苍白。”

“很显然，我需要到夏威夷去一趟，权当治疗，我会通知我的保险公司着手办理的。”蕾妮说。

特里听完哈哈大笑，起身准备离开，却又弯下腰给了她一个拥抱。他的手臂拥着她，蕾妮闭上了眼睛。她闻到一股带有淡淡酸橙气息的古龙水的味道，感觉到他下巴上的胡楂儿摩擦着她娇嫩的肌肤。

她低头望向餐桌，脸上的笑容顿时消失得无影无踪——特里的座位前赫然摆着些东西——就在他们俩聊天的这会儿，他一直在将一张餐巾纸揉碎，搓成一个个小球。

是什么事情让他如此紧张？难道他觉得，听了他的道歉，她可能会发一通火吗？

她耸了耸肩膀，吃了三口酸奶，又将那瓶水一饮而尽。这些天来，无论喝上多少水，她都会感觉口渴。她收拾起餐盘和那堆餐巾纸揉成的小球，在赶往电梯的途中将它们一股脑儿扔进了垃圾筒。

蕾妮径直来到办公桌前开始工作，心里还想着特里的那个拥抱，脸上留着几分笑意。她查了查博客上的评论，颇为满意地注意到自己又多了二十个新粉丝。随后她点开黛安的博客读了起来。“身上的某处正在让你操心吗？”博客帖这样开头，“腰上的‘游泳圈’，要不然就是肉嘟嘟的胳膊？让我来为你支几着吧，告诉你如何打扮穿衣，把短处藏起来……”

蕾妮感觉自己的身子抖个不停。黛安的博客正挨着蕾妮的博客，蕾妮那张不上相的照片离那些话只有几英寸——那些话也实在太富有煽动力了。这不可能。蕾妮从未真正喜欢过黛安，但也说不上有多么讨厌她；可是此时此刻，宣称蕾妮太肥的恶语好不容易被埋进了一堆旧帖中，黛安竟然重提了旧事。当然，她并没有直接提到蕾妮的名字，但她的意图十分明显。蕾妮感觉胸中腾起了一股烈火：女人之间不该如此互相拆台，这种做法有违某种不言而喻的诚信守则。黛安怎么敢这么做？

黛安的座位在三张办公桌开外，但她的椅子上没有人。蕾妮向键盘伸出了手，准备敲一封怒火万丈的电邮，但刚敲出一个字，她就停住了手。黛安会装出一副清白无辜的模样；再说了，靠打扮衬托身形之类的文章本来就是时尚杂志的热门话题。如果跟黛安纠缠的话，黛安有可能把事情闹到奈杰尔那儿去，这样一来，事情可能恰好会变成蕾妮担心的那样，大家会更加关注蕾妮是不是个肥妞。

现在她甚至没办法按计划换上一张新照片，那样看上去就太明显了。“不！”蕾妮伸手重重地拍了拍大腿，却几乎没有感觉到痛。管它呢，无论如何也要换张新照片，她才不会让耍心机的黛安得逞呢。蕾妮只觉得浑身躁动不安，便起身踱开了步子。

事情来得太快了，蕾妮的脑子里乱成了一锅粥，千方百计想要理出些头绪：她要为奈杰尔挑选的六种风尚写出推荐文章，今天下午还有两拨人要来办公室找她——有时候，公关人员会带某家客户来杂志社，借以宣传一款新产品或新书。今天蕾妮会遇到两轮推销攻势，一轮推销的是尝起来像巧克力的瓶装水，另一轮则推销的是含有维生素A的洁面湿巾。这些活动可没有办法取消，两位公关代表都是蕾妮的朋友，蕾妮已经答应会想法子在杂志上提到这些产品。不过话说回来，他们来得还真不是时候：奈杰尔马上就会决定美容美妆编辑的人选了，现在黛安有八百个好友，蕾妮比她少了足足二百五十个。一定要采取措施，迅速扭转局势。

再说贝卡还要来呢。

就在昨天，这位同父异母的姐姐通过电子邮件发了一张照片给蕾妮，信中写道：我猜你可能想知道我长什么模样。还有，我已经在你的博客上看到你的照片啦，因此没必要再发照片给我！

蕾妮觉得颇有几分怪异。贝卡在网上搜过她吗？难道她也读了博客上的信息？她对着贝卡的照片足足端详了十分钟，注意到贝卡长着线条分明的下颌、高鼻子，两只眼睛分得很开。贝卡身上找不出一丝蕾妮的痕迹，不过她觉得贝卡右脸颊上的酒窝隐约有几分父亲的影子。贝卡比常人略高一些（这点倒是跟蕾妮一样），但她的两条腿都很细，一双胳膊也显得线条优美，一头金发扎成了一束马尾，脸上并未化妆。照片上，贝卡正倚在一所房子的前门廊上。那是谁家的房子呢？蕾妮有些好奇。是她男友家的吗？说不定贝卡自己有一所房子呢。蕾妮觉得，她看上去挺不赖：倘若你手上抱满了东西，贝卡像是那种会为你开门的人；倘若你需要零钱付停车费，贝卡像是那种愿意给你换零钱的人。

蕾妮给贝卡开了一张支票，支付了酒店的一半费用。尽管想到要从银行账户上支出这么一大笔钱，蕾妮有点儿心疼，但她还是做了。一定要搞定美容美妆编辑职位。她倒是成功地在美食上省下了一大笔，但她已经买了三次减肥药和镇静药，而药费贵得令人难以置信。蕾妮简直不敢想象即将到手的信用卡账单会是什么样子，她一心只想着自己真的需要减肥二十磅，而不是十五磅。还是多减一点儿好，万一停药后体重反弹的话，也还有个缓冲的余地。欠这些债是值得的：一旦新工作到手，涨了薪水，她就能还上一点儿债。成功就在眼前。

但是破天荒第一遭，这个念头没有让蕾妮振奋起来。

蕾妮又坐下来，向键盘伸出了手，计算机屏幕上的图像却变得扭曲模糊。有那么片刻，她眼睁睁地看着那张令人痛恨的照片多了几重影子。她的眼睛又干又涩：今早上班之前，她就已经在电脑旁工作了好几个小时，忙着写一篇博客帖，讲解几位影星在奥斯卡颁奖礼上采用的发型，并一步一步地教授了梳法。蕾妮伸手从办公桌抽屉里拿出邦妮给她的一小瓶依云喷雾，将淡淡的雾气喷上了脸颊，可惜喷雾并不见效。蕾妮边揉着鼻梁，边绞尽脑汁地回想着自己的下一步。可是她的思维就跟电脑屏幕上的字迹一样模糊——她万分期盼把头搁在办公桌上。

如果能在减肥药带来的一身精力和镇静药带来的晕晕乎乎中找到那个难以捉摸的平衡点，就太棒了。问题是，她似乎对那种减肥药产生了耐药性，现在必须服下两倍的药量才能保持精力，并且管住时不时不听使唤的胃口。不过，再熬几个星期就好了，眼下蕾妮已经减了足足九磅啦。

要在博客上发个新帖，这就是她的下一步计划。蕾妮找出了今天上午写完的那篇文章，在文中插入了几个超链接，以便让人们点击购买她推介的产品，随后又调整了瑞茜·威瑟斯彭和米娜·古妮丝的照片，并发了帖。这些简简单单的动作似乎耗尽了她的最后一丝精力。也许，她可以溜到星巴克去，在那些大大的真皮座椅上一仰，打个盹儿——如果她还动得了的话。阵阵疲惫仿佛一个个浪头向她袭来，她闭上了眼睛——只要一分钟就好——她的下巴挨到了胸前。

听到有人叫自己的名字，蕾妮猛地抬起了头。

“蕾妮？”说话的是黛安，那个贱人，“你没事吧？”

“好得很。”蕾妮说。她想要瞪黛安一眼，可惜眼神一时难以聚焦。

“你看上去真的很累。”黛安说。

“昨晚没睡好。”蕾妮向电脑俯过身去，装出一副在打字的模样。她能感觉到黛安还站在那儿，不过她没有理睬。她查了查博客，确保上传的帖子没有问题。在心底深处，蕾妮始终隐隐地牵挂着某件事。难道她忘了附上照片吗？她瞥了瞥屏幕，可照片都好端端的；她又一个接一个地点击了超链接，链接也都好端端的。

博客压根儿挑不出一根刺来。

蕾妮又闭上了眼睛，寻思着到外面走一走，可惜她做不到。上次去看牙医的时候，医生让她把一件铅服穿到身上以便拍X光片，而此时此刻，蕾妮居然又有了那种怪异的感觉——她被困在座位上动不了，眼皮重得抬不起来……

突然间，蕾妮猛地睁开了眼睛。她忘了对发在博客上的那篇文章进行拼写检查了！她的拼写在全世界都算得上是最糟糕的，有件埋在心底的陈年旧事让蕾妮深觉脸上无光：读小学四年级时，每逢星期五，老师都会组织拼字比赛，而蕾妮次次都会在第一轮被刷下。拼写检查曾经无数次挽救过蕾妮的职业生涯，没有让她跌进深渊之中。

蕾妮知道如何上传博客文章，却不知道如何删帖。跟拼写一样，技术也是蕾妮的短板。为什么她就偏偏不擅长这些技能呢？她站起身，一溜烟儿奔到了凯特的办公室里。可惜凯特不在那儿。

文章在博客上贴的时间越长，看到的人就会越多。蕾妮在办公室里四处走动，到处寻找着能帮忙的人。可惜眼下仍是午餐时分，大多数办公桌都还空着。要是大家发现了她的拼写错误，又在评论里取笑她，那该怎么办呢？

一定得把博客上的文章撤下来！

蕾妮感觉喉咙又干又涩，简直快要透不过气来了。她急匆匆地进了厨房，冲了一杯薄荷茶。她的手抖得很厉害，在回办公桌的途中，手里端着的薄荷茶泼了出来，烫到了她的拇指。蕾妮轻呼一声，把手塞进了嘴里。

不知道什么原因，拇指上的烫伤并没有那么痛，眼泪却灼痛了她的双眼。

“蕾妮，你没事吧？”前台接待员问道——对了，这姑娘叫什么名字？

“我需要有人帮我一把。”蕾妮说。她还想多说几句，可惜嘴里的话完全不听她的使唤。

“当然，你需要什么？”前台接待员说——她是叫苏珊？还是叫希拉？

“我的博客。”蕾妮说着费力地挤出一丝微笑，并千方百计想要睁大眼睛，尽管她觉得这副尊容活像一幅夸张的漫画。她的脑子里仿佛有把锤子，一下接一下砸碎了她的种种念头。“你知不知道……你能把文章撤下来吗？”

“我说不定能想点儿招，我对电脑挺在行呢，你要跟我一起去我办公桌那边吗？”

蕾妮点点头跟在她身后，千方百计想要放稳脚步——她觉得自己仿佛正在水下行走。

在地下室里，艾比正从烘干机中取出安娜贝尔的衣物（那是暖乎乎、香喷喷的T恤衫，柔软的小裙子和滑稽的小袜子），忽然听到头顶传来一阵沉重的脚步声，上层的木地板也随着嘎吱嘎吱响起来。

正值中午时分，安娜贝尔在打盹儿。艾比的心不由一阵狂跳。

她把洗好的衣服往地板上一扔，就手忙脚乱地找电话准备拨打911。正忙乱间，她却听见鲍勃在叫她的名字。

她呼出了一口气。她用手捂着喉咙，好一会儿说不出一句话来——她的嗓子仿佛僵住了。“我在这儿。”她总算叫出了声。

他风驰电掣地下了楼梯，开口便问：“安娜贝尔睡着了吗？”

艾比点点头，一颗心又猛跳起来。他一步步慢慢地走向她，将她压在墙上，吻了她。“看见你跟那家伙在一起，我都抓狂了。”他低声说，“失心疯了。”

“那也是我的感受。”她感觉他温暖的呼吸正在耳边，于是闭上眼睛，伸出双臂搂住他的脖子说，“每一天都是。我恨这种感受。”

“艾比。”他说着脱下她的上衣。她抬起胳膊，他将上衣拉过了她的头。在那一刻，她想起了安娜贝尔，宝宝正在婴儿床上盖着最心爱的粉红毯子睡午觉呢。监控器可能没有打开，因为艾比原本打算再过几分钟就去找安娜贝尔。监控器究竟打开了没有？可是鲍勃的嘴唇又找上了她的唇，艾比脑海中的问题顿时像轻烟一般消散了，片刻之后，她的脑子里就空空如也了。她把他拽到自己的床上，从他的长裤里扯出衬衣，抚摸着他那温暖的肌肤。

鲍勃脱下她的牛仔裤，又手忙脚乱地摆弄着自己的长裤。当他进入她体内时，艾比还穿着胸衣，他那件已解开纽扣的衬衫也还穿在身上。她将一声抽泣咽了下去，伸手抓住他的臀部，让他挨得更近一些。她感觉他们俩仿佛正与对方融为一体，过去她曾经多次想象过这一刻，但在现实中，这一刻竟然更加美妙。

他的身体一阵颤抖，艾比紧跟着哭出了声。紧接着，他重重地瘫倒在了她身上，她几乎无法呼吸，却伸出双手紧紧地搂住还穿着白衬衫的他，感受着他后背上的汗珠。泪水从她的眼角滴落了下来。

"我爱你。"她低声说。可是这句话那么轻，她觉得鲍勃根本没有听见。

谁知片刻之后，一阵内疚席卷了她，让她措手不及。

她竟然跟另一个女人的丈夫有了鱼水之欢。乔安娜疏离又冷漠，她并不欣赏自己的丈夫和女儿，但这并不重要；重要的是，艾比竟然做下了一些为人所不齿的勾当。艾比觉得自己的外貌仿佛也随之有了变化：一双眼睛凹陷了下去，肌肤变得毫无血色。她的外表好似正匹配着她的内心。她沦落成了一个什么样的人？

"你在发抖。"鲍勃说。他支着手臂想要起身，但艾比死活不让，因为她不愿意让他看见她的面孔。她又将他拉到身旁，并把脸埋在了他的肩上。

这正是一切改变的那一刻。当他们从这张床上起身时，鲍勃将不得不做出一个决定：选艾比，还是选乔安娜。除非他做出选择，要不然她不会再与他共享鱼水之欢。

*我可以让你无比幸福，也可以让安娜贝尔无比幸福，选我吧。*她心想。

## 第二十二章
## 情感的泥沼

凯特简直不敢相信自己做了些什么。

她闭上双眼，那一夜仿佛电影一般在眼前徐徐展开：首先，她和特里搭乘一辆出租车到了乔治城的那间酒吧，两人坐进了一个卡座里，面对着面。这酒吧看上去跟别的城市里别家酒吧一模一样：一堵镶有镜子的墙，墙边摆放着一排排红色皮质卡座，角落里还有张台球桌。酒吧里灯光昏暗，玻璃器皿盛着的一支蜡烛在两人之间摇曳。凯特点了阿姆斯特淡啤，那是当晚她喝下的第四杯或第五杯酒——不过不行，她可不能拿那杯酒当借口。

“你不会相信瑞丝·莫斯跟我说了些什么。”特里说着向她倚过身子。他的胳膊肘支在桌上，双手捧着一个大啤酒杯，凯特简直无法把目光从他的手上挪开。“她几乎每天都会萌生退出演艺界的念头。”

凯特吃惊地抬起头道："可是她……"

"拥有一切是吧，可惜她并不开心。"特里替她圆了话，"她是个非常聪明的小丫头，凯特。高中时期，她曾经一心钟爱科学，还一度想要当一名考古学家。据坊间传言，她高中毕业后搬到了洛杉矶，想做一个明星，但实际上，当时她是想赚点儿钱上大学。她喜欢旅行，希望见识陌生的城市；她并不是那种一心梦想成为明星的女孩。但现在她已经身不由己，有人为她打点一切，她莫名其妙就陷入了这种境地。很有意思吧，许多人巴不得过上的生活，偏偏落到了她的头上。"

"那怎么会落到她的头上呢？"凯特问道，"如果她不是有意为之的话，我是说。"

"当时她在一间餐厅里做女招待，"特里说，"已经很晚了，餐厅里空荡荡的。于是她一边用餐巾纸卷起银器为第二天做准备，一边自顾自地哼起了歌，我甚至不敢确定当时她意识到了自己在哼歌。一群女子在那里庆贺生日，听到了她的歌，就让她唱上一曲《祝你生日快乐》。她照办了，而其中一位女子是个星探，于是瑞丝·莫斯嘭的一下一鸣惊人。"

"我还从未听到过这个故事，"凯特说，"再跟我说说她想退出演艺界的事。"

特里呷了一口酒，舔掉了沾在上唇的泡沫。他脖子上的领带已经松开，凯特则在桌子底下蹬掉了脚上的高跟鞋。

"她为人很害羞。"特里说，"她钟爱唱歌和演戏，两样她都很有天赋，但她对好莱坞的不少人都存有戒心。她明白，等到年纪再大一点儿的时候，或者有几部电影不卖座的时候，那她可能会被一脚踢开，她也终有一天会被一脚踢开。她不过是个来自小城镇的丫头片子，不过她脑子够用，看得懂其中的门道，她并不相信好莱坞的那一套。"

“那她准备怎么办？”凯特问。

“你问我的看法吗？”特里问道。凯特点了点头。特里说：“她是不会放弃演艺事业的。眼下她有些摇摆不定，不过那一套太让人上瘾了。设计师们求着给她提供服装，导演们不时给她送来剧本。小时候，她的家境算不上富裕，而她刚刚给父母买了一辆崭新的奔驰车。她经常提起这件事，为父母买车真的让她很开心，她父母收到车的时候，车顶上还扎着一个红色的大蝴蝶结——也就是说，她已经一头扎进了明星的生活方式里。不过呢，她已经起诉了一家小报，因为那家报纸登的她的消息全是胡说八道；她还告诉我，因为粉丝们写来了疯狂的信，她不得不聘请了一些保安人员（这些话可不能见报）。我觉得，她还没有强到急流勇退的地步，尽管她明白自己可能落个什么下场。让她红透半边天的力量也有可能将她拉下宝座，将她毁于一旦。瑞丝说，有时候，她感觉自己的身子里装了两个人：一个是来自科罗拉多州的小丫头瑞丝·莫斯，另一个是超级巨星瑞丝·莫斯，而这两人之间似乎并无关联。问题是，这两个人就要合成一体了，当融合开始的时候，来自科罗拉多州的小丫头将绝无胜算。”

凯特摇摇头道：“听上去真是一场最深入的采访。你究竟使了什么神通，能让她讲出这么多心里话？”

“我想，她已经准备好了要讲心里话。”特里说着耸耸肩。

“不止这一点。”凯特说，“你有种让人掏心窝子的神通。”她又抿了一口酒。这个卡座给人舒适甚至颇有几分亲密的感受。酒吧里有几个人在闲聊，其中一个人正在放声大笑，那响亮快活的笑声一直传到耳边。酒保用一块白布擦着吧台，并时不时伸展双臂，学着风挡玻璃上雨刷的架势。

“那天晚上，我告诉你我爸爸要再婚……”她说，“我还没有跟任何人提过这件事，原本也不打算告诉你。”

她深吸了一口气，说：“你知道我一直在想什么吗？我在想圣诞节。那是我妈妈最爱的节日。她会把整所房子装扮起来，不断播放电台的颂歌，她做的圣诞餐足够十人份。去年我哥哥和他太太回家过了节，因此我们轮流抽时间陪爸爸，但也总有人在妈妈身边陪着。不过今年只有我，我千方百计想要找出一个法子，同时陪他们两个人。我必须跟爸爸和达琳一起待一阵；并不是我必须，而是我愿意，毕竟我跟爸爸很亲密，再说妈妈也理解。但想到她孤零零一个人，我就难过。”

这时特里仔仔细细地端详着她，她迎上了他的目光，蓦然间感觉两人心有灵犀。

她费力地想要挤出一抹微笑。“好啦，我就不再唠叨了，”她说，“我们本来应该谈工作的嘛。”

“在高中时代，我整个人简直就是一团糟。”他突然说道，“跟人打架，还偷了一辆车。”

“就你？”凯特差点儿笑出了声，但她发现特里是认真的。

“现在你也知道了我的一些隐私，这些话我也不会在公开场合讲。”他说。

“为什么？”凯特的指尖追随着玻璃杯上凝结的水珠，“那你为什么会变了样？”

特里俯身越过两人之间的桌子，声音颇为低沉：“你是说，我为什么会变回原来的模样吧？因为在上高中之前，我原本不是这种人，高中那几年过得一团糟。”

“那你为什么会变回原来的模样？”

一时间，特里的脸上涌过种种情感，随后才开了口。“当时我家里一团糟，”他终于说道，“艾比……嗯，她很棒，是个很招人爱的小姑娘。我知道你不是很了解她，但我向你保证，她是个善良的人。”

凯特点点头，却没有接口，只等特里继续讲。

“但我的父母……他们实在太离谱了，他们对她区别相待。”

他又松了松领带，在桌上敲着手指。

“我有过一个弟弟，名叫史蒂夫。在我七岁的时候，艾比大约四岁，小弟弟死了。我们一天天地长大，父母却从未提起过他。你知道我在几年前意识到了一件什么事？我甚至不知道他究竟是在哪天离开人世的。我父母从不讨论任何重要的事情，从来都不。他们只聊聊每天的经历，评说一下天气，要么说到我们应该给草坪浇浇水，因为草坪已经开始泛黄；要么问我们是否已经做完了作业，总之谈的都是一桩桩事情，却不谈感情，从不谈感情。住在我家，就好像……住在一所该死的博物馆里。”

“特里，那一定很难熬。”凯特说。有那么一会儿，她想起了自己的家。眼下她的家支离破碎，但他们曾经幸福地共度了很长一段时间。也许她的父母并非浓情蜜意的爱侣，但他们毕竟对对方怀有一份爱，而且都将凯特和克里斯托弗视若珍宝。作为一个家庭，他们还过得去。夏日的夜晚，父亲曾经在自家后院教凯特和哥哥接棒球，旁边紧挨着一丛丛杜鹃和他们的老秋千；周末时候，一家子会出外露营，在湖里钓鱼，比一比谁的战利品块头最大。周日的晚上则一起玩大富翁游戏，在壁炉上烤棉花糖，把窸窸窣窣的秋叶堆成一堆，从上面一跃而过——许许多多的瞬间，最终凝成了幸福的时光。

凯特试着按特里家的模子改写回忆中的场景，把父母想成特里家那副模样，但她心底深处死活不乐意，她做不到。

“我几乎不再跟父母见面了。”特里说，“因为他们对艾比的态度，我对他们很恼火。”

“也是因为他们对你的态度吧。”凯特说道。特里惊讶地望着她。

“是啊，也是因为这一点。”他说。他伸手取过啤酒，呷了一大口。

“我们怎么一眨眼就从名人聊到了这些？”他问道。

“我说不好，”凯特说，“我想，我们原本在聊你是如何让人掏心窝子的。”

“没错，不过别人通常不会把这一招反用在我身上。”他笑了，她也笑了。

“那你明天早上回去？”他问道。

她点点头道：“我搭乘早上十点的阿西乐特快[①]。你呢？”

“十一点的那趟。”他说，“刚好跟你错过。”

想到跟他同乘一趟特快，在他身边再聊上三个小时会是怎样一番情景，她觉得心里像针扎一样难受。刚才她还累得不得了，眼下却觉得劲头十足。就算在这儿待上一整夜，她也撑得住——换句话说，可惜这里没法儿待上一整夜。

“特里，我们或许该……”她开口道。

“我明白，”他说，“时间已经很晚了。”

他站起来，伸手握住她的手，扶她出了卡座。此时的酒吧十分宁静，坐在凳上的一群人已经离开，酒保在屋子的另一头清理着桌上用过的玻璃杯。瑞丝一边裹银器一边唱歌的那个夜晚，也必定跟眼前的时光相仿。就在那一夜，瑞丝的生活迈上了全新的轨道。

特里一直握着她的手，凯特也没有放手。

---

① 由美铁经营、沿东北走廊的一条高速铁路，从华盛顿特区至波士顿，途经巴尔的摩、费城和纽约。

是他先向她靠了过来。他并未伸出双臂搂她，而是将两人正握着的手举到胸前，随后吻了她。凯特感觉胸中涌上了一股滚烫的热流，在多年前与蒂莫西的那段情缘后，她已经很久未曾有过这样的感觉了。可惜的是，昔日的那段情蒙着一层阴影，今天的一段情也是如此。片刻后，她从特里的身边退开：他们两人的呼吸都很急促。

“我不能……”她开口道。

“为什么？”他的口吻很迫切。

她不能告诉他真相：在内心深处，她还琢磨着特里是否真的在乎她，又或者是将她当作了一个挑战，一次猎艳。他们之间的谈话总是由她来收场，他们之间看不见摸不着却又一触即发的气氛总是由她来破冰。

如果他们真开始交往的话，流言一定会在职场上满天飞。她的私人生活会暴露在众目睽睽之下，所有人都会睁大眼盯着他们的一举一动。人们会不会认定，特里答应接下那篇封面故事，只是为了帮他的新女友一把呢？

不过还有一个原因，一个最重要的原因。“蕾妮。”她终于开了口。

特里长长地舒了一口气。“你瞧，我和她约会了几次，她是个很不错的女孩。我明白她想要更进一步，但我们之间并未真正发生过什么。”

“我知道，”她说，“可那样做终究像是一种背叛。几个星期前，我还告诉过她，我对你一点儿也不动心。”

“是吗？”特里看上去如此受伤，凯特忍不住想再吻他一次。他们两人还手牵着手，于是她捏了捏他的手。他的手让人感觉又温暖又可靠。

“我可不想对你动心，”她说，“我原本还希望心动的感觉会消散呢。”

“想想吧，”他说，“刚开始可能会有点儿别扭，但也有可能不会呢。蕾妮是个好女孩，凯特，她不会怪到你头上的。”

“好吧。”她说道。于是她又让他吻了她——当时她还真是糊涂呀。

身穿粉色芭蕾舞裙的小女孩真是可爱无比，世人一定再想不出更可爱的事物了，艾比一边这么想，一边为安娜贝尔梳着秀发。她将它们绾成一个核桃大小的发髻，又用两枚发卡将发髻别住，抱起安娜贝尔端详着浴室镜子里的身影。

“你简直美得冒泡。”艾比对镜中的安娜贝尔说，“而且又坚强又聪明，这一点要重要得多。”

“好。”安娜贝尔欣然同意。“好”字是安娜贝尔目前的新宠，但她学字学得飞快，甚至能说出些支离破碎的句子。艾比爱死了这个阶段的宝宝了，看着安娜贝尔在学着把一个个念头变成言辞，艾比感觉自己正得以一窥小丫头的灵魂。每每安娜贝尔努力地表达自己的想法，用那条并非很听话的小舌头发着音，艾比总会全神贯注地倾听，千方百计地想要理出头绪，若突然之间恍然大悟，那种心有灵犀的感觉真的十分神奇。

过去八个星期，安娜贝尔都在上舞蹈课，而这个舞蹈班即将以一场别开生面的芭蕾舞结业——用芭蕾来称呼这场舞真是小题大做，因为班上的孩子没一个会跳正儿八经的芭蕾舞步。不过，舞蹈班那位人称斯蒂芬妮小姐的老师对此泰然处之，她梳着一条灰色的长辫子，有一口低沉的嗓音，她并不是个死抠条条框框的人。每当班上的孩子跑来跑去，而不是乖乖地转圈圈时，斯蒂芬妮小姐并不计较，还会在每堂课结束时给大家美味的零食。她已经宣布，在最后一堂课上，她打算播放《天鹅湖》里的音乐，让孩子们用肢体语言进行诠释。

“过程远比结果重要。”斯蒂芬妮小姐说，“真正的学习在于过程。”艾比将这个理念用在了自己与鲍勃的地下情上，结果差点儿吓出了一身冷汗。她在这个过程中学到了什么呢？她是个卑鄙小人，还是个撒谎精；她坠入了爱河，爱情却让她摇身变成了另一种人。

自从与鲍勃共赴鱼水之欢的那一天起，艾比就感觉自己行为不检，而且摇摆不定。她从来都不喜欢待在乔安娜身旁，眼下更是难以面对她的目光。乔安娜似乎在小心提防着艾比，这让她心里更加愧疚。有时候，艾比抬起头，却正看到乔安娜的眼神一扫而过，仿佛乔安娜不愿有人注意到她正在审视艾比。

上周日的晚上，艾比去了一趟药妆店，回家却发现乔安娜正在地下室里洗衣服。艾比刚接手这份保姆工的时候，乔安娜曾经问过艾比，东家在周六用洗衣机洗衣服是否妥当。她为什么突然改掉了日常作息呢？艾比有些纳闷，但她只说了一句“嘿”。

“嘿。”乔安娜回答道，却压根儿没有提到自己为什么会在这儿洗衣服。

艾比走进了卧室，关上门，靠在墙上费力地呼吸着，她感觉透骨的凉意蹿上了自己的后背。难道乔安娜一直等到艾比出门，然后打着洗衣服的幌子来到这儿？她是不是已经翻过了艾比的衣橱，发现了藏在梳妆台抽屉里的避孕药，甚至低头凝望着艾比和鲍勃曾经躺过的床？

她必须搬出这所房子。

问题是：接下来搬去哪里住呢？莎拉——也就是那位曾经让艾比同住的朋友——已经订婚并跟男友住到了一块儿，因此莎拉的公寓是住不成了。艾比自己租一所公寓的话又很够呛，因为她花了一大笔钱交学费。再说了，她也不乐意签个长期的租房合同：跟鲍勃的那段情还没个准儿呢。如果他真离开乔安娜的话，也许，过上一段时间，他会让艾比搬进去跟他一起住。

必须尽快想出一个法子。艾比心中的担子越来越沉，这间屋子仿佛随时都会砰然炸开。

“准备好了吗，弗雷迪？”艾比一边问安娜贝尔，一边将宝宝从镜子前抱开，放到地板上。

“不是弗雷迪，”安娜贝尔说，“是贝拉。”

艾比忍不住哈哈大笑，拿起车钥匙和尿布包，跟安娜贝尔一起向汽车走去。艾比屏住了呼吸，暗自希望自己不要再次恐慌。

“呀公交车的轮纸……”[①]安娜贝尔开口唱起了歌。艾比顿时觉得头晕眼花，猛地记起了治疗师的嘱咐。*深呼吸*，她告诉自己，*气沉丹田*。

“宝贝儿，你能唱首别的歌吗？我们唱《老麦克唐纳有个农场》吧！”艾比强打精神说道。她设法将安娜贝尔系在座椅上，又系好自己的安全带，随后上了路。她的一颗心在怦怦直跳。去舞蹈班只要开上几英里，但必须穿过一条繁忙的四车道，艾比祈祷着途中千万不要恐慌发作。

“嘿。”鲍勃在她的耳边低声说。

艾比抬头望着他，他闪身坐到她身旁的折叠椅上，艾比忍不住露出了灿烂的笑容。看到鲍勃，她总是感觉满心欢喜。出席这场舞蹈演出的家长寥寥无几，只有几位妈妈夹杂在保姆中间。但在一个星期前，艾比跟鲍勃和乔安娜提起这场舞蹈演出的时候，她看见鲍勃取出黑莓手机做了个记录。说不定，他东挪西挪地腾出了些时间，他还真是个尽职尽责的爸爸。

艾比的一双眼睛端详着鲍勃，一颗心却飘进了危机重重的白日梦中：

① 此处是小孩子发音不清晰的表达方式。

她与鲍勃会一起住在一间小房子里，不是什么豪宅，不过是一所带院子的房屋；院子里有棵大树，树上有架秋千；艾比会获得教育硕士学位，等到安娜贝尔上幼儿园的时候，她就会开始工作；每一个学校假期，每一个暑假，她都会陪着小宝贝儿一起度过；也许他们还会给这个家添上一个快活的小男孩，他会跟鲍勃一样长着雀斑，有着温和的笑容。

“她棒极了，对吧？”鲍勃低沉的声音把艾比带回了现实。她抬起头，一眼望见安娜贝尔奔跑着穿过屋子，张开双臂仿佛正在飞翔，脸上洋溢着灿烂的笑容。艾比伸出手捏了捏鲍勃的手，又飞快地收了回来。

“她真是完美无缺。”艾比说。她是如此想要亲近鲍勃，想要感觉到他的双臂搭在她的肩膀上；要不然的话，就把她的手放在他的膝上。她痛恨眼前这个人间地狱——在这个地方，与他的那段情对她来说就是一切，却偏偏不能暴露在光天化日之下。

就在这时，借着眼角的余光，艾比望见有人走进了房间。那是乔安娜。

那是个幻象吧，是被我的一腔内疚招来的，是来惩戒我的白日梦的。艾比心想。可惜事情并非如此，来人真的是乔安娜，她那光洁的黑色漆皮高跟鞋一声声叩着油毡地板，正一步步走向他们。她向艾比露出一缕僵硬的微笑，在鲍勃的另一侧坐了下来。他转身望着她，惊讶地轻呼了一声。

艾比简直不敢相信：乔安娜居然驾车一路从国会山开到了银泉市，并且还是在工作日的时候，只是为了参加一个区区四十五分钟的舞蹈演出。乔安娜还从来没有做过这样的事，就连跟儿科医生的约诊她也多半不会去，通常都是艾比或鲍勃带安娜贝尔去看医生。今天她怎么会大驾光临?

艾比再也无法集中心神看演出了。她急切地想要瞧一瞧鲍勃和乔安娜，瞧瞧他们的手臂是不是挨在了一块儿，乔安娜的手是不是放在了他的膝上，但她不能冒这个险。她听见他们两个人在窃窃私语，一心想知道他们在说些什么。

舞蹈演出拖了很久。一个孩子摔了一跤磕到了脑袋，不得不让人带出去哄一哄。一首曲子结束了，另一首开始演奏。艾比僵坐着，眼睛直勾勾地盯着前方，感觉自己的左腿已经发麻。可惜她没有办法将跷在左腿上的右腿放下来，因为一张张椅子挨得如此近：要是她的腿碰到鲍勃的腿，那该怎么办呢？隔着鲍勃，艾比感觉得到乔安娜正在留心着她，不过也有可能这仅仅是艾比的满心内疚在作怪，它像一条沉重而又无形的链子将乔安娜与艾比连在了一起。

演出终于结束了，艾比站起身，把重心从发麻的左腿放到了右腿上。安娜贝尔朝他们跑过来，乔安娜弯下了腰。

“嘿，宝贝儿。”她说，“妈妈来上你的课啦，你开心吗？”

安娜贝尔微微一笑转了个圈，仍然有些飘飘然。

“你从哪儿弄来的芭蕾舞裙？”乔安娜又站起身，对鲍勃说道，“真可爱。”

“其实吧，是我在周末买给她的。”艾比终于开了口，“只是碰巧看到，觉得很配。”这可不是真话，艾比在网上搜了一圈，还驾车开了二十分钟，才买来了这条芭蕾小短裙。

乔安娜寻思了片刻。“你真贴心。”她终于说了一句话，但她的声音没有一丝暖意。她又扭头朝着鲍勃，正好用身子把艾比挡在一旁。

“我想，我们可以带女儿出去吃冰激凌，庆祝庆祝。”乔安娜说，这时她的黑莓手机响了，但她并没有理睬，“你有时间吗？”

“冰激凌！”安娜贝尔高声叫道。那是她最心爱的美食。

鲍勃笑道：“当然啦。”他说着抱起安娜贝尔，用鼻子蹭了蹭她的脸颊。

“太好了。”乔安娜说，“艾比，今天你可以放一天假。我敢肯定，你还有一大堆功课要做呢。”

鲍勃飞快地瞥了瞥她，但艾比挤出了一丝微笑：“其实吧，我还真有一大堆功课。玩得开心点儿哦。”

艾比转过身，疾步走出屋子，免得安娜贝尔注意到她正要离开，注意到她正在流眼泪。小宝贝儿可不喜欢道别了。

“乔安娜发现了。”艾比边想边向汽车走去。也许她还不清楚所有的一切，但她明白得已经够多了。不知怎的，想到这里，艾比居然松了一口气。这也意味着，她不会再在这种不明不白的危险境地里待多久了。

# 第二十三章
# 我也说过谎

蕾妮在温水中淘了淘海绵，擦起了冰箱格子。手机响起时，她正在用力擦洗玻璃下面一块儿难对付的污渍。她匆匆进了卧室，从充电器上取下手机，用耳朵和肩膀夹住它，又向厨房走去。

“嘿，我是贝卡。”

不知什么缘故，贝卡的话让蕾妮停下了脚步，她问道：“一切都还好吗？”

“不太好。”贝卡清了清嗓子，“你父母出了点儿事。他们大吵了一架，你妈妈非常难过。这是……嗯，是我惹的祸。”

“出了什么事？”蕾妮顿时站到了妈妈一边。难道自己的直觉一直都没有错？也许贝卡和她母亲一样神经兮兮，她毕竟是个彻头彻尾的陌生人。“贝卡，你都干了些什么？”

“我……嗯，说来很复杂。我刚刚开车把你妈妈送到酒店了，你手边有笔记下号码吗？”

“酒店？”蕾妮边说边用臀部撞上了冰箱门，又在抽屉里摸索，“你说吧。”

贝卡说了一遍号码，接着说道：“她在407号房。”

蕾妮攒了一肚子问题，最后却只是简单说了声“再见”，便挂了电话。

她在凳子上坐下，拨通了酒店的号码，请人转接母亲。铃声响了一次，接着又响了一次，妈妈接起了电话。

“妈妈？你没事吧？”蕾妮问。

她的母亲犹豫了一下说：“我必须离开，我不得不离开他。”

“什么？你要离开爸爸吗？”蕾妮好不容易从嗓子眼儿里挤出了一句话。这一切简直说不通，活像梦一般离奇又破碎。

蕾妮站起来踱了几步，又立刻坐了下来——她的两条腿快要撑不住了。

“对不起，宝贝儿，我不该就这么脱口而出。我正在喝迷你吧里的金汤力。”

眼下是周六早上九点半。一直以来，妈妈顶多喝上一瓶百威啤酒，而且还总是在周五晚上，那时她会给父亲开上一瓶啤酒，两人坐下跟家里的可卡犬萨迪一起看心爱的电视节目。一年前，妈妈开始担心自己的体重，因此现在他们两个人每天吃完晚饭后都要去快走一阵。他们甚至买了情侣运动服，经过邻居家的时候，便会双双挥一挥手。

“他跟别的女人上了床。”妈妈的声音听起来生硬得有几分怪异，“那时我们才刚结婚不久。”

“好吧。”蕾妮慢吞吞地说，“妈妈，来跟我说说，你准备离开爸爸吗？”

“我以为自己能迈过这个坎儿。”蕾妮的母亲说。蕾妮闭上了眼睛，回想着妈妈的面孔：在过去十年里，妈妈的肌肤一天天变得又干又薄，蓝色的双眼也一天天失去了光芒，仿佛她正慢慢从人世间消失。“可惜我做不到。我简直不敢相信他会那么做。”

“妈妈……”蕾妮意识到自己竟然不知该说些什么，不禁收了声。她感觉一阵头晕眼花，最近她总是觉得头晕眼花，但这一次比以往更加来势汹汹。“我觉得……你原本似乎处理得很好呀。”

“我几乎都没办法正眼看他，我在他身边一刻也待不下去了。”

“但他那么爱你。”蕾妮说。泪水灼痛了她的眼睛，但她眨眨眼把泪水憋了回去。“你知道他是爱你的。”

“今天早上，贝卡过来把哑铃带给我。”妈妈继续说道，仿佛压根儿没有听到蕾妮的话，“贝卡戴着珍珠耳环，简单但很经典。我夸了夸她的耳环，她却告诉我，这原本是她妈妈的。那时我望了望你爸爸，发现他的脸色顿时变成了一片死灰，当时我还以为他心脏病发作了，但事实并非如此。我知道有猫儿腻，于是我一直追着他问，最后他还是说了实话。耳环是他送给她的，蕾妮，他给另外一个女人送了耳环。他跟她上了床，生了个女儿，还送她珍珠耳环。”

“哦，妈妈。”蕾妮低声道。

“当时我正要把一碟百吉饼端到桌上，用来配咖啡。但等回过神来，我把它们狠狠地摔到了地上。”

蕾妮简直可以看到那一幕：在厨房瓷砖上，父母用了多年的白色瓷器摔成了碎片，父亲最爱的蓝莓百吉饼则在母亲的脚下裂开。父母曾经在厨房里分享番茄汤和烤奶酪三明治当午餐吃，可那个满满当当、舒舒服服的厨房却在刹那间改头换面，仿佛蕾妮儿时的家被一场地震害得翻天覆地。

“你爸爸千方百计地安抚我，贝卡也一样，但我还是开始收拾行李了。贝卡不愿意让我开车，因此带我到了一家旅馆里，帮我安置了下来。”

妈妈一定从柜子里取出了那个用了多年的蓝色新秀丽旅行箱，还翻遍了抽屉，翻出了一件件衣服。这一切完全不对劲儿：爸爸那只配对的新秀丽行李箱还在衣柜里呢。

“他为什么非要给那个女人送礼物？”妈妈轻声说，“一想到他们上过床……好吧，我还勉强忍得了。可他还给她买东西？他为别的女人买珠宝？”

听到妈妈哭，是蕾妮一生中最可怕的梦魇之一。“妈妈。”她的声音带着几分恳求，“毕业那一年，没有人邀请我去参加返校舞会，而我所有的朋友都会去参加，还记得这件事吗？爸爸从未跟我提过这件事，但他给我买了一张梅西百货的礼品券，整整一百元呢。在他给我的东西中，那张礼品券算是贵的。”

妈妈一句话也没有说，但她的抽泣声平息了下去。

“他是想把问题给解决了。妈妈，他不愿意我去想没人邀我参加舞会，因此想花钱把事情打发了，说不定那副耳环也是一样呢。”

“难道不是因为他在乎她吗？”从妈妈的声音中，蕾妮能听出来，妈妈愿意相信蕾妮刚才的话。

“妈妈，他爱你，他只是犯了一个大错。耳环可能是用作道歉的礼物，要不然的话，那个女人想要更进一步，他是在用耳环堵她的路呢。或许连他自己也不知道为什么。可是说来说去，毕竟你才是他深爱了三十年的女人，他选择的是你。”

她的妈妈擤了一下鼻子。“我想，我得躺下休息一会儿。”她终于开口说道，“你能晚点儿再打过来吗？”

正在这时，公寓门开了，凯特穿着跑步服进了门，脖子上摇晃着iPod耳塞，手里还抱满了各种杂货。

“当然可以，妈妈，不过不要再乱喝酒，好吗？试着睡上一会儿。”

凯特望着蕾妮，眼神中充满了疑问。

“你知道吗，亲爱的？”蕾妮的母亲说，声音轻得犹如耳语，“如果他从一开始就告诉我真相的话，我们恐怕已经想法子把问题解决了。隐瞒真相才是最糟糕的，这是最大的背叛……他居然让我们的婚姻这样开场。这样的打击我怎么才能挺得过？”

“我不知道。”蕾妮说，“但是，妈妈，一切都会好起来的，爸爸非常爱你。”

过了片刻，她挂断了电话。

“出了什么事？”凯特问道。

“她离开了我爸爸。”蕾妮说，“她……离家出走了。”

“你看上去很苍白。”凯特说，她伸手取来一个玻璃杯，从滤水器上接了些水，“给你。”

“多谢。”蕾妮咕咚咽下一口，这才意识到自己的嘴里干得不得了，“我原本以为他们之间一切都好。但她刚刚想明白，我爸爸用一个谎言开始了他们的婚姻，我不知道妈妈是否还会原谅他。”

蕾妮没有注意到，凯特原本正要走过来坐在她身旁，闻言却突然缩了一下。

# 第二十四章
# 只是想要一个家

凯特低头凝视着山姆的稿子，用手掂了掂分量。她终于做出了决定：把这篇稿子从自己接手的第一期杂志上踢出去。在事态进一步恶化之前，她必须表明立场，为他们两人之间的关系定个基调。她不会彻底毙掉这个故事，但会拖上一到两个月，然后再发表。凯特已经浏览过那堆常备稿，从中找到了一篇不赖的文章。该文章是一位导演的简介，那位年轻有为的导演坦诚地讲起了自己在少年时期吸毒成瘾的经历，以及随后怎样参加了一场神秘的拓展训练。导演极具口才，热情洋溢，他所执导的电影在独立电影圈里也备受赞誉。这个故事在几个月前才刚刚写好，文中提到的事实都已经核实过，只要打上一两个电话，问一问最新的进展，就可以在杂志上刊出了。

凯特从鼠标上挪开手，站起身穿过走廊，走向奈杰尔的办公室，敲了敲敞开着的门。“现在有空吗？”她问道。

他抬起目光，透过老花镜瞥了瞥凯特，将手中的杂志样张放到办公桌上。“进来吧。”他说。

凯特冲进了办公室。“那篇一夫多妻制文章，我决定要晚一个月再出。截稿期过了很久山姆才交稿，而且我想在这篇稿上多花些功夫。”

奈杰尔摘下眼镜，揉了揉自己的鼻梁说：“我还以为你说过，那个故事进展不错呢。”

“是的。”凯特说，“但问题是，我给山姆定了一个截稿期，而他没能按时完成。事实上，已经这样好几次了。”

“那你计划用什么稿来代替它呢？”奈杰尔问。

“我们有篇关于一个独立电影导演的常备稿，很不错……”凯特开口说。

“就是那个爬了一座山，感觉是上帝助了他一臂之力，将他推上山顶的家伙吗？”奈杰尔打断了凯特的话，“让我瞧瞧那篇一夫多妻制文章。”

“并不是说那篇文章不好。”凯特小心翼翼地说，“可是山姆把事情弄得很难办。他的文采很好，但他居然无视我给他定下的截稿期，还找些愚蠢的借口来搪塞。”

“你觉得我们以前从来没有错过截稿期限的撰稿人吗？见鬼，如果他们都能在规定时间内交稿，那我才真会大吃一惊呢，我还从来没有遇见过比撰稿人更神经兮兮的人。”

凯特把到了嘴边的话又咽了回去，并未解释这是山姆与她之间的权力之争。在员工大会上，当她和山姆为这篇稿件争执不休时，奈杰尔就已经把她当小孩子打发了。

也许还因为别的缘故，她料想不到的缘故。自从国家杂志奖颁奖礼那一夜她和特里离开了酒吧之后，奈杰尔对她的态度就变得冷冰冰的。回程的路上，奈杰尔和她搭乘了同一辆火车，但一路上他都在看报纸或回邮件，基本上没有理睬过她。当时凯特暗自松了一口气，可现在想想，她不由纳闷自己当初是否有些小题大做。奈杰尔是个爱招蜂引蝶的家伙，不过他对许多女人都卖弄风骚。凯特一直小心翼翼地防着他，也许做得有点儿过头——或许，她才是那个不靠谱的人呢，她的不安全感正在一寸寸蚕食着自己的职业生涯。

“把那篇稿给我发过来。”奈杰尔下令道。

“那是当然。”凯特说，她感觉胸中翻江倒海，却仍竭力不露声色，“等你读完以后，我们可以讨论讨论。”

凯特慢吞吞地回到自己的办公桌，谁知竟无法专心工作——她这辈子还很少遇上这种情况呢。得找个人聊一聊。她又转身去了蕾妮办公的格子间：谢天谢地，蕾妮正在那儿，正一边用肩膀和耳朵夹着电话，一边飞快地敲着字。

“等一分钟。”蕾妮抬起头，一眼瞧见凯特，就做了个口型。没多久，她就挂断了电话，露出了微笑。

“想喝杯咖啡吗？”凯特问。

“乐意奉陪。”蕾妮说。

“今天不去餐厅，去星巴克如何？”凯特不希望碰见熟人，尤其不要碰见山姆，也不要碰见特里。今天早上，她收到了特里写来的一封信，信里只有一行字：“你跟她谈过了没有？”

凯特回了一句“还没有”，随后删掉了电子邮件。不过，她必须马上开口告诉蕾妮。特里正在给文章收尾，而在最近一次编辑会议上，凯特已经透露了他在文中的一些话，借此介绍那篇文章。大家对这篇稿子寄予厚望；凯特必须和特里谈谈文章的事，可能还不止谈上一次。再也不能搪塞蕾妮了，因为她和特里眼看着就要打得火热，却居然任由事情发展到如今这模样，的确是够糟糕的了。

“让我先存盘……好了，我们走吧。”蕾妮从椅背上拿起大衣。当她起身时，凯特忍不住多瞧了瞧蕾妮：她的臀部显然瘦了许多，锁骨也显得更加明显。在凯特看来，蕾妮原来的模样更漂亮，生气勃勃又丰满撩人，现在她的脸则显得很空洞，还带着黑眼圈，不过凯特从未把这些话告诉蕾妮。

蕾妮刚迈开步子，脚下立时有些不稳，不由抓着办公桌稳住了身子。“该死的高跟鞋。”她说。

两人来到拐角处的星巴克，发现里面居然空空荡荡的——毕竟，现在并不是早晨和午餐高峰期。蕾妮直奔窗边两个超大的座椅，凯特则排队等着饮料。她给自己点了香草拿铁，给蕾妮要了一杯咖啡，加了少许脱脂奶。

“你妈妈现在怎么样了？”凯特边问边坐到蕾妮对面的椅子上，把咖啡递给她，又把蕾妮递过来的咖啡钱推了回去。

蕾妮小心翼翼地喝了口咖啡，搁下了杯子。“好一点儿了，昨天我跟她聊了三次。目前她还住在酒店里，但我觉得她可能很快就会回家。据我猜，之前她没有回过神来，拖上一阵子才有了反应。说实话，当初看到她把一切处理得那么好，我都有点儿吃惊呢。如果换了是我，一定会火冒三丈。”

“她和你父亲谈过了？”

蕾妮摇摇头道：“还没有。她说爸爸一直在给她打电话，但她从来都不接。不过她问过我，下一次是不是应该接他的电话。我觉得应该回家一趟，可是……我妈妈不让，她想要一点儿时间独处。”

蕾妮揉着自己的太阳穴，仿佛在设法对付头痛。“我只是无法想象他们离开对方。”

“听起来不太可能。”凯特说，“或许你妈妈只是需要一点儿时间？”

“希望如此。”蕾妮说，“但这还不是唯一一件头痛的事。”她又抿了一口咖啡，“昨晚我收到了贝卡发来的一封电子邮件。嗯，发生了这么多事……我几乎已经把她给忘到脑后了。”

“她信里写了些什么？”

“她说她很抱歉，觉得自己太想融入我们之中，结果逼得太紧了。她还取消了已经订好的机票，不准备来了。”

“哦，蕾妮。”凯特的话里满是惊讶，因为她从室友的双眼中读到了悲伤。

“我一直在想她打电话过来时我说的那些话。”蕾妮说，“当时我问她，‘你都干了些什么？’好像一切应该怪在她头上。她说这是她惹的祸，但事实并非如此。我想，我只是对她不放心，说不定还怕自己地位不保。现在我脑子里全是一个念头：她只不过是想要了解我们一家人。”

“你想给她打个电话吗？”凯特问道。

“是啊，我会的。”蕾妮说，“我想我会问问她：等我回家度假时，我们能不能聚一聚。”她叹息一声，往后一仰靠在椅子上。*她看上去累得很*，凯特心想。蕾妮的肌肤一片苍白，连嘴唇都显得干巴巴的。

“我也说不好，或许我应该今天就买张机票回去看看父母。让那个美容美妆编辑的位子滚一边去吧，说不定反正也会落进黛安的手掌心。天哪，真是弄得一团糟。我们能不能聊点儿别的？”

“当然。”凯特说。不能提起特里，反正现在不能。于是凯特说：“要不要给你来杯水？”

“不用了。”

“来个迷你纸杯蛋糕如何？这里的胡萝卜蛋糕真的很棒。”

“还是算了。”蕾妮说着又揉起了太阳穴。

“哦，拜托。”凯特强打精神哈哈笑出了声，“如果我掏钱买给你吃的话，那你吃下去的卡路里就不算数啦。”

蕾妮蓦然坐直了身子。“我不想吃，好吗？”她凶巴巴地说，“减肥对我来说很不容易，凯特。吃下去的卡路里可不是虚的。我没法儿喝光你端来的香草拿铁和纸杯蛋糕，然后还若无其事地穿上四号衣服。”

凯特顿时觉得自己的脸发起了烧：“我并不是……”

“抱歉。”蕾妮长舒一口气说道，“我只是压力太大。”

“别再想它了。”尽管有些难过，凯特还是说了这么一句话。当初她给蕾妮带来拿铁咖啡，不过是看到了那些毒舌的博客帖后，向蕾妮表示的几许关心。她从未想到这杯拿铁会莫名其妙地冒犯了室友。

“我该回去工作了。”蕾妮说，“尽管把发推文称作工作很有点儿滑稽。”她站起身，凯特又一次注意到室友瘦了一大圈，不由回想起蕾妮办公桌上的那张纸，上面一条条记录着全天摄入的热量。

“蕾妮？我真的很抱歉。我刚才的话太欠考虑了。”

“哦，我只是犯了生理期综合征，不用挂心。”蕾妮说，她匆匆搂了搂凯特，“来吧，我们走吧。”

在回办公室的途中，凯特的耳边一直回响着蕾妮昨天的话：“我爸爸用一个谎言开始了他们的婚姻，我不知道妈妈是否还会原谅他。”

眼下，凯特正在把同样的一套用在蕾妮身上。她们的友情之下埋着一个谎言，恰似一条深埋的裂痕。

艾比放下手中的笔，慢慢叠起刚写的信，塞进了信封。每隔几天，她就会给安娜贝尔写上一封信，回忆她们共同度过的美好时光。曾经有一次，艾比驾车带安娜贝尔去了拐杖糖公园，好让小宝贝儿瞧瞧附近马厩里面的马儿。那是一个金色的早晨，空气中弥漫着新剪的青草的味道。艾比将安娜贝尔举到了木栅栏上，一匹匹马儿腾跃而过，小宝贝儿不禁露出了笑容。其中一匹马在她们的身旁停下了脚步，也许是希望讨一个苹果吃，却突然鼻涕四溅地打了一个震天响的响鼻。安娜贝尔整个人都呆住了，紧接着却忍不住哈哈大笑起来。于是艾比一整天都在学马儿的响鼻声，就为了听一听小宝贝儿那深沉得惊人的笑声——那笑声可真是逗人乐。

她思念鲍勃，但安娜贝尔让她揪心。

“要吃午餐吗？”特里正站在她的房间门口，手里拿着一个牛皮纸袋。

艾比立刻闻到了美食散发的一股香味，不禁流下了口水。突然间她觉得饥肠辘辘起来——最近一段时间以来，这还是头一遭呢。

“任你挑。”特里说，“火鸡加鳄梨三明治，要不然鲁宾三明治也行。”

“我觉得胃口又回来啦。”艾比说着爬下床，伸手接过了袋子。她跟着特里进了厨房，两人坐在相邻的凳子上，一声不吭地嚼了几分钟。她吃了半个火鸡三明治和一些薯片，喝了大半瓶柠檬水，觉得肚子填饱后，便默默地把剩下的午餐推给了哥哥——在小时候，她已经这么干过千百回了。特里一眨眼就把东西吃了个干干净净。

“我真开心，你总算吃了点儿东西。”特里说，“你看上去好多了，艾比。”

“我感觉好多了。”艾比说完叹了口气，“我只是……我不知道接下来的日子该怎么过。”

特里瞥了瞥她，一句话也没有说。她居然忘了特里有这种神通，每次都能让她打开心扉。

“我曾经跟你说过，我爱上了雇我做保姆的男东家。”艾比说，“他名叫鲍勃。”

她读出了哥哥眼中的神情。

“特里，事情不是你想的那样。”艾比说，“我跟他一样主动，或许我还要更主动一些。”

“好吧。”特里说。

“我把一切都搞砸了。”艾比说，她揉了揉眼睛，双手久久地捂着脸，“我们之间的事压根儿成不了。鲍勃不会离开他太太。如果乐意的话，他只怕已经来找我了。他想找我又不难，他知道你是我哥哥，大可以打个电话给你，打听我在哪儿。”

“他还没有联系你吗？”特里问。

“他只在我的手机上留了几条简短的语音信息，说他想我。”艾比在听完留言后已经一股脑儿将它们删了个干净，并关了手机。

“算他眼拙走了宝。”特里说，“我是真心的，艾比。”

“多谢。”等到再次开口时，艾比问出的问题竟然把自己给吓了一跳。

“你和蕾妮之间是不是有什么瓜葛？”

特里眨了眨眼睛道：“你干吗这么问？”

艾比耸了耸肩：“上次在公寓的时候，我看出了一点儿端倪。我还想，也许正因为这个缘故，你出城的时候才希望我待在那儿。”

“我们一起出去过几次。”特里说，“不过并没有什么进展。”

“她待我非常好。”艾比慢吞吞地说，“凯特也一样，不过我觉得和蕾妮更亲近些。在你出差去领国家杂志奖的时候，她曾经向我打听最喜欢的美食，就像平常随口搭讪一样，结果我告诉她是巧克力豆曲奇。第二天清晨，我听到她很早就出了门，回来时手里拿着一袋杂货。原来她是出去买食材了，好让我们两个人一起做饼干吃。”

“她真是这么做的？”特里的声音听上去颇为好笑——显得有些紧张。

“特里，为什么没有下文了？我的意思是，你们俩之间的事。她是个很棒的人呀。”

一开始，她哥哥没有回答，后来他才开口说：“我也不知道……我猜她想要交一个男友。”

“难道你不想做她的男友？”

特里抬起了肩膀：“不完全是。”

艾比伸出手，用食指摁住最后一块薯片，用了用力，把它碾成了碎渣儿。

“你觉不觉得，我们两个人在恋情上都不顺，是否因为父母为人太冷淡了？”艾比问，“在学儿童早期发展课程的时候，我了解到了各种家庭模式。如果男孩在父亲虐待母亲的环境下长大，成年后更有可能会成为施虐者，而在这样环境下长大的女孩，则更有可能成为受虐者……我一直在想：即使在内心对某事某物极为看不顺眼，我们也还是被逼着顺应常规。比如我交往过的皮特……我们在一起有两年时光，但我从未真心觉得跟他有多亲近。”

“可能算是部分原因。”特里在手上转着柠檬水瓶，“我们的爸妈并不是最好的榜样，但我并不认为，我们变成怎样的人是由他们说了算。”

特里喝光了饮料，这才开口说道："最近你跟他们聊过吗？他们已经打过好几个电话到这里来找你，你知道吗？"

艾比点了点头说："知道，你跟我说了，不过我还没有准备好给他们回电话。"

"好吧。"特里说。

"他们打电话过来的时候……有没有说什么？"顿了片刻，艾比问道。

特里摇摇头道："没说什么。你知道爸妈的为人，除了家居维修和天气，他们要是能说出其他的话题，那可真是翻了天了。"

艾比笑了笑，但她低头瞧了一眼餐盘，却注意到盘子边上有一抹绿，那声笑顿时消失得无影无踪了——餐盘上沾着鳄梨。艾比闭上了双眼，眼前又浮现出安娜贝尔的面孔：当初艾比第一次喂安娜贝尔吃了一勺鳄梨时，小宝贝儿脸上那震惊的神色是多么好笑呀。

"我想要一个家。"她低声说道，泪珠顺着脸颊滚落了下来，"不仅仅是因为鲍勃的缘故。我想要一个孩子，一个家；我想要幸福。"

特里伸出一只手，搁在她的后背上说："终究会有那一天的，我保证。"

"我敢肯定安娜贝尔现在已经有了一个新保姆。她不会记得我，你知道的。她还太小，但我永远不会忘记她。"

"在内心深处，她会记得你，艾比。也许记不得你的名字或面孔，可你自己也提到了幼儿早期经历是多么重要。她不会忘记你的。"

艾比低下头，又逼着自己正视哥哥。"有件事我必须要问你。"她的心中涌起阵阵不安，因此声音有些抖，"是关于史蒂夫。你知道，我一点儿也不记得他，你是唯一一个跟我提起过他的人。"

特里转过身，面对着她道："你现在想起了什么，艾比？所以才惹出了这么多事？”

艾比点点头：“基本上都是梦。安娜贝尔快要长到他的年纪了，又跟他一样有着金黄色的头发，所以我觉得，安娜贝尔让我想起了史蒂夫。”

“想知道什么尽管问我。”特里说，“不妨事。”

“我知道他是怎么死的。”艾比低声道，“把安娜贝尔放进车里时，我的恐慌症发作了，接着我去探望了爸妈。”

特里紧紧地闭上了眼睛，一只手却还放在艾比的后背上。“艾比……”

“他们告诉我了，特里。”她的话生生地卡在了喉咙里，但她仍然费力地开了口，“这就是我要问你的问题：你知不知道史蒂夫出了什么事？”

“我知道。”特里睁开了眼睛，凝望着她。艾比发现哥哥的眼中并无一丝怒火，也没有一丝责备，顿时松了一口气，不禁有些头晕目眩。特里的那双蓝眼睛里盛满了同情。

“出事的时候，我在家里。”特里说，“我不明白爸妈为什么一直撒谎，告诉大家史蒂夫生了病。之前我想过告诉你真相，但我不清楚那样做是对还是不对……我也不知道该如何开口。但那不是你的错，艾比。当时你也只是一个不谙世事的小孩。”

她俯下身，把头搁在哥哥肩上痛哭起来。特里搂住了她。

# 第二十五章
# 谜底终会揭开

她终于成功了。

她减掉了二十磅，那可是死活减不下来、让人恨得咬牙的三百二十盎司赘肉。今天早上，磅秤向天下昭告了这一辉煌的胜利，一时间，蕾妮差点儿以为洗手间里会冒出一支管乐队，吹拉弹唱一番。最起码，也得有片片五彩纸屑从天花板上纷纷撒落下来。

可蕾妮只是在那儿站了好一会儿，直勾勾地盯着镜中人，注意到自己刚露出的肱三头肌和消瘦的腰肢。盼这一天已经盼了太久，可惜她并未跟预料中一样乐开了花，仿佛那份欢喜也随着体重消散了。这间安静的公寓让人有些战战兢兢，于是蕾妮穿上在衣柜深处藏了许久的紧身衣，早早地出门上班去了。

眼下她正待在自己的格子间，回复着Facebook和博客上的一干粉丝。

她已经贴上了一张新的全身照，跟帖犹如潮水一般涌了进来：“你看上去美极了！”“天哪，你是瘦身了吗？”“……你减肥有什么诀窍？”

要是没有这种病恹恹的感觉，那此刻该是多么美妙啊。眼下她的思绪会时不时开个小差，仿佛她正坐在椅子上，而验光师正在她的眼前飞快地换着一块块镜片，借以寻找适当的度数。

凌晨五点钟还感觉活力十足，眼下却感觉疲惫一波波袭来，蕾妮不由苦苦寻思着缘由。“要好好睡上一觉。”她暗自心想——自己的生物钟已经乱成一团麻了。等到一切收场时，一定要在床上好好躺上一个周末，让一切走上正轨。现在她眼睛干涩，居然还犯了磨牙的毛病，下巴也隐隐作痛，看上去似乎有点儿歪，嚼起东西时还能听见奇怪的咔嗒声。也许得找个按摩师。可谁付得起那种天价？

她打了个哈欠，感觉药力渐渐消退了，于是伸手在包里四处找着药瓶。目前正是寸土必争之时，正是拼上全身力气的紧要关头。奈杰尔马上就会挑出新的美容美妆编辑了。如果能在Facebook上追加几十个新粉丝，抓紧时间在博客上再多发几个贴……

蕾妮攥紧药瓶，又倒出四颗药，没喝水就咽了下去。其中一颗卡在了喉咙里，硌得喉咙隐隐作痛。她发现马克杯中还有早晨剩下的少许冷咖啡，于是一饮而尽，苦得自己直做鬼脸。再抬起头时，她一眼望见黛安正迈步走出奈杰尔的办公室。奈杰尔亲自陪她走到了门口，黛安的脸上笑意盈盈，奈杰尔的一只手则搭在她的肩膀上。

蕾妮的心猛地往下一沉：难道这个职位已经落到了黛安手中？

不，这不可能。奈杰尔还要再过一个星期左右才会拍板，可是……黛安看上去开心得要命。

蕾妮逼着自己将目光转回到电脑屏幕上，又回复了一条博客评论。她的文章是关于冬日气息的化妆品，比如带着香草和蔓越莓气味的唇彩，肉桂味的洗发水，闻起来像糖霜饼干的护手霜。有人跟了帖，问在哪里可以买到这款护手霜。难道自己忘了将商店名列出来吗？蕾妮眨了几下眼睛，把自己的帖子审视了一遍。她确实没有看到商店名。

蕾妮伸手准备在键盘上敲字，却又停住了手——她居然记不起店名了，仿佛那店名被活生生地从记忆中擦得干干净净。她盯着电脑屏幕看了好一会儿，满心疲惫中又涌出了一股惧意。为什么会想不起来？

她越过格子间挡板扫视四周，望见摄影师大卫正朝自己走过来。

“大卫，那家店叫什么名字？大的那家？”

“又在上班时间喝酒了？”大卫笑道，“我们可身处纽约，小妞，你得给些具体信息才行。”

“你能不能就说些大店的名字？”

“布鲁明戴尔百货商店，萨克斯百货，梅西百货……”

蕾妮挤出了一丝笑容：“梅西百货，就是它。”

大卫走开了，蕾妮回完帖，往后一仰靠在椅背上。她的眼前一直浮现着奈杰尔将手搭在黛安肩上，而黛安开怀大笑的一幕。助理编辑绝不会无缘无故跟总编会面：是黛安要求跟奈杰尔见面呢，还是奈杰尔下的令？

破天荒第一遭，蕾妮琢磨起了落选后的情形。她已在纽约浸润多年，却仍在一个低层职位上打拼，没有任何心仪的交往对象，所住的公寓跟某些人的衣帽间一样大。她曾经以为，在《格罗斯》工作会带来杂志上登载的那种生活——各类红毯盛会、随侍在侧的英俊男友，受邀出席艺术展。可惜现实并非如此。事实上，她穷得一塌糊涂；她对一个只把自己当朋友的男人有几分动心；更别提，那男人只是把她蕾妮当作一个笨手笨脚、连酒都端不稳的朋友呢。蕾妮忍不住寻思起来：凯特会不会搬到一个更高档的新公寓？凯特倒是从未提过，但蕾妮知道这事就在眼前。那接下来会怎么样呢？

千辛万苦才瘦身成功，她原本应该乐开了花，但眼下她居然只感觉到满心恐惧。一旦离了减肥药，减掉的赘肉可能会嗖嗖地长回来。过去的几周里，她一直让自己饿着肚子，可惜不能永远这样下去。她心知自己是在拿身体来博，它已经快要扛不住了。

再说还有父母那档子事呢。蕾妮低下头，一边伸手揉了揉脖子，一边寻思着下一步。目前看来，至少还有一丝希望：昨晚妈妈告诉她，爸爸在酒店的前台留下了一个包裹，那是个首饰盒，里面装着一个银手镯。刚开始，蕾妮还担心这件礼物可能会坏事：妈妈可能会觉得这个手镯让她想起了那副耳环，罪大恶极不可饶恕呢。谁知妈妈却说，那手镯上还带了一些小花样——一个年轻姑娘、一所房子、一条小狗，还有一对连在一起的婚戒。区区一个手镯，代表了父母曾共同经历的一切，代表了二人牵手赢来的胜果。

“我给他打了电话。”妈妈说，“他让我回家。”

“那你要回去吗？”蕾妮屏住了呼吸。

“我是这么打算的。”她的母亲回答，“但他还得在客房里住上一阵子。”

蕾妮又抬头盯着电脑屏幕，谁知竟完全无法集中注意力，她不禁像泄了气的皮球一样沮丧。她起身穿过大厅。明天晚上，《格罗斯》将会举办一个派对，庆祝荣获国家杂志奖，蕾妮想让自己看上去亮眼一些，她还打算跟奈杰尔面对面相处一会儿呢。到了衣帽间，她打开柜门凝视着里面的一排排衣服，随后经过十号服饰区（跟十二号服饰区比起来，这一区的服饰花样更多，但仍然屈指可数），到了八号服饰区，这里的衣服竟然挂了整整两排衣架。她挑了一件银色长裙，其分量大约跟一架纸飞机一般重，接着走到房间深处试穿起来。

她脱下长裤和衬衣，从头上套下长裙。裙子轻裹着身子，好似一片云。蕾妮换着站姿打量着镜中人，她发现长裙居然还显得有点儿松——六号身材正在向她招手呢，如果坚持服药一至两周，说不定真能穿上六号服饰。

一定要借这条裙子去参加派对，还要搭上与衣服配套的银色系带凉鞋。一定要想个法子跟奈杰尔搭上话，让总编真正注意到她。这样一来，一番辛苦才算没有白费。

她换上自己的衣服向办公桌走去，可脚下的地面似乎颠簸不平，她竟然一下撞到了墙壁，差一点儿整个人就扑到了地板上。她赶紧稳住了身子。也许得吃点儿什么，要不然至少喝上一杯。

她走向电梯，按了下行键：她可以坐在餐厅里吃上几块儿饼干，喝点儿花草茶，熬过这一阵头晕目眩。

电梯门开了，蕾妮拐过转角走向餐厅，却又突然停住了脚步。她竟然忘了，现在可是午餐时间。室外正下着雨，餐厅里的圆桌大多被那些不想淋雨的杂志社雇员挤得满满当当。蕾妮一眼瞧见奈杰尔坐在正中央的一张桌子旁（编辑们总能坐到最好的位置，恰似高中时期的餐厅一样等级分明），身边围绕着《格罗斯》的一个个员工。紧邻的一张桌上赫然坐着特里，他身边坐着凯特。特里在说着什么，凯特则在小记事簿上龙飞凤舞地记笔记。实际上，蕾妮一眼望见的居然是两个特里——那还真是一幅美景呢。她眯起了眼睛——真让人伤心，两个特里又变回了一个。

“蕾妮！”凯特在屋子另一头对她挥手，“来跟我们一起坐！”

蕾妮点点头，迈步越过白色的油毡地面。此时此刻，顶灯似乎格外耀眼，她突然感觉周遭的人都望着自己。再走几步就到了，马上就能走过奈杰尔所在的那张桌子了，然后就可以一把抓住椅背，顺势落座了。

要是脑袋里别再嗡嗡响那就太好了，这般响法让人很难集中精神。

“蕾妮？”耳边再次传来了凯特的声音。

她只稍稍闭了闭眼睛，却感觉一阵排山倒海般的眩晕。整间屋子一时天翻地覆，蕾妮两腿一软，双眼一黑，整个人倒在了地上。

倘若乔安娜没有在舞蹈演出上现身的话，那一切可能永远不会发生。不，这种想法靠不住。事情已经走上了必然的轨道，乔安娜的举动只是助了一臂之力。艾比注定将与回忆迎面撞上，而此前所有让人警醒的迹象，其实只是种种症状——无论是恐慌发作，还是莫名其妙地担心安娜贝尔的人身安全。在那战战兢兢的表面之下，藏着真正的隐患。

离开舞蹈演出后，艾比用这意料之外的空闲时间做了两件事：花几个小时在学习上；又给父母打了个电话，看看是否可以顺便回家一趟。父亲接了电话，让她回去共进晚餐。“太好了。”艾比说。她已经有一个多月没有见到爸妈了，尽管他们的住所离她仅有几英里。

去父母家时，艾比驾车绕了个远，特意经过了自己曾经读过的小学——在小学那个宽阔的操场上，艾比打发了不少课间休息时间呢。眼下操场已经旧貌换新颜，以前的木质器械都换成了金属器械。艾比曾经从报纸上读到，为了防腐，那些木质器械都用砷处理过，而这风声走漏以后，整个社区都怒火万丈。众人都以为自己的孩子从算术和语文课中脱身出来后，是在呼吸新鲜空气，但大家从未意识到，危险就在孩子们的指尖之下。

终于来到了父母家，艾比把本田车停在了车道上，熄掉了发动机。她抬头凝望着这座红砖建筑，想起了上周在辅导员办公室里发生的一幕。

当时艾比又谈起了自己的母亲，而辅导员推测：艾比郁郁不乐和缺少关爱有很大的联系。

“你弟弟史蒂夫是怎么过世的？”辅导员的一双大眼睛凝视着艾比。

“他病了，病得非常突然。”艾比说。

“重感冒？”辅导员一边猜，一边皱起了双眉。

艾比耸耸肩膀。即使在这个安全之地，她还是羞于承认。她的手心渗出了汗水，眼神转向了窗外。“或许是吧，我不是很确定，那时候我还小。我们能不能……谈点儿别的？”

辅导员并没有逼问，但在黄色便签簿上记了几笔，随后才跟艾比谈起了她与鲍勃的关系。

但那个问题一直在艾比的脑海中挥之不去：无论是照镜子时，晚上刷牙时，还是早上一觉醒来的时候。她居然不知道弟弟的死因？还是靠了一个外人，她才意识到父母那不言而喻的规矩是多么反常：家里任何人都不许谈起史蒂夫。这么些年来，艾比和特里竟然一直规规矩矩地照办了。

也许父母认为，如果闭口不提的话，就不会那么痛苦，可是艾比深知这种感受无法埋藏一辈子。这就像孩提时玩过的一个游戏：将杯子一个接一个地叠起来，叠得越高，杯子垒成的高塔就越摇晃，而她心知这座塔终究会哗啦一声倒下。

今天，艾比有许多话要和父母讲。她将车钥匙塞进手袋，轻敲了两下黄铜门环。父亲前来应了门，看上去和平时一样：又高又瘦，一头棕发已然开始泛白，戴着一副角质镜架的眼镜，一只手里还端着餐前饮品——一杯加冰的苏格兰威士忌。

“进来吧。”他边说边用空出的一只手拍了拍进门的艾比，“你妈妈在厨房。”

“多谢。”艾比的心里已经敲起了鼓：难道自己这次干了傻事？回到这栋房子，她仿佛恍惚间重回了少女时代。如果要打破陈规的话，换个新环境恐怕会帮上许多忙吧。原本应该请父母出去吃饭，而不应该回家来。但一切为时已晚，她已经闻到了烤牛肉的味道；她放眼向餐室张望，看见长方形的木桌上已经摆好了三人份的餐具。

“可以把你的大衣给我吗？”父亲问道。

她与父母之间总是如此拘谨有礼。艾比脱下外套，露出一抹微笑，免得家人看出自己的不安，随后迈步走进厨房。几年前，父母改建了厨房，眼下花岗岩的台面正在嵌灯的照耀下闪闪发亮。母亲正拉开烤箱门，弯腰打量着烤箱。

“还要半个小时。”她说道。

“闻起来真香啊。”艾比说。她顿了一下，走过去吻了吻妈妈的脸颊。

“见到你真开心，妈妈。”艾比说。

“我也一样。”母亲回答道。

艾比不禁暗自希望着另一番景象：爸爸开了门，嘴里讲着笑话，还给她一个拥抱。妈妈则冲出厨房，开玩笑地把爸爸推到一边，以便迎接艾比。不过话说回来，也许现在还不算太晚。在高中时代，艾比有个朋友一直跟自己的父母对着干（在一个戏剧性的夜晚，那家伙甚至离家出走了一次）。不过，等到这位朋友二十出头的时候，她跟家里的关系却一步步稳定了下来，眼下那姑娘几乎每天都和母亲通电话。

今天晚上，艾比打算让父母开口谈谈史蒂夫。这会是一场煎熬，但家里人难道不是一直活在煎熬中吗？她希望能光明正大地提起史蒂夫的名字，瞧一瞧他的照片，听一听他的生平。

她也想问问自己是否能搬回家，住上几个月。总得给鲍勃留点儿空间，做个决定吧。她可不敢让自己待在鲍勃身边：他们俩已经偷尝过一次禁果，弄不好又会再次越过雷池。艾比希望，这次在家里不要待太久。

“你要喝点儿什么吗？”父亲问道。

“不……嗯，要不来瓶啤酒吧？”艾比说。

他从冰箱里拿出一瓶喜力，拧开瓶盖递给她。

“谢谢。”艾比喝了一口。妈妈搅了搅炉上的锅，肉汁的香味顿时四溢开来。要是在平常的日子，艾比会聊一聊自己的工作和学业，一家人会谈谈天气，以及如何改建楼上的洗手间。当初改建厨房的那个承包商确实顶呱呱——**按时完工，不超预算，质量可靠**。爸妈忍不住打起了进一步给老房子改头换面的主意。等艾比回过神，父母只怕已经开始收拾餐桌，洗刷餐具，打开电视机了。

除非一个猛子扎进去，不然别无他法。“你们介不介意我们坐下聊会儿？”艾比问道，“到客厅里行吗？”

父母眼神交会，顿了片刻，妈妈说：“当然可以。”

父亲带她们进了客厅。与厨房不一样，客厅还跟艾比小时候一模一样，也许是因为它一直没有真正派上过用场。客厅里摆放着塞满硬质泡沫的深蓝色沙发、光泽的深色木质咖啡桌、茶几，壁炉架上还搁着全家福照片——照片嵌在银色的相框中，里面独独缺了史蒂夫。

想到这儿，艾比的喉咙有些堵。在父母搁到阁楼的一个家庭相册里，她曾经偶然发现过一张史蒂夫的旧照。相片中的弟弟身穿一件水手服，露出灿烂的笑容。艾比不知道那是不是史蒂夫在世前的最后一张照片；但他看上去很高兴，这一点倒是挺让艾比宽心。

“我想问问你们史蒂夫的事情。”艾比说，“最近我总是想起他。”

她听见妈妈猛地倒吸了一口气。

“我知道这是一种煎熬。”艾比说，“其实对我来说也是一种煎熬。”说到这儿，她顿了顿，暗暗想：“你配得上这番努力，史蒂夫。你理应被家人谈起，你值得大家去了解。”

“你想知道些什么，艾比？”爸爸问道。他举起酒杯喝了一口，她听见爸爸杯中的冰块儿在咔嗒咔嗒地碰撞。

“刚开始学步的时候，刚开始牙牙学语的时候，他究竟是什么模样？”艾比说，“你们为什么决定给他取名叫作史蒂夫？”

“他是个好孩子。”妈妈说——就这么一句话，史蒂夫的一辈子凝成了区区五个字。

“爸爸，妈妈，我很遗憾你们失去了他。”艾比说，“我为全家人感到遗憾，但我想多了解一些。对于这件事，我记不得太多，但现在我在照看安娜贝尔，她的年纪就跟史蒂夫当时……就跟史蒂夫一样……因此我总是想起他。”

“我不知道我们是否该……”父亲开口说道。

“是否该谈起他？”艾比插嘴道，她感到一股怒火油然而生，声音也随之高了几度，“为什么不能谈他？为什么我们从来都不谈他？”

“艾比。”父亲说，“史蒂夫已经离开我们了，好吗？”他又飞快地喝了一大口酒，“上个月，他就已经去世二十四年了。”

艾比惊讶地凝望着父亲：他居然脱口就说出了史蒂夫的忌日。难道他时时想念着史蒂夫吗？也许，爸爸妈妈都在想念着他。

“史蒂夫喜欢什么？”艾比不依不饶地问道，“卡车？小动物？”

“他非常喜欢花。”

听到妈妈的声音，艾比惊愕地转过了头。

“他会拿起水管，给院子里所有的花浇水。我们会把水调成细流，然后他就会花上好几个小时浇水。”

“谢谢。”艾比舒了一口气，她走过去，跪在妈妈面前的地毯上，“妈妈，你能告诉我他患了什么病吗？”

“艾比。”爸爸的口吻中满是警告的意味。

艾比并未料到这一幕。她原以为那个掉头走开的人会是妈妈，妈妈会掐断话头；艾比总觉得跟爸爸更亲近几分。

“爸爸，拜托了。”艾比说。

“那是一场意外。”他说。

“我还以为……我还以为他病了。”艾比说，她的目光在父母身上流连，“难道他不是生病过世的吗？”

他们一句话也没有说。

“当初你们告诉我们，他是患病离世。”艾比说。她的一颗心咚咚地跳得厉害，但她不能停下，不能现在停下。

“那种说法……那种说法看上去比较妥当。”父亲道，“老天呀，艾比，你就不能……”

母亲仍然凝望着空中，仿佛入了迷。“在他死后，我就恨上了花。”她说，“我把院子里的花拔得一棵不剩。”

“到底是什么样的意外？”艾比低声道。

“我们告诉过你，别把他带进汽车。”母亲说道。她的声音如此轻柔，艾比过了片刻才回过神来。

“哦，我的天哪。”艾比说，“究竟发生了什么事？”

父亲开了口，仿佛竹筒倒豆子一样流利：“你不是故意的，艾比。你把他带到了屋外。当时我们没有立刻发现他不见了，接下来又以为他是在躲猫猫，因此我们在家里到处找他。但那时你刚学会自己打开前门，你带着史蒂夫到了汽车旁边。你想扮作过家家的样子，假装载他一程。你带着史蒂夫见识挡位和踏板，然后你……”

他住了嘴。

“然后呢？”艾比低声问，“我到底做了什么？”

她的母亲接过了话头：“你挂错了挡位，把车挂在了倒挡上。”她仍然凝视着半空，语气波澜不惊，“刹车没有刹好，再说那是一辆老车。汽车动了，史蒂夫跌出了车外。现在的新车没有钥匙动不了，但偏偏那辆车……”

艾比的眼睛还盯着母亲，眼前却只看见梦中的那个孩子，他正躺在一条碎石车道上。“车从史蒂夫的身上压了过去。”艾比低声道，“是我造的孽。”

爸爸赶紧插了嘴：“那是一场意外。”他又重复道：“一场可怕的事故。艾比，我们不怪你。”

艾比还跪在妈妈面前，她想伸手触摸母亲，可惜就是做不到。她只能从喉咙里挤出一个词，带着几分恳求，几分抽噎：“妈妈？”

“我们告诉过你，绝不要私自带他出门，跟你一遍又一遍地说过。艾比……我知道你不是故意的，我只是希望你当时乖乖听了话。”母亲说。她长舒了一口气，整个脸耷拉了下来，仿佛那是多年来她一直戴着的一张面罩，眼下总算脱掉了。“他是个无比快活的小男孩。”

艾比想要站起身，却又跪了下去。“对不起。”她哭着说，“我不懂事。”

她站起身，拖着颤抖的双腿一溜烟儿跑出了客厅。“我们并不怪你。”爸爸说。可妈妈却一声不吭。艾比的耳边又响起了梦中听到的恸哭，那尖叫声撕心裂肺，可这一次，尖叫声却出自她的嘴。

艾比打开前门，奔下台阶，停下脚步攀住栏杆，俯身对着屋前的草丛作呕。小时候，她给妈妈送过一次花，当时妈妈只是直勾勾地盯着花。父母死活不肯教她开车。难道她所做的一切都在反复提醒他们史蒂夫的死？难道他们每次见到她都会想到史蒂夫？

“艾比！”父亲在门口呼喊她的名字。

她并没有转身。她在手袋里摸索着钥匙，喘着气奔向了汽车。这一切回答了一个问题——为什么家里没有欢笑，没有光明。父母并未忘记史蒂夫，他们一直记着他。

她的外套忘在了父母的衣柜里，尽管身子抖得厉害，她却并未感到一丝寒意。还没等回过神来，她已经将车停在了鲍勃和乔安娜家门前。她绕到侧面的台阶，透过厨房门上的窗户向屋子里张望。鲍勃也许在做饭呢。她需要他的怀抱，否则的话，她只怕会粉身碎骨。

可惜走近之后，她一眼就瞧见那灯火通明的厨房里，鲍勃一家三口正围坐在餐桌旁，面前摆着意大利面。安娜贝尔还穿着那条芭蕾舞裙，鼻子上沾了一点儿红色酱料。就在艾比的眼前，乔安娜俯过身去，用餐巾纸擦干净了小宝贝儿鼻子上的酱料，又吻了吻安娜贝尔的鼻尖，一旁的鲍勃则对妻女露出了微笑。

就在那一刻，她的所作所为变成了一块千斤巨石，顷刻间压在了身上。艾比蜷在厨房门外冰冷的金属台阶上，紧紧地搂住自己。她曾以为自己比乔安娜更胜一筹，曾以为自己可以取代她，可惜她错了。鲍勃不会离开乔安娜，他从未选择过艾比。

在黑暗之中，她默不作声地哭了好一阵，连突如其来的雨滴也没能让她动一动。她终于逼着自己站起身，溜进了地下室的门，把自己的一些家什塞进背包，又钻回了车中。

她驾车沿着高速路一直北上，脑海里只有两个字：特里。

# 第二十六章
# 坦诚相待

要是往好处想，至少她已经赢得了奈杰尔的关注，蕾妮边想边接过凯特递来的橙汁。不消说，晕倒在老板的脚边绝对是不按常理出牌的奇招。

“你确信不用去看医生？”凯特打量着蕾妮，皱起了眉头，“你的脸颊上可擦伤了一块。”

“我找到了些冰块儿。”艾比说着走进蕾妮的卧室，手中的毛巾裹着一个密封塑胶袋。

姑娘们在小小的公寓里忙碌穿梭，特里一直在给她们让道。可惜每当他发现一块空地，就偏偏有人要从那里过。到了最后，他干脆在蕾妮的床边坐了下来。蕾妮曾经无数次设想过这一幕——设想特里就坐在床边那块儿地方，可惜在这些白日梦里，她自己从未穿着一件血迹斑斑的衬衣（除了脸颊，她还撞到了鼻子），身边还围着一圈朋友，个个热心地端汤端水服侍着她。

“我真不敢相信流感来势如此之猛。”凯特边说边抖了抖被子，盖在蕾妮的腿上，“今天早晨你还好端端的呢。你没有发烧吧，有没有不舒服？”

蕾妮的心中涌上一阵愧疚：“嗯，这几天我觉得有点儿头晕，还有点儿发热，不过我没有放在心上，最近胃口也不好。”

“你还需要什么吗？”艾比问道。

“我没事，真的。”这话说了不下一百次了。蕾妮想要挤出一抹笑容，却只疼得自己龇牙咧嘴。“再给我一片美林吧。”

“家里已经没有美林了，不过我可以……”凯特开口道。

“我去药店买吧。”特里插嘴说，“还要别的吗？”

“再来几本八卦名人杂志？”蕾妮提议，“我正卧病在床呢，有权看看八卦杂志。”

特里露齿而笑：“也许你还应该来点儿垃圾食品，那玩意儿的治愈功效很显著。我去瞧瞧能不能找到一家糕点店。”

“记得大家都要有份哦。”蕾妮说，“我这病可能有传染性，点心可以帮大家防病防灾。”

特里忍不住哈哈大笑起来：“我会买上一大盒子。”

“要是我们早点儿发现苗头就好了。特里一跃而起想要接住你，但你倒地的速度非常快，”凯特说，“我叫你的名字，你却没有反应……”

凯特伸手按住了胸口：“我从来没有那么害怕过。”

“看你这架势，是图谋多拿几个点心吗？”蕾妮问。

凯特露齿而笑，隔着被子拍了拍蕾妮的腿：“要不要我去弄点儿茶？”

“好啊。”蕾妮说，“听上去很不错。”

其他人离开了房间，蕾妮这才注意到艾比。她正一言不发地坐在一张孤零零的椅子上，一双大眼睛注视着周围的一切。

“我希望自己不会把流感传给你。”蕾妮说，“其实我现在感觉没那么糟了，也许这点儿小病一天就能康复。”

艾比站起身，坐到蕾妮的床尾，盘起了双腿。

“你以前晕倒过吗？”艾比问。

“只晕倒过一次。”蕾妮说。

“是最近吗？”

蕾妮犹豫了好一会儿。“不是。”她撒谎道，“是几年前的事了。”

艾比点了点头。“我刚才在想自己做噩梦的时候。”她说，“当时你过来坐在我的床上，就像我们现在这个样子。你知道该如何帮我。”

“那是我的荣幸。”蕾妮轻笑一声，“那是不是好歹能补偿我干的好事呢——在餐厅里走几步就会引发狗血剧？”

她在设法缓解气氛，可惜艾比不吃她那一套。“特里打电话把事情告诉我，我就想来看看你。”艾比说，“希望能帮上点儿忙。”

“谢谢。”蕾妮说，“其实你用不着过来，不过我很高兴你来了。”

“我觉得你并不是真得了流感。”艾比说，“蕾妮，请你告诉我，你是生病了吗？”

蕾妮张嘴想要说话——赶紧说几句打发掉艾比眼中的担忧，把话题岔到一边去吧。可她一个字也没有说。她无法冲着艾比那张甜蜜的面孔撒谎，她的喉咙里挤不出话来。

“还记得那天，你试穿了自己所有的衣服，问我该留哪几件吗？”艾比问。

蕾妮点了点头。

“从那以后，每次见到你，我都会发现你变了个样儿。”艾比继续说道，“你瘦身如此迅速，简直不太可能。”

蕾妮垂下目光，费力地咽了口唾沫。*别哭*。她告诫自己。

“不是这样的……瞧，真没什么大不了的。”蕾妮说，“我只是吃了几片减肥药，仅此而已，那些药有时候会让我犯晕。”

“你吃减肥药有多久了？”艾比追问道。

蕾妮伸手捂住额头：“或许有几个星期吧？我也说不清。但我可以向你保证，真没什么大不了的。”

“你一天吃几片减肥药？”艾比的声音如此柔和，并无一丝责备。

“几片吧。”

“你有吃过量的时候吗？”艾比问。

“也许有几天吧。”蕾妮清了清嗓子，露出了微笑，“倘若我经过咖啡间，里面所有的巧克力蛋糕个个吓得瑟瑟发抖，这种日子我才会多吃几颗药。天哪，你真该看看我是如何对巧克力蛋糕下手的，那可真是大扫荡啊。”连蕾妮也觉得自己的笑声中气不足，“不过，听着，艾比，我觉得……”

“我看得出，你不想谈这件事。”艾比说。

蕾妮刚要回嘴，却又住了口——艾比说得没错。

“最近我领悟了一些事。”艾比一字一顿地说，“我觉得，那些最难开口的事，恰恰是最该开口聊一聊的事。”

蕾妮从艾比的眼神中看得出，艾比所指的也包括她自己。

她们一声不吭地坐着，沉默了好一会儿。蕾妮一直千方百计想打起精神，为发生的一切戴上假面，但她实在怕得厉害。她一点儿也不记得自己是怎么晕倒的；回想过去的几周，记忆竟然一片模糊，只记得一身的倦意深入骨髓。

“刚开始，减肥药只是让我不再觉得饿。”蕾妮低声道，“后来则让我不觉得太累，活像大剂量的咖啡因。不过，为了保持药效，我不得不把剂量提得越来越高。”

艾比伸出手，握住了蕾妮的手。“你的手在发抖。”艾比说。

“别人知道吗？”蕾妮终于开口问道。

“不知道。”艾比说。她的眼神并没有从蕾妮身上挪开。

“可是你觉得我应该告诉他们？”

艾比低头凝望着两人紧握的双手，又抬头望着蕾妮。“我从未告诉过你我离开马里兰州的原因。”她说，“既然我要你谈减肥药的事，就该把原因告诉你。”

蕾妮屏住呼吸问道：“你愿意说吗？”

艾比犹豫片刻，点了点头。

正在这时，门口的动静引起了两人的注意。凯特正站在那儿，手中端着一个托盘，盘上放着三只杯子。“我不小心听到了……你们想要单独待一会儿吗？”

艾比挪了挪身子，拍了拍身旁的空位。等凯特坐下来，艾比深吸了一口气。

“第一次见到安娜贝尔，”艾比开了口，“她伸出小手握住我的食指，握得如此之紧……我觉得，正是在那一刻，我深深地爱上了她……”

# 第二十七章
# 有你在身旁

凯特读完手中的十几页稿，放下了用于编辑的蓝色铅笔。读这篇文章并非易事：时不时地，你会瞥见那张熟悉的笑颜后深埋着怎样的痛楚。手里的这篇稿子原汁原味、力度十足，而且颇有些让人惊心。因为在这个故事中，一个寻常女孩一脚踏进了不寻常的世界，任何人都有可能遇上这种事。

不消说，这篇稿肯定能给凯特经手的第一期杂志增光添彩。

不过话说回来，如果自己不是一心扑在这期杂志上，恐怕已经注意到蕾妮的异常了。凯特心想。事到如今，许多环节都解释得通了：特里过来吃晚餐的那一天，蕾妮是如此坐立不安；还有她那一眨眼就瘦下来的身形……凯特皱起了眉头：之前她竟然没有意识到，蕾妮最近不怎么下厨，也不再把用脏的碗碟搁进水池了。作为一名眼观六路、耳听八方的新闻人，凯特竟然漏掉了一大堆线索。

就在她们谈话的时候，特里回来过一次，但他瞥了瞥大家的脸，立即急匆匆地离开了，嘴里还声称自己忘了一场电话采访。凯特很高兴特里识趣地给姑娘们留了些空间。她心知艾比正苦苦地经受着煎熬，但压根儿不知道那煎熬有多么沉重。她不得不深吸了好几口气镇定心神，方才开口讲话，但这个时候，她却发现蕾妮压根儿没有掩饰眼中点点的泪光。

“我很遗憾，艾比……但你并没有做错任何事。” 凯特说，“你父母犯了错，但你没有。”蕾妮在一旁点点头。

她们长谈了几个小时，窗外的天色渐渐暗下来，大家订了个比萨饼当晚餐吃。凯特紧盯着蕾妮：她小心翼翼地咬了几口奶酪和蘑菇比萨饼。“我差点儿不记得这东西有多么美味可口了。”蕾妮露出了一个伤感的微笑。

“我真不敢相信，自己完全没有察觉。” 凯特这话已经说过不下十次了，“我只希望……”她总觉得自己辜负了蕾妮，“你觉得停药会很困难吗？”

蕾妮耸耸肩说：“我觉得，最难的一步在于眼睁睁地看着减掉的体重又反弹回来。我知道这只是一时之策，可我总觉得，假如不是艳光四射的话，假如不是骨感女郎，那个职位就没戏了。”

她轻笑一声道：“当然了，谁知道奈杰尔怎么想呢。反正我觉得，在他午餐时晕倒总不会是个妙招吧。如果晕倒有用的话，只怕奈杰尔每天一碰三明治，黛安就会一头栽倒。”

“蕾妮，你为什么那么想要那个职位呢？”凯特轻声问道。

“当真吗？首先，为了钱。”

“可是值得吗？”凯特问。

蕾妮耸耸肩膀说：“在这个问题上，我的信用卡账单可相当有说服力。”

这是明摆着的事，因此众人沉默了片刻。凯特突然有了一个念头。“你有没有想过把自己的这段经历写出来？”她谨慎地挑选着措辞，“不过，除非你心甘情愿，不然不要勉强。”

“你不觉得很丢脸吗？”蕾妮问，“天哪，我一想到……”

艾比插了话：“一点儿也不，我反而觉得……很不错。”

“如果你乐意的话，我会帮你的。”凯特说。

蕾妮点点头，露出沉思的眼神。凯特藏起了一抹微笑——在其他作家的眼中，她见过同样的眼神，那模样意味着他们已经打起了腹稿。

此时此刻，凯特已经读完了蕾妮的文章——这几天来，蕾妮一直沉浸在这篇稿件中。凯特把稿件叠起理齐，放回办公桌上。她寻思着蕾妮要有多大的勇气才能写出这篇稿子，并且还要冒着在网上被一帮藏头藏尾的家伙攻击的风险，这一切只为了帮助别的女性。

凯特不由自主地伸手拿过鼠标，点开了搜索引擎。她输进“俄亥俄州立大学招生部门”几个字，随后点击了招生负责人的姓名，屏幕上弹出了一个电子邮件窗口。凯特深吸一口气，动手写道：*我是一名曾在本校就读的学生，在毕业那年退了学。我非常期望与有关人员取得联系，咨询一下我是否可以补上毕业所需的课程……*

这个法子或许行不通。不过，说不定能修一些网上课程；要不然在纽约的某所大学念书，然后把学分转过去。凯特一边想一边写完电子邮件，点击了“发送”。她可以试一试嘛。

她又拿起蕾妮的稿件，站起身向奈杰尔的办公室走去。“给你。”她说着递给了奈杰尔。

奈杰尔接过稿，戴上了老花镜。他说：“如果这篇稿还过得去的话，这一期杂志就出彩啦。特里的稿件真是一级棒。现在人们还可以去追访蕾妮的旧博客，瞧瞧究竟发生了什么事。其中有些人在不知不觉中就跟进了这个故事，也会老老实实地读完幕后花絮。照片也非常棒，她在Facebook上先后发布的那些照片……”

凯特瞪着奈杰尔。她本不该这么糊涂，怎么能指望奈杰尔担心蕾妮呢。对他来说，这只是一个故事，可以帮他多卖几份杂志。不过，凯特至少为蕾妮要到了一笔可观的费用，蕾妮的报酬跟外聘的自由撰稿人相同。

“这篇稿写得好吗？”奈杰尔问。

“比那篇一夫多妻的故事精彩。”凯特说，她伸出一只手挡住奈杰尔正在读的那一页，逼他抬头望着自己，“我打算采用这篇稿。”

说完，她便离开了奈杰尔的办公室。

艾比站在门边等待，并靠在墙上稳住身子。看门人已经通知她，访客正在上楼。

刚在手机上听到乔安娜的留言时，艾比的心猛地往下一沉。乔安娜打算来纽约一趟，并非为了出差或度假，而是为了见艾比一面。“我们必须谈谈。”乔安娜的口吻跟平素一样无礼，“听到留言后，请立刻给我回个电话。”

在这世界上，艾比简直找不出更不情愿的一件事了，但奇怪的是，她居然乖乖遵照了乔安娜的吩咐，并没有当缩头乌龟。但不管怎样，在给乔安娜回电话时，艾比坚持要求在特里的公寓私下见面，而不是按乔安娜的建议在咖啡馆里碰头。特里提议推迟自己的蒙大拿之行，给艾比压阵，但艾比坚持认为自己一个人应付得了。

“我必须面对。”艾比说。

“你不害怕吗？”

“害怕乔安娜？”艾比犹豫了，“我不怕她会打我或攻击我，一点儿也不怕。她是个自控力很强的人，干不出这种出格的事。我倒是有点儿怕她要跟我说的话，但我还能承受。”

特里吻吻艾比的额头道：“我为你感到骄傲。完事后给我打个电话，好吗？”

听到门铃声，艾比上前开了门。乔安娜站在门外，面无表情。她身穿一条牛仔裤，搭配着一件漂亮的铁锈色高领毛衣。艾比注意到，乔安娜的妆化得比平时浓一些，头发也刚刚打理过，仿佛想以最美的形象示人。乔安娜看起来跟过去一模一样，但又截然不同，也许是因为艾比换了一种眼光来看她。她并非艾比的死敌，并非那阻挡艾比获得一切的拦路虎。她只是另一个女人，对自己的家庭算不上十分珍惜，喜欢呼来喝去，甚至难以相处，但她并非吃人不吐骨头的魔头。

“嘿。”艾比说，“请进来吧。”

乔安娜匆匆点点头，跟着艾比进了客厅。艾比在靠窗的一张椅子上坐了下来，乔安娜挑了她对面的位置。

“如果你口渴的话……”艾比说。

“我不渴。”乔安娜回答，“鲍勃把一切都跟我讲了。”

艾比慢慢地舒了一口气。“我就猜他会这么做。”艾比说。

“你有什么话要对我讲吗？”乔安娜问道，她紧抿着双唇，摆出寸步不让的姿势，“我欢迎你到我家来，还把女儿托给你照顾，结果你居然和我丈夫有了一腿。”

艾比原以为自己会焦虑不安，可事实并非如此。此刻她只感到满心悲哀，为自己，为鲍勃，也为安娜贝尔，但尤其为乔安娜。

“对不起。”艾比说，“我知道你一定非常愤怒。我的所作所为确实不对，我恨自己造了孽，请相信我。”

乔安娜并未接受艾比的道歉，但至少也并未发火。“当时我察觉到事情有些蹊跷，我不是个傻子，艾比。”

“我从未那样想过。”艾比说，“我也知道鲍勃爱你。他绝不会离开你，永远也不会。也许我假装他会离开你，借此为自己撑腰，但是我错得厉害。”

乔安娜目光炯炯地盯着她。难道她认为艾比会跟她抢鲍勃？也许乔安娜太习惯与人开火了，她认为艾比会大吵大闹，把发生的一切都怪到乔安娜头上。

“我错了。”艾比又说了一遍，“我知道你不会原谅我，但我希望你能原谅鲍勃。”

“我们在朝这个方向努力。”乔安娜说，随后立即住了口。艾比明白其中的原委：乔安娜不愿让艾比介入她的婚姻，艾比已经搅合得够深了。

“你有什么打算？”乔安娜问道，“很明显，我们不可能再让你帮工了。”

“我打算待在这儿，至少待上一阵子。”艾比说，“眼下我暂时休学，也不打算再回马里兰州。”

乔安娜点点头，艾比知道自己已经回答了一个重要的问题，尽管对方并未把这个问题问出口。“我不希望再在我家见到你，我们会把你的东西邮寄过来。”

“好。”艾比说。她能感觉到乔安娜准备动身离开，因此赶紧开了口：“安娜贝尔现在如何？”她的喉咙发紧，她努力地眨着眼睛——她不能哭出来，至少不能在乔安娜的面前哭出来。

“她很好。”乔安娜说。她凝望着艾比，脸色稍稍柔和了几分。“鲍勃现在改成了兼职，至少目前一段时间是这样。从一月开始，安娜贝尔就要去一家小托儿所了，一周三次。”

“真的吗？”艾比问，“她要去托儿所了？我敢打赌，她一定会喜欢和其他小朋友一起玩。”

乔安娜在椅子上挪了挪，叠起了腿。“你走以后，我在家陪安娜贝尔待了一周。”她说，“鲍勃把事情告诉了我，我把他赶出了家门。”

艾比心中涌起一股羞愧，忍不住吃了一惊——她竟然十分希望乔安娜和鲍勃在一起。也许艾比和鲍勃曾经有过未来，但那扇门早在很久以前就已经关上了；也有可能，那扇门从未打开过。

“从某种很离谱的角度，我应该感谢你。”乔安娜说，“跟安娜贝尔在一起待那么久，只有我们两个人……是件很美妙的事，鲍勃和我也在参加心理辅导。苍蝇不叮无缝的蛋，艾比，鲍勃把你当成了野味。”

艾比心知远非如此——鲍勃曾经打心眼儿里关心过她，但她绝不会告诉乔安娜。乔安娜所需知道的版本正是她自己嘴里讲出的故事，艾比不会有所异议。

“你的女儿很出色。”艾比小心翼翼地说，“和她待在一起是种荣幸。”

她再也忍不住了，几滴眼泪顺着脸颊滚落下来。

乔安娜盯着她看了好一会儿。“你照顾她很精心。”她终于说道。

艾比感觉有一口气提不上来。乔安娜的话并不仅仅是一句赞许，那是一件如此珍贵的礼物，几近仁慈。艾比细心照顾过安娜贝尔，不让安娜贝尔出任何事。乔安娜心知艾比护着她的女儿，在这一点上，艾比值得信赖。

艾比回想起自己推着安娜贝尔的秋千，小宝贝儿开心得咯咯大笑。紧接着，安娜贝尔的面孔与老照片中的史蒂夫渐渐融为一体，而身穿水手服的他正露出一脸微笑。

“我想念你们，我非常想念你们两个人。”艾比心想。

艾比的眼前浮现出了一幕：她自己还是个只比安娜贝尔大几岁的小女孩，正在给自己的弟弟演示如何开汽车，好哄弟弟开心。破天荒第一遭，她想象着，如果安娜贝尔做了同样的事，那会怎么样——如果安娜贝尔不小心做了傻事的话。一时间，艾比的心中又是怜，又是爱。她绝不会责怪安娜贝尔，绝对不会。

“那不是你的错。”特里、蕾妮和凯特都已经一遍遍地告诉过艾比，艾比第一次说服自己相信了他们。

“我该走了。”乔安娜说。她站起身，艾比也跟着站了起来。

“你能不能稍等片刻？”艾比问。她奔进房间，从自己的背包里找出了那沓蓝色的信。

“给你。”她边说边递给乔安娜，“请把这些信带走。”

乔安娜低头凝望着信封上安娜贝尔的名字，皱起了眉头。“我不会把这些信给她。”乔安娜说，“她这几年还不可能读懂，再说这些信只会给她带来困惑。”

“不。”艾比摇摇头道，“我不可能挽回我做的错事，不过这些信……可能会帮你了解我是多么爱你的女儿。我原以为这些信是写给安娜贝尔的，但其实并非如此，它们是写给你的。”

乔安娜犹豫片刻，打开手袋，将信放进了包里。

“再见。”乔安娜说着走出了大门，头也不回地径直离去。

艾比关上房门，倚在门上。她痛哭不止，泪流满面。她回想着喂安娜贝尔吃鳄梨的一幕，当时她眼睁睁看着宝宝把吃进嘴里的鳄梨又吐了出来；她回想着奔上滑梯去接住小宝贝儿的一幕，还有安娜贝尔那又柔又暖的小手握在手中的感觉。“我愿你日日安好。”艾比遥祝着小宝贝儿，希望为她送去一份永远的祝福，“我永远爱你。”

正在这时，门铃又响了。艾比以为一定是乔安娜折返回来了——也许她忘了什么东西呢，但是打开门，她却一眼看见门口站着凯特和蕾妮。

“特里跟我们说了。”蕾妮说着伸手搂住艾比，“我们一直在大堂里等，还让门卫帮我们认一认乔安娜。一看到她离开，我们就立刻上来了。”

艾比把头靠在蕾妮的肩上。“我只是想要一个家。”她呜咽道，“与鲍勃无关，我想要一个自己小时候从未有过的家。”

蕾妮伸出了另一条胳膊，将凯特也一并拥进了怀中。“我们在你身边。”她只说了一句话。

# 第二十八章 全新的篇章

凯特疾步走下人行道，奔向位于第六大道和四十五街交汇处的那间酒吧。她的身上紧裹着一件黑色羊毛大衣，肩上背着公文包和手袋。透过酒吧那扇面对人行道的大窗，她望见特里已经在酒吧里了。

“抱歉，我迟到了。”凯特说。特里伸手将沉重的公文包从她肩上接了过去。这个举动如此不经意地亲密，害得她心中小鹿乱撞。

“没关系。”特里说，“我知道你要处理一大摊子事。”

“今天杂志已经付印了。”凯特说着坐上了特里身旁高高的木凳，“上面登载着你和蕾妮的文章。”山姆对此不太开心，但蕾妮的文章的确很出色。我们会尽量在下个月登载你的稿件。凯特这么告诉山姆。

“蕾妮现在怎么样？”特里问道。

“挺好。”凯特说，“蕾妮拿到了那个美容美妆编辑的职位，你听说了吧？”凯特想起了蕾妮博客上的最后一篇文章，她在其中披露了心声：就因为没有一副四号身材，她觉得自己难以在杂志界立足。这篇博客引来了无数回帖，一些读者称赞蕾妮的坦诚，另一些则分享了痛苦的减肥经历。有几个人把博客链接分享到了Facebook上，没过几天，蕾妮就收到了上百条回复，还要加上奈杰尔向她伸出的橄榄枝。

“艾比告诉我，蕾妮拿到了那个职位。”特里说，“真是太棒了。”

凯特耸耸肩说道：“我觉得，她已经开始意识到这份工作不太适合她，也不确定自己会待得长久。她正在努力攒钱，同时想法子找出路。”

“不做这行，她会转到哪一行呢？”特里问。

“我觉得她自己也还没有想明白。”凯特说。

特里点点头。这时候酒保走了过来，请他们下单。“喝红酒还是喝星钻鸡尾酒？”特里问道，“我知道这两样你都喜欢。”

“一杯水就行。”凯特说。她想让自己的头脑保持清醒。

特里给自己点了一杯生啤，等到酒保离开，方才重又开了口。

“艾比很开心能跟你们做室友。”特里说。今天晚上，艾比就会把自己的背包带到凯特二人的公寓，正式住下。她的其余家什只等从马里兰运来，搬进去。艾比告诉凯特二人，特里坚持要帮她付明年的房租，直到她完成学业。艾比已经开始寻找本地学校继续攻读硕士学位，还在好几家星巴克递交了打工申请，想多少赚点儿钱。

“看上去，每个人都在前进呀。”特里搁下手中的啤酒，稍稍挪了挪身子，面对着凯特说，“那我们之间呢？”

凯特仿佛可以看见未来栩栩如生地在眼前展开：她和特里会成为一对。他会写些广受赞誉的文章，而她则会编辑其中一些篇章。他们会到一些妙不可言的地方旅行，在汉普顿的沙滩上悠闲地度过周末。早上一起去晨跑，晚上当她回到家时，他会从她的肩上取下公文包。他为她按摩后背，而她为他端来啤酒，两人一起聊聊一天的见闻。凯特对此无限向往，向往着这一幕中的一切。

紧接着，她想起了蕾妮。特里没有说错，蕾妮会理解，她会原谅凯特。在餐厅看到他们坐在一起时，蕾妮会加入他们的行列；他们举办宴会时，蕾妮会前来参加。如果离开《格罗斯》，蕾妮则会与凯特保持联络。每逢不期而遇，蕾妮还会给她一个大大的拥抱，嘴里高呼着："我好想你呀！"——她说的可是真心话。刚开始可能会有几分尴尬，不过终究会云开雾散，甚至压根儿不妨事。

"凯特？"特里问道。凯特端详了他片刻，望着他的蓝眼睛和宽肩膀，还有那双嘴唇——凯特还能感觉到它抵在自己唇上的滋味。

"我做不到。"她说。

他点点头："我就知道，你连外套也没有脱。"

凯特望着特里，强令自己不要伸手去碰他。"你总能发现细枝末节，对吧？这也是你成为一个出色媒体人的原因之一。"

特里笑了，但他的眼神中却仍然没有半分笑意。

凯特还能看见另一幕未来，而这一幕更加栩栩如生：她还和蕾妮、艾比住在一块儿，在深夜促膝长谈，讲讲少女时代的经历。她们拿自己糟糕的约会开涮，为究竟谁忘了倒垃圾吵嘴。凯特会谈起父母，谈起自己每次回家都是怎样一种煎熬，艾比和蕾妮则会尽力帮忙。凯特会聆听蕾妮父母的故事，当蕾妮终于回堪萨斯城与贝卡见面时，凯特会每晚给蕾妮打个电话。当艾比从学校毕业时，她们会一起为她庆祝，为她为人师表的第一天做好准备。说不定，蕾妮和艾比还会和凯特一起造访费城，瞧一瞧凯特小时候住的房子，尝一尝凯特母亲烹制的柠檬鸡呢。

蕾妮会原谅凯特倾心于特里（艾比也一样），但她们之间的友情必会裂开一条无情的细纹。也许过个两年，等到与艾比、蕾妮长久地住在同一屋檐下，姐妹情牢不可破的时候，她再和特里走到一起，事情或许会有所转机，但眼下时机完全不对劲儿。

“我不希望成为重色轻友的女孩。”凯特轻声说。

“为什么两者只能选其一呢？”特里问道。

“就是感觉不对，我做不到，特里，至少现在不行。”

特里咽下一大口啤酒：“我们还会见面，对吧？”

“我觉得，你逃不出我的掌心。”凯特说，“我们在同一栋楼里工作，再说我还和你妹妹是室友。”

“别忘了我是如何对瑞丝·莫斯的故事死追不放。”他说，“我不是个轻言放弃的人，凯特。”

“我会牢记这则忠告。”

她站起身，用双唇轻轻拂过他的唇，不等特里开口说话，便离开了酒吧。

外头下雪了，片片轻软的雪花贴上了凯特的面颊，解开了她的心结。在拐角处，她停下脚步，摁下行人按钮，一边等待信号灯，一边仰头望了望天鹅绒一般的天空。纽约的喧嚣正拥在她的周围——喇叭声，招呼出租车的口哨声，路人经过身边留下的只言片语。她爱这座城市的喧嚣，听来它仿佛在日夜狂欢。

凯特决定遇到下一家酒品店时，要进店挑一瓶上等香槟。今天可是艾比正式成为室友的第一天，这样的起点必须留个纪念。

（全文完）